华 章
传奇派

品味无限不循环的人生

(下)

目 录

第 十 六 章　我以为背叛只会让人憎恨,可背叛也能让人接近真相 / 001

第 十 七 章　我以为这个时代的战斗科技必胜,但人的力量才能撼动山河 / 024

第 十 八 章　我以为风雨中这点痛总会过去,但仿佛又挨过了一宇宙一世纪 / 043

第 十 九 章　我以为逐梦道路太过拥挤,却发现蒲公英的种子早已漫天飞行 / 060

第 二 十 章　我期待的爱情不会主动降临,但也绝不会沙化成低俗荒漠 / 076

第二十一章　我想从此灵魂会镀上迷彩光辉,却依旧挂满无法雕琢的氤氲 / 099

第二十二章　我以为饿狼只关心果腹,岂知它们也有壮怀激烈

的江湖 / 115

第二十三章　我以为攻城略地是要义，原来守住精神桃花源才是底线 / 136

第二十四章　我以为做主场先锋占尽先机，却发现更需层层加码负重前行 / 158

第二十五章　我以为最狠的动员是炸裂怒吼，却发现其实只需一句"你做不到" / 178

第二十六章　我以为胜败乃兵家常事，冲锋时才领悟尊严有着不可替代的属性 / 198

第二十七章　我以为黎明曙光能辉耀大地，却发现烛照心灵的是战士情怀 / 219

第二十八章　我以为战士觉醒来自又一次洗礼，却发现枪林弹雨一直未歇 / 241

第二十九章　我以为终究可能会失去挚爱，却被挚爱灼热了骨头和鲜血 / 263

第 三 十 章　我以为分别是为了更好地相聚，却发现从这里到远方从无阻隔 / 283

第十六章
我以为背叛只会让人憎恨，
可背叛也能让人接近真相

亮幕炽灯，辐射扑面，置身其中，身体不自觉紧绷。

"竭尽全力配合你！"陈东升红着眼圈说。

李国防拍拍陈东升的肩膀，陈东升眼睛一下也不眨地说："我全力配合了你八年，这八年从陌生到熟悉，再到部队的大事小情离不开、放不下、割舍不了，我们亦师亦友，是上下级，也是过命的兄弟。反恐处突、执勤防暴、抢险救援、海外维和……咱俩总能逢凶化吉，打出一次次漂亮仗，有过埋怨争吵，甚至拳脚相向，但这一路磕磕碰碰走过来，带领巅峰特战队一步步壮大，回看这一路，我们经历了太多，没有被困难阻挡了脚步，也没有在鲜花掌声里迷失了方向，我们就这样你登台来我唱戏，配合愈发得心应手，然而就在巅峰特战队越来越好的时候，你却要急流勇退，失去最心爱的事业和战友，我太明白你目前的心境了，你难受，但是你不能说，无力改变现状，就只能留下最光彩的一面，之后，任它穷山距海，草长莺飞，再无瓜葛。对吗？"

李国防不置可否："啰唆！"

"但是在我配合你之前，你能告诉我，为什么偏偏要针对王战吗？他调入巅峰特战队的时间短，你们没打过几次交道。"陈东升还有疑问。

李国防自然有他的道理，他告诉陈东升，王战成绩确实突出，但他太年轻了，这个年纪的孩子大学还没有毕业，在一定程度上心智还不成熟，即使他第一个到达终点，他有信心在国际特种兵比武赛场上摘金夺银，我们是否有信心呢？他是一匹黑马，这时候不拽紧他的缰绳，他这一飞冲天，由奢入俭难，往后再想从头到脚地磨砺他，可就没现在代价这么低了。

陈东升说："你是要最大限度地打牢这座飞天大厦的地基，我心悦诚服。"

李国防接着说："从目前来看，王战近乎完美，这不行，他一定有软肋，但是我不知道，你知道。"

陈东升挠头道："王战的各课目成绩都是优秀，除了之前提到的对浓烟恐惧，但那个心魔已经驱除，不再是威胁。"

李国防满怀期待地说："再想想。"

陈东升沉吟良久道："他是直肠子，太重感情。认准的人，谁也不能说不好。我不知道这算缺点，还是优点。"

"这对身边人来说是优点，在用心不良的人看来，就是缺点。"李国防说。

"您的意思？"陈东升问。

"我现在就是那个用心不良的人，他重感情，有女朋友吗？"李国防的眼神很狡黠。

"没有……有……"陈东升拿捏不准。

"到底有没有？"李国防咄咄逼人。

"他喜欢女队队长刘楠，这是公开的秘密。"陈东升壮着胆子说。

"就从刘楠下手。"李国防根本不在乎刘楠和王战到底有什么故事，不假思索地说。

"刘楠？只是喜欢而已，能达到软肋的标准吗？英雄难过美人关属实太老套了，支队长。影视剧现在都不这么演了。您是不是转业将至，心乱如麻……"陈东升不相信刘楠能制约王战什么，况且刘楠现在在担负一级警卫勤务，要换人顶替她，还要重新报批要害部位人员政审表，等这一套程序下来，魔鬼周估计已经结束了。

然而，李国防认准的死理，陈东升反驳不了，李国防道："不要质疑，英雄就该爱上美人，美人也会爱上英雄，这有问题吗？不能因为老套就怀疑它存在的合理性。干吧，只是怎么操作的问题。马上召回刘楠，至于审批那一套，能难住你吗？"

"没错，除了在您那审批碰过钉子。"陈东升嘟囔道。

刘楠还在哨位上，被临阵换了下来。

陈嘉说："分队长，你快去魔鬼周极限训练导调中心报到，支队长找你。"

刘楠还在为不能参加魔鬼周而耿耿于怀,听陈嘉这么说,顿时来了兴致。

在回部队的路上,刘楠又疑惑不已,对驾驶员说:"这魔鬼周都要结束了,现在让我横插一杠子,对谁都不公平啊。管它呢,反正待在训练场上就是比待在那压抑的酒店里舒服。"

深夜的导调中心灯火通明,各种仪器设备发出不同响声,五颜六色的指示灯在闪烁,男兵女兵聚精会神,各自操控着面前的精密仪器设备,以保证能对魔鬼周现场实施三百六十度无死角追踪。

刘楠兴冲冲地进了导调中心大厅。

她很有先见之明,早已脱掉西装,换上了虎斑迷彩服,带好了携行背囊,精气神十足地向李国防和陈东升报到。

敬礼、报告词,铿锵有力。

"我们的一枝花还挺自觉,你怎么知道我让你来是参加战斗的?"李国防表现出非同一般的热情。

陈东升不忍直视。

"现阶段在李支队长心目中,最重要的当然是魔鬼周,叫我来肯定和魔鬼周有关。"刘楠在支队长面前一点儿都不腼腆,这和她的成绩有关,在一个以军事素养论英雄的单位,成绩不好断然不敢和上级拔着嗓门说话。

"聪明,不愧是我们特战队女队的领头雁,让你猜着了,就是让你来参加魔鬼周的。"

"感谢支队长让我赶上了这届魔鬼周的末班车,虽然没有全程跟,但最后一天是最激烈、最刺激的,来了肯定比不来强,不过,我现在参加对其他同志不公平,我可以不计入最终成绩,就当是陪练了。"刘楠说。

"又被你猜对了,你这次还真是陪练。"

听了这话,刘楠想既然领导这次召回她,让她参加一次没头没尾的魔鬼周不是目的,那目的就应该是让她不能疏于训练,要始终保持良好的身体状态,未来的一段时间,高规格的女子比武一定会举办,想想就让人兴奋。

然而,李国防接着说:"你这次的身份是蓝军,而且是直接和王战、张铭、林昊小组面对面对抗。"

刘楠瞬间感到这中间一定没有那么简单,她眼睛扫向陈东升,陈东升连忙将目光移开,盯着大屏幕心不在焉地看着。不是心里有鬼还能有啥?刘楠有些想要拒绝,但支队长发话了,是命令,不是儿戏,她噘着嘴戴上了蓝军臂章。

刘楠从导调中心大厅出来,陈东升也跟了出来。

刘楠斜眼瞄着陈东升问道:"大队长,几个意思?"

陈东升支支吾吾,顾左右而言他。

刘楠最见不得男人这么磨叽,哪怕他是一队之长,是顶头上司。

"一定是你提的建议吧,你就这么把队员给卖了?"刘楠的语气很不温柔。

"怎么说话呢？大家都是同志，我怎么把你卖了？"陈东升虽然是反问，但这话说得没有底气。

刘楠指指袖子上的蓝臂章道："我现在是蓝军，我要对队友下手了，你知道我的性格，一定会不遗余力地去担当好这个角色，不会光打雷不下雨、出工不出力，这不是卖了？"

陈东升还在辩解："这是导调中心的安排，是为了王战小组更快更好地成长，不是搬石头砸自己脚，不是要看自己人的笑话。"

刘楠说："我自然还达不到大队长的觉悟。"

陈东升说："我知道你内心的挣扎矛盾比我还要严重，因为你不知道是不是喜欢王战，说喜欢还不到火候，说不喜欢，想起要和他对垒，不由自主地心酸，对不对？让一对互有好感的人去厮杀，这不是一般人能想出来的主意，然而，你必须要这么去做，义无反顾地去做。"

陈东升不敢看刘楠，转而看向远处刺眼的天空。

再怎么不情愿，刘楠还是坐上了任伟林派来的猛士车。

李国防不知道什么时候踱到了陈东升身边。

陈东升说："这就是我们的队员，这就是刘楠，巅峰特战队一个耀眼的女性，她说不上有多漂亮，长年累月的训练带走了她青春的容颜，给她的俏脸蒙上一层阳光的底色，她又是最漂亮的，她总在旁人还在踌躇取舍的时候，已带上背囊远行而去，供人遥望。"

李国防也一直看着汽车消失在营门外的大道尽头,一言未发。

王战等人再次接到新的指令,十点方向三公里处飞机场发生劫持人质事件。被劫持人质中有两名军事专家,他们身上携带军事机密,如果被蓝军截获,小组行动失败,最先到达并成功处置的小组,可获加时。导调中心要求他们迅速展开反劫机行动。

飞机场周边已围拢了所有未被淘汰的十余名特战队员,他们都虎视眈眈,有的战术是鹬蚌相争渔翁得利,有的战术是先行观望,还有的打算直接放弃。正如王战所说:"反劫机向来是特种作战的大难点,可以说是个伪命题,陌生的飞机一旦被劫持,飞机不降落没法突入,即使降落,对内部情况不了解,反劫持也无从谈起,战斗几乎不可能顺利进行,成功处置的先例几乎没有,恐怖分子占尽先机和优势,再牛的反劫机人员也很难实现全身而退,所以有的小组宁可减分减时也不愿意冒这个险。满编小队还有希望,何况现在各个小组已经被打得七零八落,剩下的人里,要么缺了侦察和突击,要么没有狙击或排爆,极有可能被终结,所以就连这剩下的十几个人,也选择保守对待。"

"那我们也保守对待吧?"林昊问。

"这就是实战,恐怖分子即使再穷凶极恶,该冲锋还得冲锋,即使不能救出人质,也不叫无畏牺牲,而是要让老百姓看到特战队员的态度,看到我们和恐怖分子战斗到底的决心。"王战向蹲在掩体里的队友说道。

见张铭和林昊还在犹豫权衡,王战说:"不能再等了,最后一天了,火烧眉毛了。"

张铭说:"他们也在等,大家都不上,我们也不算输。"

王战说:"咱也不讲演习就是实战的笼统大道理,看到周围剩下的特战队员了吗?"王战指指那些隐藏不是很严密的竞争对手说:"他们有的很幸运,一路上也没碰上什么蓝军,有的不亚于我们,也是从尸山血海里爬出来的,他们现在和我们的成绩旗鼓相当,我们制胜的法宝,除了最后的冲刺,就是这一场反劫机了。"

张铭和林昊面对巨大风险还是无法仅凭王战两句话就能痛下决心,毕竟和被淘汰相比,被减分减时确实很稳妥。然而,这并不是王战的理想状态,因为攻不下山头,保存了实力又有何用,不久或者下次还会面对同样的问题。

王战决定换个思路说服两人,他慢慢地坐下来,收起刚才的急躁,等平静了,便开始给他们讲故事,关于父亲的故事。以前他从来不提自己的父亲,生怕落下一个啃老的名号,但现在他认为不搬出父亲,没有更好的例子来佐证自己的观念是正确的。

王战说:"和平年代,郑庆龙明知道水流湍急,也要跳下去救轻生的女子;万金刚明知道暴徒手段残忍,仍用血肉之躯护住战友;张楠明知索马里危机重重,在枪伤初愈之后仍然三次递交请战书,孟祥斌、吴艳杰、一茬茬儿的消防员明知死亡就在眼前,可还是一次次选择最美逆行,为什么?这不是胜败能够解释的,还有我爸,他明知再冲进火场,不仅可能救不出剩下的群众,自己也会扔在里面,他明知道我和我妈已经在撕心裂肺地哭喊,可他一句话也没留下,还是冲进去了。我们今天所面对的,虽然和他们当时的境况迥异,但道理是一样的,导调中心设置这个课目,是头脑发热吗?不是的,一定不是。"

王战有些哽咽了:"我爸虽然什么都没有留给我,一句叮咛的话也没有,但他留给我一个至今清晰的背影,比什么都雄壮,比什么都伟岸,想起他,我不怕!你们不去,我自己也要去的。"

王战说这些话的时候,张铭和林昊不知道何时已不由自主地站起身来,向王战敬礼。这个礼没有按照队列动作的要求短促有力,而是缓缓的,像一剂药水注射进他们的体内一样缓慢,药效却极其明显。

"谁说不去了,谁说的,我可没说。"张铭想说个俏皮话,却发现自己比王战还要伤感。

"我年纪小,没经历过这些,不过在你身上我看到了他们精神的延续。我跟定你了,指哪儿打哪儿。"林昊表态道。

三人重复了他们的口号,之后目光坚定地向飞机停泊处进发。

导调中心,李国防微微颔首。

陈东升疑惑地问:"你怎么知道他一定会选择进攻,而不是保守战术?"

李国防自信地道:"优秀的特战队员才会这么选择,你我也会这么选择。"

陈东升自言自语道:"姜还是老的辣。"

王战侦察之后发现,这是一架庞大的波音787客机,这样的飞机内部空间不亚于一栋小楼,设施设备构造繁杂,纵横交错,还有二楼可供蓝军隐藏和逃窜,综上,作战环境着实堪忧。

三人小组实在不好分工,王战简单布置任务后,展开行动。他火速制作了一枚高爆TNT炸弹。张铭将仅剩的一颗烟雾弹和手雷放在一旁。林昊开启狙击瞄准镜向制高点奔去,他要透过舷窗观察敌情,并做好掩护。

根据经验,王战和张铭从机腹行李舱找到缺口,打开枪支手电,从黑漆漆的下层向核心部位逼近。

他们的耳麦里传来林昊的情况说明:"飞机虽大,但蓝军并不算多,瞄准镜内能够看到的有十个。"

林昊还通报了蓝军手中武器型号和人质的情况。

根据林昊报告的方位,王战和张铭在内部构造复杂的飞机肚子里艰难地寻找着方向,用"95"式匕首和弓弩解决了扼守要害的蓝军后,通过突袭的方式在五秒钟内快速射击摧毁八名蓝军,还剩下两名蓝军反应敏捷,拉着人质躲进掩体,惊慌失措地威胁特战队员再往前一步就要杀死人质。

王战和张铭打开了缺口,这让坐山观虎斗的其他小组成员沉不住气了,他们也纷纷接近飞机,顺藤摸瓜而来。

这时,王战也看清了军事专家的脸,其中一位竟然是刘楠,刘楠竟劝张铭不要放下武器,说她不怕死。

刘楠意味深长地看着王战,却是另一种语气,像是要激怒他,就像她和王战刚接触那段时间一样,她对他毫无感觉,还很厌烦。

刘楠说:"我以前不看好你,现在还是不看好你,你没有这个能力,你不配,趁早放弃吧,向后转。"

王战不相信刘楠会突然间变了一个人,他说:"你怕我执迷不悟、丢了夫人又折兵,是在劝我想办法尽快离开这里,不要为了你牺牲自己的前途?你一定是为了我好,你话里有话。我一点儿也不生气,相反心里还暖烘烘的,更激发了我的英雄主义。"

"你是不是傻,我说话你没听见?"刘楠仍在暗示王战离开。

蓝军小伙儿哪能听不出来,使劲扇了刘楠一耳光,声音之响亮,让人忘了这只是一场演习。

王战心痛不已,那一巴掌像是打在他的心头。

王战骂道:"王八蛋,这是演习,不要玩过了,敢打她,你知道她是谁吗?老子从不找后账,这次回去要破例了。"

"刘楠,坚持住,我一定会救你出去。"王战话还没说完,蓝军又朝刘楠的头部猛击一下,刘楠晕倒在地。

王战后悔不已,深信了祸从口出的道理,这哪是说话逞能的地方?

刚暴揍刘楠的蓝军小伙儿道:"没想到,赫赫有名的王战最终还是栽在我手里了,你现在面临三种局面:第一种很和平、很美好,大家相安无事,你只要放下武器,举起小手即可;第二种,比较血腥,你被我痛扁;第三种,比较残忍,我有点不忍,便是痛揍这美人儿,你选一种吧。我给你十秒钟时间。"

"五——四——三——二——一——"蓝军小伙的语调令人生厌,但目前人家占据上风,这是人家的福利。

在蓝军小伙儿报数的过程中,王战和张铭的脑袋在飞速运转,他们拥有百步穿杨的功力,但目前来看,蓝军小伙儿也非池中之物,将面色苍白的刘楠挡在身前,脑袋靠在刘楠的后脑勺上和他们对话,把自己隐藏得很好,两人根本无从下手。

这五秒何等漫长,对王战来说,失败不可怕,可怕的是再一次在心爱的人面前露怯丢人。而张铭也急出一脑门冷汗,一念天堂、一念地狱,想到与马上就能得到的胜利失之交臂,他的心情一落千丈,随着蓝军小伙儿"一"喊出口,张铭已经决定放弃,紧紧地闭上了双眼。

"嗖"的一声,侧翼舷窗有子弹射进来,石灰弹正中蓝军小伙太阳穴,浓浓的一团白雾覆盖住他的头,小伙一边扑打着头上的白灰,一边噗噗地啐着口水。他朝窗外瞄了一眼,那是占据制高点的林昊射出的子弹,他继承了刘海飞的衣钵,活用了他的狙击枪,虽然他没有刘海飞三百米外击中硬币的绝活,但今天这一枪,他打出了刘海飞的风采。

失去同伙的帮助,形单影只的蓝军乙正要接过同伙手中的刘楠，王战和张铭已不会给他机会，一人连续两枪都准确命中他的脑门。两人瘫在烟雾中垂头丧气地道："还以为好事能让我们碰上，没想到也是海市蜃楼，你们果然名不虚传。"

王战率先冲上去，一记窝心脚把刚才打刘楠的家伙踹翻在地，还想上去补几记老拳，被张铭制止："你怎么一看见女人就来劲儿？什么时候了还打架，你往后看。"

王战收住手，扭头发现已经有竞争对手冲了上来，想抢走他们手中的人质，毕竟规则是谁把人质先扛到指定地点，谁才是这个课目的胜利者。

王战扛起刘楠，张铭扛起另一位军事专家从机舱腹部向机舱前端的舱门跑去，身后呼啦啦跟了七八个竞争对手，他们一开始还很投入地追着，眼看王战打开舱门顺着舷梯跑远了，队伍中有明白人喊了一声："都歇了吧，这个功我们抢不来。"

有人问："为啥呀？"

明白人道："你们还没看出来吗？他背上那是谁，那是刘楠，人家那是两口子。"

"刘楠怎么演上人质了？这等同于作弊，导调中心凭什么这么干？我要申诉。"

明白人回道："快把你浪死了，你还申诉，这飞机的蓝军你们打死一个了？这人质是我们解救的吗？"

众人哑口无言，害臊道："虽是竞争对手，窃取别人劳动成果，说出去的确不敞亮。"

王战背着刘楠,刘楠很顺从地把双手放在他的胸前,王战无比享受这种感觉,魔鬼周以来,这是他跑得最轻松的一次,他似乎听到道路两旁的柏树都在为两人喝彩,腾空远去的一群飞鸟也在为他们助威,微风吹拂着他的脸,虽然大汗淋漓,却让他觉得无比清爽。

刘楠竟然用手为他擦了汗,这如同给野马吃足了草,撒了欢地奔跑。张铭被远远地甩在后面,他身上背的是个五大三粗的老爷们儿。

张铭道:"谁说王战实在,最鬼的就是他,背个瘦娘们儿跟背个胖爷们儿,能一样吗?"

王战和张铭的距离越拉越远。

张铭越看越来气,把"人质"从身上甩到地上道:"我才回过神来,你没腿吗?"

"有倒是有,跑不快。""人质"委屈地道。

张铭唰地从腰间掏出匕首道:"剃了你的头,能不能跑快?"

"能能能!""人质"撒丫子就跑,生怕张铭来真的,毕竟战场上受点儿伤都在合理范围内,虽然可以申诉,但面对喜怒无常的特战队员,安全第一的道理他还是牢记心间的。这时,张铭才发现这人质被他一吓唬,跑起来比他都快。

刘楠趴在王战的背上,这是第二次被王战背着,第一次是在火魔肆虐的公共汽车里把她背出来,那件事已然过去很久,但那天的感觉和今天一样强烈。王战的臂膀虽然没有那么宽阔,但让她非常踏实，如果她是一个真实的弱者，必然会被这个男人所折服。以前她只被爸爸背过，入伍以来，她背过队员、装备、行囊和长枪，却从来没有享受过这样的礼遇，今天她在这个年轻男人的背上，如此地贴近，如此地密不透风。虽然之前一招制敌训练，有男队员做她的陪练或者配手，也有过近身接触，但那是激烈的格斗运动，是制服、是生擒，不能相提并论，这是男人的背，她再像花木兰，再像假小子，首先是一个女人。

时代的车轮在滚滚向前，世间万物都发生着改变，但这男人和女人的磁场只要一对上了，什么变，他们也不会变。

刘楠从思绪中醒来，脸竟然滚烫起来，忍不住劝道："你应该歇一歇，保存实力。"

"不，在你面前，我永远毫无保留。"王战喘着粗气，那是他迸发的荷尔蒙，直扑刘楠的面门，让她竟然有了眩晕之感。

"不，你要知道，赤诚相对也得分时候，万一我是赝品，万一你又中计了呢？"刘楠的话赤裸裸地在提醒王战，可王战根本不会往坏处想。

"不，无论任何时候，我对你都是真诚的，再说了你会骗我吗？即使你会，我甘愿中了你的计。"王战还沉浸在幸福里，说的也是掏心窝子的话。

"你傻不傻呀，我不会骗你，但不代表别人不会骗你，比如蓝军，比如导调中心，这些年还没被折磨出经验？还不长教训？"刘楠面色凝重起来。

"这帮家伙确实不着调,想起一出儿是一出儿,吃了大亏了,我长教训了,谢谢你的提醒。"王战甜蜜地回道。

"你脑子能不能转一转,我那么值得你信任?"刘楠对此刻木讷异常的王战有些生气了,她不是嫌弃他的笨,而是开始痛恨自己的无底线,王战越是表现真诚,越是对她好,她越无法原谅自己。

刘楠多么希望王战突然把她扔在地上,用匕首指着她的喉咙向她咆哮不止,她多么希望,已经从背后超越他们的张铭或者另外一个"人质"告诉王战事情的真相,只要不是从她嘴里说出来就不算犯规,那样,王战还能有足够的时间挽回一切。

可是,并没有,王战还是跑得欢实,情话说得露骨。

眼看要到达指定区域,王战就要进入冲刺阶段了,刘楠一咬牙一闭眼,将手伸进了王战大腿上的手枪枪套。

"我愿意这样一直背着你,不累,一点儿也不累。"王战说。

"然而不可能了,你可能会恨我,我可能会是你前行路上最大的障碍。"刘楠的手已经触及王战的"92"式手枪握把。

"说什么呢?你做什么我都不会介意,我为你做什么都可以。"连王战自己都不信能说出这么肉麻的话。人在玩命运动的时候,大脑会分泌多巴胺,会像喝了酒一样醉人,他要趁着这个机会把想说的都说了,免得以后磕磕巴巴,不敢表达。

"对不起了,王战,我知道你可能不会原谅我,但这也是我的任务,必须完成。"说着,刘楠猛地抽出王战的手枪,对准了王战的后脑。

刘楠的手在颤抖,那枪口冰凉,让王战浑身像过电一样哆嗦了一下,他不认为这如同打尿颤一样舒爽,而是刚刚积攒的热乎气儿一瞬间飞走了,这枪管的凉度从脑袋瓜儿直达脚底板儿。

王战缓缓地停下脚步,但紧扣着刘楠腿弯的双手没有放下,反而抓得更紧了,还在生怕这一惊,一松手把刘楠摔疼了。

"别开这种玩笑,一点儿都不好笑。"王战故作轻松地说。

但刘楠斩钉截铁地告诉了他:"我一点儿也没有开玩笑的意思,这都是真的。"

"你是人质,人质为什么要向我开枪?"王战问。刘楠沉默。

"喔!"王战猛然明白:"我惊喜地发现这又是一招暗度陈仓的好戏,和预备队员转正时人质对我的反戈一击如出一辙。但那不一样,那个人质是毫无关联的人,没有感情,甚至从没打过照面,他巴不得预备队员难堪,但现在,你,是我确信喜欢的人,即使每天相见,梦里还会出现的人,谁都可以背叛,你不可以,即使要背叛是不是也应该有些先兆?"

王战慢慢地下蹲,刘楠稳稳落地,一只手还箍在王战的脖子上,右手握枪,又使劲顶了顶王战的后脑。

天地间,仿佛只剩下两个人,微风升级成了狂风,打着旋子在他们的身边呼啸,树叶稀里哗啦地落了一地,打在他们的身上、脸上、眼睑上,王战觉得这树叶和枪管一样冰冷,比冰雹砸在身上还要疼,火辣辣地疼,像灌了一瓶结晶的饮料,冰镇得脑仁都疼起来。

　　张铭马上就要到达指定区域,"人质"一直被他用匕首指着后脊梁,还没有办法像刘楠一样对王战发动偷袭。张铭见王战半天没跟上来,觉得蹊跷,回头一看,不由惊恐万分,什么情况,刘楠竟然用枪指着王战的头?

　　是王战非礼了刘楠,还是说了什么不着调的话惹恼了她?张铭脑子转得飞快,忽然醒悟到这中间一定有诈。他立即观察自己的"人质",果不其然,刚才唯唯诺诺的"人质",利用张铭稍一走神的机会,霎时换了一副面孔,手已经伸进了后腰。张铭眼疾手快,一记飞刀,刀柄打在"人质"的手腕上,"当啷"一声,刚举起的手枪应声落地,张铭飞跳过去将"人质"扑倒在地,从腿弯皮套拔出另一把匕首抵住了"人质"的颈动脉。

　　"人质"也是训练有素,死死地拽住张铭的手腕,想要下他的匕首,两人进行着持久的角力。

　　这厢剑拔弩张,那厢一地凄凉,现场的情况看得人惊心动魄也悲戚不已,刚才甜如蜜,转眼狠似毒,任谁一时也接受不了这种落差。

　　安放人质的场地,是这片茂密丛林中少有的通视距离较远的地方,俯瞰这两对搏命的人,在空旷的土地上如几只挣扎的蝼蚁,渺小而脆弱,好似也无人在意他们的死活,这和他们内心如炼狱般的心境有着天壤之别。

王战说:"你只需要轻轻扣动扳机,我立刻就可以退出战场,那些我所追逐的东西都将灰飞烟灭,从此击碎我的梦想,也击碎了我对于你的渴望。"

刘楠的心情比王战还要复杂,思绪如海潮般汹涌,她脑海里轮番呈现的是李国防和陈东升惋惜的脸,正如李国防所说:"王战是把好手,将来也会有很大的机会,但你一枪将会毁掉他这一年,但该毁的就必须片甲不留。"

陈东升也观察着目前的局势,他知道这一枪下去,任伟林一定会从指挥中心的椅子跳到桌子上,对李国防佩服得五体投地,之后也会陷入沉思,这么多蓝军解决不了王战,收拾他的还得是他们自己人,说起来也还是个笑话。

张铭手中的刀,被"人质"抢了去,"人质"要将刀割向张铭头盔上的激光生命信标传感器,如果成功,张铭也将结束这趟苦旅。

刀刃发出的寒光,刺激着张铭布满血丝的眼球,他没有想到这个刚还如绵羊一般的家伙有这么惊人的力气。

"小子,你不会得逞,我是巅峰特战队员,专治你这种两面派的魔鬼。"张铭牙齿咬得咯咯响,挤出的话带着火星子。

"只有你想要出名挂号?我也想,弄不了王战,弄个千年老二,也够本。""人质"把张铭定义为千年老二,让张铭很不爽,好像之前的战斗都是王战一个人打的,但他随即自我消除了这种怨恨，说："管他老几，只要我奋力拼争下去，收拾好眼前的杂事，我就是我心目中的第一。"

张铭浑身充满能量，接着说："不和身边人比较，心胸也就豁达了，面对恶意的话，我可以游刃有余。"

"人质"刺激他道："不要自欺欺人了，没人能记住老二，战场也是，女人也是。"

"放你的狗臭屁，你以为你这种角色的人说出来的话有人信吗？踩着别人肩膀往上爬，还要点儿脸吗？"张铭手上力道占据下风，一个起桥，腰胯发力，将"人质"顶翻出去，匕首也掉落在地。

"人质"正好滚到之前被张铭打掉的手枪附近，捡起手枪，直接向张铭开火，张铭几个滚翻躲开，趁"人质"换弹夹之际用步枪点射，"人质"呈"S"形路线逃跑，不时回击两枪，张铭战术步伐快速前进搜索，短点精度射，两人在这个空旷地带周旋，枪声不断。

王战和刘楠谁也没有去看这场精彩的一对一枪战。

"开枪吧，命令比天大，这是你的职责。"王战闭上了眼睛。

"如果这是实弹，你也放弃抗争了吗？"刘楠问。

"只要是你，我都会束手就擒，要死就死在你手里。"王战说。

"真的？"刘楠问。

"千真万确。"王战笃定地道。

刘楠的眼泪无声地淌了下来,她握枪的手在抖动,枪口已经离开了王战的头皮。

"开枪吧,不要下不了手,失去了所有,能得到你的心,我高兴。"王战的声音来自腹腔,有底气。

刘楠不再哭泣,突然再次怒目圆瞪,把枪重新抬了起来:"混蛋,我在执行我的命令,你也应该有你的原则,我们现在是不同阵营的人,你不能为了我而放弃底线。虽然今天你放不放弃也没用了,只是在你被淘汰前要让你明白,我们的关系和我们的任务没有关系,你要为你的理想和信仰负责。"刘楠说。

刘楠的衣服里藏有微型摄像头,他们的对话,任伟林在监控里都能听得到,不由喃喃道:"可把你们纠结坏了,开枪啊,快啊,开了结束了,我也能回家陪媳妇了,不要再谈感情了好吗?我已经过了谈感情的年纪,我受不了这个桥段。"任伟林像个饿汉子看到了满汉全席却一口都吃不到嘴里般着急。

王战从震惊到放弃抗争,再到听了刘楠的话突然觉醒:我放弃的不是终点,而是原则,我要抗争,有一丝希望也要抗争到底。"你说得对,我狭隘了,但是请你记住,不管怎么样,我都喜欢你。"

王战说完这话,刘楠随即开枪,但是枪没响,王战不知何时对手枪做了手脚。

瞬间王战身子稍一下蹲,向左回身,右手架格,左手抓腕,刘楠反应也快如闪电,连开两枪,但王战是在运动中,全都躲过了,并顺势下了刘楠的枪,情况出现逆转。

导调中心,李国防微微颔首,陈东升紧张到从椅子上站起来,脖子伸得老长,因为两人都是他的得意弟子,谁输谁赢都有可能。

最难过的是任伟林,整场魔鬼周,王战总在逢凶化吉,总在眼看就要被拿下的时候反戈一击,将结局成功改写,当看到刘楠被王战下了枪,他长叹一声,将身体扔进椅背里。

张铭和"人质"的枪战稍停,他们找到各自的掩体潜伏下来,隔空喊话。

"人质"头脑清晰得很,他刺激张铭道:"你出来啊,我反正不急。"

张铭恨得牙根发痒道:"别让我逮着你,非捶死你不可。"

"人质"道:"大话谁不会说,你倒是来啊。"

张铭刚一探头,"人质"一枪袭来,他无法接近"人质"。

时间流逝,在这里耽搁太久,往后的压力会陡生。张铭看看远处,王战已经重新将子弹上膛,指向刘楠,他心里只能寄希望于王战,赶快和刘楠分出胜负,之后自己的问题也将迎刃而解。但是王战似乎并不着急,在他占据绝对优势的时候,也像刚才的刘楠一样,没有果断开枪,他好像更希望和刘楠来一次深入心灵的对话。

张铭急得像热锅上的蚂蚁,王战却动起情来。

"别啰嗦了，回家再秀恩爱，我们没时间了。"张铭朝王战喊道，一个需要被别人救命的人，却理直气壮，口气生硬，也只有战友能这么毫不掩饰。

"人质"嘲笑道："还有更大的阴谋等着你们，你以为过了我这一关就万事大吉了？何况，你根本过不了我这关。"

张铭说："总有些连自己也主宰不了却觉得能主宰世界的人，在说着不可一世的话。你做不到的事情，认为别人也一定做不到，我有句经典的闽南话送给你，你娘可好。"

"人质"说："果然是巅峰队员，意识到问题的严重性了，气势上还是不输，还能总结出如此精辟的语言。我看好你哦。"

两组人马在对峙，是精神上的对峙，是超越了敌我的对峙。

第十七章
我以为这个时代的战斗科技必胜，但人的力量才能撼动山河

荒野远，丛林密，敌我两种装束分外鲜明，贴近了看似乎又是同一种迷彩。

"你越来越优秀，担得起特战勇士的称号。祝贺你成功了，赶快结束这令人煎熬的处境吧，我朝思暮想这个战场，这次来却发现，战场之上不仅仅有残酷的战斗，还有人性考验，面对你，我第一次想尽快退出战场。"此时，刘楠内心其实是喜悦的。

"这算不算表白？"刘楠的话，让王战很受用，走心的人必然敏感，他试探着问。

"现在是说这个的时候吗？快回去吧，所谓的军事专家是蓝军伪装，真正的军事专家还在飞机里，现在估计正在被转移的路上。"刘楠说道。

王战苦笑："我这么信任你，你却再次给我来了个意外收获。导调中心的安排不是一般的损，再一次让你看我的笑话了。"

"快走吧,我在终点等你。"刘楠催促道。

"其实,我在飞机里的时候已经开始怀疑你是伪装的人质。"王战语出惊人。

"那你为什么还要陪我演下去?"刘楠疑惑地问。

王战说:"我没有选择,也愿意陪你演下去。"

刘楠问:"你是怎么知道的?"

王战说:"蓝军没有必要打你,可他们动手了,这是障眼法;你也没有必要刺激我,应该一言不发,这不是电视剧,人质在这种情况下大脑几乎是空白的,你的戏过了;再者,我在背你奔跑的时候,你好几次想要触碰我的手枪,我当然有所察觉,趁你不注意,卸了弹夹,在之前我也有被伪装成人质的蓝军袭击的经验,这次不能再在同一处摔跟头。"王战道,他没有留意到刘楠的些许失望,原来王战之前的话是在确信自己没有危险的情况下才说出来的,少了一些纯粹,多了一些水分。

"勇敢地战斗下去,巅峰出击,勇士必胜。"刘楠伸出手,王战和她握了手,久久不愿意松开,刘楠抽出手果断地触发自己的激光信标,宣告退出,向王战敬礼,然后大步流星地向淘汰车的方向走去,飒爽的英姿,让她不像是被淘汰的蓝军,却像去领奖的冠军。也许在她心里,王战的胜利,也是自己的胜利。毕竟王战喜欢她,王战越强大,她也就越强大。

望着刘楠远去的背影,王战想到她模棱两可、没有明确表示拒绝,相反还给他留下无限想象空间的态度,不由心潮澎湃。

"你还有完没完了,这都火上房了,你还在打情骂俏,人家都走了,尾灯都看不见了。"张铭道。

王战根本没把剩下的这个"人质"当回事,两人合力将"人质"制服。

"现在没时间,回头再收拾你,嘴太碎了。"张铭愤愤地对"人质"说道。

"人多欺负人少还有理了?要不是王战,你能奈我何?"张铭和王战跑远了,"人质"才嘟囔着从地下爬起来,还吐掉了嘴里的一把草,那是挨揍的时候被摁着脑袋啃进嘴里的。

王战和张铭重回飞机场的时候,林昊正被六名蓝军包围,被逼得上蹿下跳,鸡飞狗跳。

没有小组队员支援,天大的本事也逃不出包围圈,很快他被蓝军控制在飞机场的仓库一角,再也动弹不得。

王战和张铭发现他的时候,他已经被淘汰,像一头羼弱的瘦犬,蜷缩在暗影里,每每喘一口粗气,身体都在抖动。

王战和张铭站在他面前,无助、无奈、心疼、愤慨,多种情绪交织,直至泪如雨下。

王战说:"对不起,兄弟,我们来晚了,要不是你狙击了劫持刘楠的蓝军,我现在应该已经在蓝军手里,你救了我们,可当你需要我们的时候,我们却不在。"

张铭道:"只顾着转运假人质,却忘了真兄弟。"

"没有你们,我半途就废了,能走到现在是造化,很知足了。"林昊强努笑颜,那污泥和迷彩油背后的脸,在欢快地跳动。

"你俩不用解释,因为无须解释我也明白,魔鬼周的赛场上,没有绝对的公平,没有永远的幸运。这事儿搁谁身上也会难过,只剩下四十公里了,一咬牙一跺脚就到了,这种感觉比半途被淘汰还要糟糕,还要绝望,但是你们没看到吗,我分明在笑,笑这狗屁的规则,笑这混蛋的命运。"

接送淘汰人员的汽车快要开来了,王战和张铭要把林昊搀起来,林昊死活不起来,等强行将他架起,他们才发现林昊已经站不稳了。

"这是怎么搞的?"王战吃惊地问。

"没事,你们快走,真正的人质还没被带离多远,还能追得上。"林昊催促他们赶快离开。

"群殴还下死手,士可忍孰不可忍。果然是对敌仁慈,就是对自己残忍。"王战知道林昊一定是和蓝军有过激烈搏斗,导致腿部受伤。

他和张铭只好先离开林昊,他们要去抓两个倒霉催的蓝军。

说来也巧,两个蓝军斥候正好撞到枪口上,王战和张铭也不管什么规矩不规矩,出手痛击,直到两人无还手之力。他们通过这样的方式来送别最亲密的战友,将悔恨和怒火化作雨点般的拳头,除此之外,他俩什么也做不了。尽管他们知道这是自我安慰,自我欺骗,于事无补。

两人出手太重,两名蓝军斥候满地打滚,惨叫连连,毫无招架之力。

"你们……你们这是虐待俘虏,我们要申诉。"斥候甲满肚子的委屈。

"申诉?你们马上就会变成两具尸体,本着人道主义精神我看应该给你们埋了。"一通发泄,并没有让张铭的情绪得到平复,一想起林昊的笑脸,他的动力就又增添一分。

蓝军斥候一听这话,再也不敢言语,防守好重要部位,躺在地上,像被敲了脑袋的甲鱼。

林昊坐在汽车里,经过王战和张铭暴打蓝军斥候的场地,不敢再给他俩什么表情,怕再给他们造成什么负担,做出什么过激的行为,如果因此而影响了成绩,得不偿失。他给两人做了一个加油的手势之后,紧闭双眼,靠在椅背上,这一路走来的烟云,仿佛都被抛之脑后,其实谁又何尝不知道,经历过魔鬼周的人,灵魂已经附着在这片土地上,精神和战友永远一起前行。

王战和张铭向远去的林昊敬礼,并不整齐地呼喊着林昊的名字,第N次为战友哭泣。他们也知道致敬战友最崇高的方式不仅仅是敬礼,更重要的是继续勇敢战斗,而不是狭隘地找一两个蓝军出气。

根据林昊提供的方位,两人去追击真正的"军事专家"。

"别的小组会不会抢在了我们前面?都是精英,不可能这么久还蒙在鼓里。"张铭问道。

张铭的嘴像是开过光,正说着身后就有动静,王战用白光瞄准具观察,果然是竞争对手,他们一定知道了刚才的"人质"是假的,又来和他们抢真"人质"。

"咱这帮队友也不是吃素的,赶紧的吧。"王战道。

"我们要不是送林昊耽误了,他们何止慢半拍。"张铭不以为然地说。

蓝军再有十分钟就将"人质"转移到目的地了,但王战和张铭总在最关键时刻神兵天降。没有"卧底",反劫持对于特战队员来说是基本功,所以这次他们没有像"解救"刘楠那样险象环生,出奇地顺利。

当竞争对手再次追上蓝军劫持人员的时候,他们很无奈地摇头道:"你们又来晚了,假的人质他们带走了,真的人质他们也带走了。"

竞争对手们道:"这次魔鬼周,我们总是跟在王战屁股后面喝西北风,陈大队长给这小子吃什么灵丹妙药了?平时咱们的训练成绩也没有悬殊啊。"

众人百思不得其解,蓝军指挥中心的任伟林认为可以解答这个问题,他对助手道:"这不是差距的问题,导调中心和蓝军给他亮红灯,老天却在给他开路。"

助手弱弱地道:"这是迷信的说法啊,这个解释不能让人信服。"

任伟林回道:"开车要有车感,打球要有球感,射击要有枪感,他们找到了战斗的感觉,每走一步都带动着别人的节奏。如果把魔鬼周比喻成一个物件儿,那么,他们找到了突破它的通途,这不是迷信,这是特战勇士孜孜以求却轻易不可得的法门。到此,我们已经败了,从头到尾,我们都在努力跟上他们的脚步,却永远是烘托他们戏份的配角。"任伟林起身卸下了编织腰带,摘下了迷彩头盔,向指挥中心外走去。

助手问:"你去哪儿?"

任伟林道:"有人说,要战斗到最后,哪怕明知道自己会输。我不这么认为,要及时止损,已经知道结局,还做无谓的牺牲,是不尊重战士的生命,再不走,等着李国防和陈东升赶我们走吗?况且我们的使命已经结束了,剩下的四十公里,是巅峰特战队员之间的竞争,那将更是一场炼狱般的考验,不过,与我们无关。"

助手道:"可是结果还没有出来,就算是一场拳击比赛也要看到最后啊。"

"旗鼓相当的运动员才让人有欲望看到最后,我是教练的话,我的运动员已无一点儿胜算,战线拉得越长,会被虐得越惨,是时候扔白毛巾了。"任伟林说这话的时候不难堪、不懊恼,他认为经过这次魔鬼周,学到的远远要比王战等人多。

刘楠告别王战回终点营地的时候,沿途之上,所有人都在安慰她,没有人责备她。齐伟还夸赞她很好地处理了这棘手的难题,也履行了作为一名蓝军的职责，面对这么特殊的关系，没有放水，常人很难驾驭。

连一向忌惮刘楠说话不留情面，不愿意多和刘楠说话的郎宇，也上赶着给刘楠竖大拇指。但刘楠脑子里都是王战的举动，以及他浓烈的雄性味道，眼里没有一丝别人的影子，留下郎宇尴尬不已，他连忙转移话题，对齐伟说："今天天气不错，是个冲刺的好环境。"

刘楠心不在焉，孟冰的眼睛里此刻却只有刘楠，她心里燃烧着妒忌的火焰，她已经把刘楠当成爱情路上的"敌人"，不是假想敌，是真正的敌人。她觉得有必要上前和刘楠摊牌，她虽然是个弱女子，不会什么特战技能，在刘楠面前撑不过一个组合，但她是个敢爱敢恨的人，面对没有硝烟的战争，面对喜欢的人，谁都有冲锋陷阵的权利，所以她勇敢地站在了刘楠面前，死死地挡住她的去路。

女人在部队是稀有物种，掰着手指头都能数得清楚，所以刘楠之前或多或少听说过孟冰，孟冰也对刘楠再熟悉不过，还亲手为刘楠包扎过伤口。以前两人有过接触，都是在平等友好的氛围中进行的，这次孟冰突然过来，满脸怒气，刘楠还没有察觉，以为是魔鬼周七天，连汉子都经受不起，更别提女子，大家都处于崩溃边缘，一脸幸福反倒是异类。

"你等会儿，有话跟你说。"孟冰的白大褂在阳光下闪着刺眼的白光，她的语气不容置疑，刘楠一开始还以为孟冰要给自己检查身体，回道："没事，我没有受伤。"

"我受伤了。"孟冰没好气地回道，眼神咄咄逼人。

"啊？伤哪儿了？要不要紧？"刘楠以为这里都是男人，孟冰好不容易遇到了女人，愿意和自己套近乎实属正常。

"装什么蒜，这女子特战队员不过如此，敢做不敢当？"孟冰一改往日的贴心乖巧。

"真不知道你在说什么，大家都很累，拿我当出气筒？"刘楠觉得莫名其妙，"咱们很久没见过了吧，没招你没惹你，凭什么劈头盖脸一通质问？有人的地方就有江湖，这江湖未免太一地狗血了，说不定就踩上哪一摊。"刘楠有些生气了。

"你也真能干得出来，自恃王战对你有点儿好感就肆意践踏？王战也是傻，把欺负当爱意，看了让人揪心。"孟冰像吃了火药。

刘楠说："古有骑士为爱决斗，今有孟冰为情出头，这是一个花季女孩赤裸裸地宣战、毫不遮掩地护食啊。本来我还没感觉王战有多好，现在突然有了危机感，这是人的天性，大家都说好的时候，不好也好，何况他确有闪光点。我是女特战队员，但首先是个女人，女人之间相安无事还好，但凡抢起东西，不是腥风血雨，那也是火星撞地球，这事儿我明白得很。"

"你要向我宣战是吗？"孟冰毫不胆怯。

"还没到那个程度，至于你对我的意见，你去问导调中心，导调中心的命令，我只是服从。"刘楠说。

"要是我,坚决不干,有什么了不起,有这么折腾人的吗?"孟冰说。

刘楠说:"所以,你当不了特战队员。"

"特战队员了不起啊?特战队员可以泯灭人性、泯灭良知,拿战友开刀,对喜欢自己的人下手?"孟冰越说越激动,吸引来一大片特战队员的目光,大家不知道特战队员怎么让孟冰不高兴了。

赵科洞察所有,说:"刘楠一定是摊上事儿了,可能这事儿比攻克敌军阵地还要棘手,因为刘楠很少乱阵脚,现在脸色却有些难看。你看她这气势,与在演练场上的表现相去甚远。"

"无理取闹,没工夫跟你掰扯,我看你就是闲的。"刘楠说着,想要结束这种局面,她只想成为演训场上的焦点,从来没想过会因为这八字没一撇的感情琐事被人评头论足,她很不喜欢当下这种感觉,太有损她一直以来的形象,也十分影响以后她在女队的权威。

可是孟冰就像占了上风的拳击手,断然不会错过这个读秒的机会,她乘胜追击道:"站住,我想咱们还是掰扯清楚为好,省得剪不断理还乱。"

一群战士围着明白人赵科,赵科继续在一旁为战友们解说"战况":"完了完了,已经很久很久没有人跟刘楠这么说话了,她是女子特战队的颜值担当,特战水平数一数二,领导交办的任务超标准完成。在她的圈子里,风采夺目,霞光万丈,被追捧、被赞扬,有很多蠢蠢欲动的男生一看这个情况,再反观自己,望而却步,有胆子大的上赶着,慢慢会发现面对的不只是刘楠,还要接受全女队乃至全特战队的审视,压力山大,自动退出。今天孟冰敢跟她公开叫板,刘楠意外也不意外。意外的是印象中孟冰是口罩后面严谨负责的卫勤人员,她关心伤病员,体贴入微,医术精湛,素质较高,不应该是现在这个争风吃醋的模样。不意外的是,孟冰有跟她叫板的资本,谁都知道医院有一个文职女生,貌美如花,风姿绰约,符合大部分中国男人的审美,只看一眼就有呵护她的冲动;而刘楠因为长年累月的磨炼,周身散发着的气质,只看一眼就有被她呵护的冲动,男人一定会想一想拥有她是不是先要打得过。既然旗鼓相当,各有所长,那么这就是一场势均力敌的战斗,一提到战斗,刘楠根本不会躲。"

"你还没完了是吧,凡事好说好商量都有戏,你这么得寸进尺,好事也得变成坏事。"刘楠说。正如赵科所料,刘楠其实没想过争什么,但孟冰非要上演这么一个桥段,刘楠认为光躲也没意思。

"口气不小,好像我不找你,你就心安理得似的,告诉你,别欺负老实人,你跟他不合适,别耽误他。"孟冰道。

"你怎么知道不合适?"刘楠反问。

"那肯定的,首先,一个单位的,家里家外的抬头不见低头见,烦不烦?其次,同样的专业,眼界就那么宽,聊来聊去累不累?再者你现在所追求的特战事业,只不过是一时的风光,而他不一样,这是他的毕生追求,时间一长差距大不大?还有,你们都在第一线，处突家常便饭，工作千头万绪，谁主内谁主外，你考虑过这些细节没有？"孟冰机关枪似的突突着刘楠，语速很快，但逻辑清晰，句句扎心，一听就是做了足够的功课。若不是刘楠和王战的感情还没到一定程度，非得吐血不可。

旁边八卦的战友也被孟冰的分析征服了，推己及人，陷入沉思。

郎宇没有沉思，满腹醋意，对根本对此不感兴趣的齐伟道："看到两个领域的翘楚，为了一个王战纠缠，我就气不打一处来，败得好彻底。"

齐伟回道："我也气不打一处来，最后的鏖战时刻，王战只剩下半条命了，你们还在这里风花雪月、鸡零够碎，还真有闲心。"

郎宇失落不已，转身进帐篷前说："道不同不相为谋，我甚至搞不清楚你这么一个榆木疙瘩，为什么早早地结束了单身生活，同批干部里你最先撒起狗粮。要不是我最终觅得我的美丽护士，今天这场面我根本接受不了。"

刘楠和孟冰还在继续。

刘楠又好气又好笑地道："不研究治病救人，你这脑子都在想些什么？"

"这也是治病救人，让你及时悬崖勒马，不要执迷不悟，一失足成千古恨。"孟冰词儿硬得很，就像她对待刘楠的态度。

刘楠是真正开枪毙过敌的，对于孟冰的不依不饶却束手无策。她说："感情的事儿说不清楚，不聊了，臊得慌。"

"你表态，咱就不聊了。"孟冰咄咄逼人。

"这又不是立军令状，再说你又不是我上级，我凭什么给你表态。"刘楠一如既往地强硬。

"你不表态，别想走。"孟冰说。

"王战跟谁在一起，那是他的权利，你去找他，跟我有什么关系。难道王战跟谁接触的多了些，你都要找人家对质？这个思想很危险。"刘楠开导孟冰。

"我提醒你，是为了你好，别不识抬举。"孟冰说。

"我今天真正认识了你，我认输，行了吧？"刘楠再也忍受不了橡皮糖一般的孟冰，她认输逃开，生怕孟冰跟上来。

第一回合，孟冰略胜一筹，但她并没有感到轻松，她认为这只是万里长征第一步，以后还不一定会出现什么险情。

"孟医生，有队员受伤。"卫勤组成员在喊孟冰，孟冰连忙进入保障状态，重新做回原来的自己，再也找不到刚才单刀赴会、舌战尖兵的影子。

赵科说："就这么收操了？没劲。都散了吧。人是种神奇的动物，可以瞬间变换角色，女人尤甚，孟冰尤甚。"

大家伙意犹未尽，总觉得刘楠今天的表现太一般。

孟冰麻利地为受伤队员解决了问题，电话响了，是在社区工作的妈妈打来的。

孟冰的妈妈谢凤当了一辈子社区干部，面对烦琐的工作和性格迥异的人，还有家长里短、鸡零狗碎，游刃其间，得心应手，可见谢凤与人打交道、处理矛盾纠纷的能力不可小觑。但谢凤的角色转换得就不如孟冰，她把工作当成了生活，把生活也当成了工作，连孟冰也被她当成了下属，孟冰这"变色龙"般的特异功能是从应付妈妈的"职业病"中修炼而来的，为了能在妈妈的唇枪舌剑、刀光剑影下茁壮成长，她必须要具备兵来将挡、水来土掩的能力，否则不仅耳朵受不了，神经也会出毛病。所以妈妈在的时候要当乖乖女，妈妈不在要当家作主，肩负起妈妈交给的重任，既要当书生学霸，干好工作，成为妈妈在社区炫耀的骄傲，还要拥有死猪不怕开水烫的能力，适应越来越需要厚脸皮的社会。要求虽过分，幸运的是孟冰没有分裂。

孟冰皱了皱眉头接了电话。她很清楚，最难对付的是这个妈，只要是她打电话，都是有事儿说事儿，直切主题，从不拖泥带水。这种作风不管是在部队，还是职场，都备受推崇，但母女之间，似乎少了点儿温情，多了些严厉。好多次，孟冰还没反应过来，电话那头已经将这通电话的"议题"简明扼要地说明了，剩下的是孟冰就相关议题汇报情况、提出意见建议，但谢凤显然是在会海中做决策且有相当多成功经验的那位，强势而独断，针对孟冰汇报的情况除了批评就是否定，从来没有给予她行使民主权利的机会，让孟冰苦不堪言。这次一定也不会有所改观，因为孟冰告诉过妈妈，自己在魔鬼周一线，没有特殊情况不要打电话，影响工作，妈妈也满口答应了，现在打来，应该是问题很严重，孟冰刚刚的皱眉就是在做思想准备。

"妈，不是跟您说过我在一线，忙得脚打后脑勺，一大堆的事儿等着我来处理，而且都是人命关天的大事，不要随便打电话嘛？"孟冰小心地埋怨道。

"人命关天的大事？你说对了，就是人命关天的大事儿，再不解决，真得出人命。"谢凤像是吃了二踢脚，隔着话筒都能感觉到她有要上天的冲动。

"我是一名军队文职，啥事比打仗还重要？"孟冰说。

"少来，别拿鸡毛当令箭，今天这事儿你不给我说清楚，我确实要带队打一场硬仗了。"谢凤颇有大将风范。

孟冰胆战心惊地说："我知道您身边有一群掏心窝子的婆婆大姨，随时听候您的调遣，在征迁、社区活动、处理家庭纠纷、与不良现象作斗争等方面协助您打过一场场硬仗。您曾经说过，连长最多也就管一百多人，您可管着好几个小区，我充分知道您的能力，但您不要动不动在我身上验证这个能力了好吗？"

"让你处对象，让你回家相亲，让你擦亮眼睛，给我找一个乘龙快婿，你倒好，几年没有下文，终于有了消息，却是个晴天霹雳，我到现在脑子都是蒙的，说吧，你跟王战到哪一步了？"谢凤直抒胸臆。

"连王战都不知道呢，您怎么知道了？"孟冰嘀咕道。

"老妈是干什么的，搁在革命战争时期绝对是个优秀的地下工作者。我不仅知道，王战的八辈祖宗都被我调查清楚了，他不适合你，闺女，趁早给我断了。"谢凤的语气不容置疑。

"凭什么就下这样的结论？他的优秀有目共睹，再过几个小时，他就要冲破终点线，迎来高光时刻，以后他的路会越走越宽，哪一点让您不待见了？"孟冰有些着急，"今天这是怎么了，所有人都针对我似的，没有一个好消息，以前我可以跟您打太极，刚和一个情敌作完斗争，满腔豪情还没有褪去，您一盆冷水泼来，太不是时候了。"

"我没说他不优秀，作为特战队员他是成功的，但当对象，不合适。"谢凤说。

孟冰问："哪儿不合适？"

谢凤说："他只是一名战士。"

孟冰说："是您说的，军人靠谱，军人履历清白，根红苗正，所以才让我考军队文职，现在怎么变卦了？"

谢凤说："可是你进了部队我才发现问题，我想见你的时候都费劲，更别提指望得上了。同事给你介绍了一个公务员，管民生的，实惠！周末就安排你们见面。"

孟冰说："我还是觉得军人好。"

"军人是好，可他一个大头兵上得了什么台面，虽然优秀，能解决你什么实际问题，我还能被劫持怎么着，要他解救我吗？和平年代，水电煤气网络有线电视甚至物业，都与生活息息相关，所以管这个的才是真正有地位的人。计划经济时代是部队的天下，市场经济时代军人什么地位你还不清楚吗？不如地方部门一个管锅炉的，部队又没有执法权，对外不对内，和地方打不了太多交道。军人在部队总以为什么都要有板有眼，必须都要有个结果，其实并不是，在地方能进行下去的项目连百分之二十都不到，大多半途夭折。他们不懂社会，不要停留在年少无知憧憬爱情的阶段了，你都多大了，孩子。"谢凤说。

"我自食其力，独立坚强，我不需要另一半事事帮衬。女人的终极价值观从来不是人身依附，也不是他好我也好，而是他强我也强。"孟冰说。

孟妈妈一时语塞，支吾半天又亮出杀招说："他是单亲家庭。"

孟冰激动地说："我也是单亲家庭，我想不到您会拿这个说事儿，这是我心里的痛，也是所有单亲家庭孩子心里的痛，我为此自卑过，是您带我走出阴霾，今天您却自我否定了？"

"单亲家庭没有问题，对孩子的影响也是有限的，可你们都早早没有了父亲，这样的组合是有弊端的，有人说，这样的组合还会有魔咒，我是无神论者，但我不愿意让你冒险。而且这还不是最重要的，重要的是他是战士，你是名牌大学毕业之后耗尽心力好不容易考上的文职人员，差着行市呢。现在你被爱情冲昏了头脑，将来没有共同语言，你都没地儿说理去。不是妈妈势利眼，妈妈说的是大部分人眼中的现实。"

"单亲组合的事儿莫须有，我们就聊聊你这狭隘的阶级观念，且不说他还年轻，有无限可能，就算他永远是个战士，怎么了？部队不缺干部战士修成正果的实例,他们都很幸福。连部队关于婚恋的规章制度都已经允许本单位双军人结合了,到了您这儿,怎么还落实不下去了?您当了一辈子的基层干部,落实上级指示一直最坚决、最稳妥,这次摊到自己家怎么就两杆秤了呢?"孟冰了解母亲,知道怎么说能戳中她的"要害",只是之前她没有尝试过,这次她豁出去了。

以"三寸不烂之舌"著称的谢凤竟然被闺女的一席话给噎住了,她显然没有意识到孟冰进步的速度远远超出了她的预期,她以前认为孟冰没有叛逆期,现在似乎明白她的叛逆期只是来得晚罢了。

"你你你,这不像你说出来的话,谁给你洗的脑?是不是他妈,这个女人我也打听了,不是个省油的灯,把我闺女忽悠得已经……看来不会会她是不行了。"谢凤此言一出好像一股极强的内力从听筒里发出来,要震裂孟冰的心脏。

孟冰害怕地说:"您可别了,谁不知道王战妈妈朱琴在江湖上也是有一席之地的,当初大闹特战队大队部,连陈东升、刘楠都被她三五回合斩落马下,功力之深可见一斑。您和她正面遭遇,定然会飞沙走石、两败俱伤。您要是真那么做了,我在这单位也没法混了。我和王战八字还没一撇,您就要弄得满城风雨,要是王战和我只是普通朋友关系,我还抬得起头来吗?要让人笑掉大牙了。"孟冰涨红了脸,她生怕风风火火的妈妈什么事儿都干出来。

谢凤说:"听这意思,好像你们并没有什么实质性的进展?"

孟冰道:"本来就没有,只有您最敏感。"

"那就好,不过这个电话不白打,我警告你,不要越雷池一步,家里门槛都被踏破了,随便拎出一个来都比王战条件好,怎么能便宜了他。"谢凤神清气爽地挂了电话,留下身心俱疲的孟冰,她理解母亲对她的爱,但这种爱有些压得她喘不过气来。

孟冰走回导调中心,见刘楠正聚精会神地盯着队员的来路,她一定在为王战暗中加油,反观自己,她有些懊恼,这个时候不能被刘楠比下去,她要思考,她应该为王战做些什么。

手机又响了,是王战母亲,孟冰苦笑一声,想到这老姐俩儿互不相识,怎么像商量好了一样对她轮番轰炸,难道她们没有别的事儿可以做了吗?让她夹在中间像个摇摆的拨浪鼓。

孟冰没有接电话,因为郎宇在喊:"最后的三十公里,我仿佛已经闻到他们的汗臭味儿了。"

孟冰不接,因为她也不知道自己的坚持对不对,毕竟半路又杀出个刘楠,让她感到危机四伏。这还不算,那边还有张铭虎视眈眈、锲而不舍。

第十八章
我以为风雨中这点痛总会过去，
但仿佛又挨过了一宇宙一世纪

远路崎岖，怪石嶙峋，导调中心的战线拉得很长很长，每个队员所处的位置都能看得见。

毁灭的另一个极端便是重生，让最拔尖的人接受最严苛的洗礼，是李国防的本意。

李国防说："我们把最激烈、最残酷、最密集、最罕见的练兵招法全往王战身上招呼，当然并不是我们偏向谁，而是如果不这样侧重王战，王战会把和竞争对手的差距拉到一个史无前例的程度，那会对其他特战队员造成重创，也会让王战骄傲或者茫然。目前来看，王战经受住了铺天盖地、环环相扣的折磨，但也大伤了元气，毕竟他付出的努力和遭遇的险境比竞争对手要多，最后的冲刺对于他和张铭来说都还不容乐观。怕前期的输出过多，后期令他疲于应付，功亏一篑，但又不能有所保留，毕竟迎接他的还有更难的挑战，我内心的矛盾，其实比王战本人还要沉重。"

陈东升看到李国防再没有当初的犀利霸气，那双摄人魂魄的双眼也有了些许的游离，他不敢看大屏幕上愈发跟跄的王战，也许在担忧应该如何面对任何一个意想不到的结局。常年在前沿阵地练兵打仗的李国防，再不会发动针对特战队员的新一轮攻击，他在魔鬼周训练场上的使命也许已经到此为止，或者说，和他的从军生涯一样，他在部队的使命也已经到此为止。他把这支战无不胜的钢铁之师，扶上马送一程，把王战扶上马，却没有机会再送一程，谁都能读懂他的落寞，好像一夜之间，他那高山一般的肩背，塌陷松垮了，二十多年铸就的铜墙铁壁，这一刻有了斑驳的痕迹。

陈东升注视着李国防，他知道多年以后，自己也会像他一样面对这样的困境，接受如此的失落。

"一切都是最好的安排，你仍然是我最钦佩的老军事。"陈东升安慰道。

"谢谢你这不合时宜的鼓励，我还没有过早凋零，只是在担心，接下来这仅有的一个名额会落在谁头上。相濡以沫了一路的王战和张铭，到了最后会不会因为这一个名额友谊土崩瓦解？有人说，最美的是沿途的风景，那么不太美丽甚至还有些黑暗的东西是不是就在终点了？"一语惊醒梦中人，李国防的一席话，让在场的人都陷入沉思，他们之前沉浸在猫捉老鼠的紧张氛围里，还没来得及考虑，魔鬼周的意义是练兵打仗，只取第一名的赛制，却会生生撕裂战火中艰难缔结的情谊，现实到令人心碎。

"战斗临近结束，子弹将全朝着你飞来，最难的原来是你。"

陈东升替李国防纠结着。

"一个是大学生士兵,头脑活泛,一个是烈士之后,刚烈勇猛,百折不挠,遭遇战即将打响了。"李国防道。

翻越了最后一个山头,王战和张铭遥望身后,那是绵延的群山和无尽的大海。品种繁多的树木争奇斗艳,汇聚成五彩斑斓的颜色,如大海一般,奔腾不息,自由呐喊。

飞鸟掠过两人的凯夫拉头盔,带走他们几近凝固定格的灵魂,搅扰起他们向前的渴望。朝下望,是十几个还在往上攀爬的竞争对手,因为上一个反劫机课目的成功,两人获得了加时,自然遥遥领先。

王战和张铭发现,后面的兄弟不时抬起头,用凌厉的眼神扫视着他们。对方清楚得很,山巅上的两个家伙看起来高高在上,其实也已经没有多余气力,所以怒吼一声,喷射出满胸膛的不甘,再一次使出浑身解数,试图发起新一轮的冲击,却意识到还不如不吼。

再朝下看,是密密麻麻的蓝军,他们仰视着这些漏网之鱼,抑或他们本就不是鱼,是雄鹰,用网是够不到的。上一秒特战队员是敌人,这一秒已经确定要退出战场的蓝军,却被他们的精神所折服,为他们拥有更自由的空间而感叹。

任伟林的猛士车急速驶来,他扒拉开一人多高的荆棘,从一块块巨石之间跳跃而来,身后跟着动作相形见绌的助手。

助手问道:"您不是说要在营地收拢蓝军,怎么突然改变主意,要目送胜利者离开?失败的感觉,别人避之唯恐不及,您却要上赶着羞辱自己。"长他人志气,灭自己威风,尽管早已不威风,一个聪明的组织者也不应该用这种方式继续践踏自己的权威。

任伟林并不作答。认清自己,并勇敢地面对失败,这样冠冕堂皇的话他说不出口,也不愿意再说。

任伟林命令蓝军列队,目视胜利者离开的方向。并没有谁去组织,蓝军却纷纷喊起了加油。王战看到那一排排火蓝的袖箍,像是层层乌云下的一抹抹蓝天,让他心里亮亮堂堂,不再愁苦。他向蓝军敬礼,向折磨了他一路的对手敬礼,这是对蓝军发自内心的祝愿,也是为自己敲响了催征的角鼓。

张铭也举起了右手,勇士们总是惺惺相惜的,因为他们有着相同的底色。

王战和张铭的身影消失在另一侧的斜坡,朝前看,通红的夕阳正悬挂在终点的营地上,像是等待他们归来的航灯,即使慢慢隐落,它也像母亲在教孩子学步,想要放手,又不敢移开视线。

三百公里路,他们用脚步丈量了两百七,三百名蓝军,他们九死一生才换回山呼海啸般的加油。

最后的三十公里,是疯狂的三十公里,是看客们最期待的,他们已经在心里打了无数遍草稿,在思考应该在他们冲线的那一刻说什么惊世骇俗的语言,去烘托那震撼人心的场面。可从王战和张铭的脸上，看不出有任何想配合这场狂欢的苗头，表情不像经过艺术加工提炼的那般波澜壮阔，只剩下疲惫，如果配上同期声，一定是"够了，受够了"。

"跑吧，只剩下跑，我感觉……我感觉，天地间只剩下了这两条腿。"张铭气喘吁吁、眼神迷离，动作迟钝到似跑非跑。

王战说："你还能感觉到腿在动，我只感觉我的脑袋像飘浮的羽毛，没有任何支撑。"

两人的对话乍一听很魔性，像是科幻片里的台词，但了解魔鬼周的人知道，到了最后，身体器官仿佛不是自己的，一切都是机械的，理所当然的，和树枝在摇晃、树叶在飘落、蒲公英在飞舞一样，无法主宰。

王战的腿伤愈发严重，小腿肿大变形，脱下战靴，撸起裤脚，有一道深深的勒痕不能弹起，皮肤磨破了，露出血淋淋的肌肉纤维，但他丝毫感觉不到疼痛，麻麻的、嗖嗖的，过电一般。他明白，再这么下去，血液不顺畅，后期只会越来越麻，直到血液堵塞，迈不开腿，他使劲掐它，却没有触感。他选择唤醒知觉的方式是拿一根粗壮的树枝不停敲打，力度逐渐增大，效果微乎其微。

张铭也一样，他感到浑身像火烧一样，后背、手掌、腰部渗出血来，和背囊粘在一起。

山野间的空气清新怡人，两人却感觉到它们在凝固，像有一只魔爪在逐渐勒紧他们的脖子。身旁花香虫鸣，流水淙淙，他们已经走出禁区，来到这片适合开发成景区的好地方，这里有了人的气息,但他们心里只有前所未有的寂寥孤独。有人说,在最难的时候,再咬咬牙坚持一下,可这一下是太多人望而却步的刀山火海。

一开始他们跟跟跄跄地走,后来只需要一个小小的坑洼,就能让他们跌倒在地,爬起来,挪动不了几米,脚下重新踩空,多折腾几个回合,他们发现还是爬更稳妥一些。

坚硬锋利的石子刺激着他们的手肘,和胸腹部亲密接触,与厚实的迷彩服摩擦出沙沙声,他们呼出的气息吹开了面前的沙土,笼罩着他们布满血丝的双眼。面对一个小小的土丘,他们手脚都要配合胸腔里发出的低吼,做出相应的动作,来征服那可怜的坡度。

王战停留在土丘的中心,脑海里浮现的都是他遥遥领先、轻松越障的镜头,奔跑如同呼啸而过的列车,攀登一如雄鹰的飞翔。他想起有一次在村道考核十公里武装越野,跑到半途发现战友已经远远地被他甩到身后,停下来抽了一根老乡递过来的烟接着跑,照样拿第一的趣事;他还想起有一次捕歼战斗,他要活捉一名歹徒,歹徒练过跑酷,像长臂猿一样灵巧,但被他追上了树的光辉事迹。他想起的,都是"轻功"了得的痛快场面,可如今远远望去,他们像两只表层裹了泥巴的地瓜,等待着被送入将要熄灭的篝火,继而让黑色的灰烬掩埋。他们的身后,是用整个身体描绘的运动轨迹,歪歪扭扭,毫无规律。

"表情……别……别那么痛苦,舒展点儿才……才……轻松!"张铭落后王战一个身位,王战在为他加油打气。

"说得对，可你的脸……怎么……还没有藏獒好看！"张铭抨击王战"己所不欲"的行为。

王战使劲为张铭示范了一个舒展的表情，张铭看了一眼之后，他又立即恢复了原来的痛苦。苦中作乐，在这最煎熬的时刻，精神何其重要，给予何其容易，但两兄弟还有心情把信心交付。他们不时对话，可能是在相互鼓舞，也可能是因为他们想通过这种方式来确认身边的战友还安好，还有开口的力气，还活着，接近极限，随时都有可能晕厥、休克、脱水、失去意识，只有听到对方还有动静才放心。

"兄弟，还有一公里，一公里算个屁，我们每天都要跑几十个一公里，多……多简单啊！"王战看了看智能手环，假装成果唾手可得。

"简单，我跑过的……五公里，和……那些年我追过的女孩一样多。"张铭道。

"不吹牛……能死吗？"王战对张铭死到临头还炫耀的恶习嗤之以鼻。

"井底之蛙，不要以为自己做不到的事情别人也做不到，不理解只是因为你不曾经历。"张铭说。

"你优秀，你会得多，可你倒是快点儿爬呀！"王战说。

"别着急，让我……让我再喘口气。"张铭趴在地上，小臂垫在脑门下，让自己睡得舒服一点儿。

"这里啥条件，你就睡觉……到了终点睡，还有孟冰伺候着。"王战要运用一切可能的方式来集中张铭的注意力。

孟冰的名字果然奏效,张铭慢慢悠悠地抬起了脑袋说:"孟冰,等着我,我是最棒的。"

"你是最棒的,你倒是爬啊。"王战感觉身体已经干涸,连口水都凝结成了干燥的粉末。

"可是……可是……"张铭没说完,眼前一黑,脑袋便耷拉了下去。

王战连忙调转回身,爬向张铭,使劲掐他的人中,好一番折腾,张铭又睁开了眼,他眼窝深陷,颧骨高耸,胡子拉碴,七天的折磨,让这个娃娃脸的大男孩已经像个营养不良的邋遢老头。

"所有人都等着我们呢,你听……你听,你听见吹响的号角了吗?"王战的耳边有千军万马,喊杀震天,他要用这臆想的能量驱散张铭心底的叹息。

张铭苏醒了,刚才眯的一小觉好像让他回血了一些,可以继续往前爬,但王战为了拯救他,耗费了本就残存不多的体能,现在轮到他眼前阵阵发黑。

"我们还是一个战斗小组,你还是组长,组长要带队,组长要冲在第一个。"张铭眼见王战有些支撑不住,他们轮换了角色。

"不……我要随时监控小组情况,我在后面可以纵览全局。"王战说。

"不需要你纵览,你快点儿。"张铭说。

"服从命令……我是……组长。"王战说。

张铭无可奈何，专心致志地往前爬，五分钟之后，他回头观察王战的情况，却发现王战留在原地，纹丝未动。

张铭喊他，他也没有回应。

张铭爬回去摇晃他的脑袋，半晌，王战气若游丝地道："不要管我……你走……当你的亚军……我荣耀。"说完，他紧闭双眼，任凭张铭使尽解数也无济于事。

导调中心，所有人都伸长了脖子，李国防快要咬破了嘴唇。

陈东升道："救人吧，他撑不住了。"

"再等等，他能行，他一定行，只剩下不到五百米了。"

"哪怕只剩下一米，倒下了也起不来了，别等了，再等就死人了。"陈东升的心像决堤的河口，因为王战的晕倒一泻千里。

"卫勤保障组紧急施救！"李国防说这话的时候近乎咆哮，他最担心的事情发生了，他最不想看到的结局不过如此。可是为了特战队员的生命，他没得选择。

驾驶员把油门踩到了底，急救车发出一阵尖厉的嚣叫，继而朝着王战的方向飞驰而去。

孟冰听说王战倒下了，坐在副驾驶上一边哭，一边催促驾驶员开快点儿。

刘楠望着急救车没有哭，但她心里比孟冰还要复杂，除了难过还有自责。她多想第一个出现在王战面前，可是她不能靠近一米，警戒线不可逾越，即便她有一万个理由可以冲进去。

急救车在两人跟前停下,孟冰带领卫勤保障组下车,准备为王战实施心肺复苏。

"别动!谁都别动!"张铭制止他们靠近王战,他清楚得很,只要卫勤人员一上手,王战的魔鬼周就要在这里结束。

"你疯了,他会死的,你负不起这个责任,你没有权利决定他的生死。"孟冰道。

"你们也没有权利结束他的魔鬼周。"张铭像老母鸡护着小鸡一样用身体遮住王战,不让孟冰上手。

"兄弟,醒醒,卫勤人员来了,淘汰车也来了,你再睡就全完了。"张铭拍打着王战的脸,因为激动,力道没有控制好,在孟冰看来这样的急救方式等同于杀人。

"你一点儿常识也没有,他已经脆弱不堪,你还要这么对待他,你这是变态。"孟冰道。

"呼……哼……"王战的喉咙里发出两声怪响,眼睛倏地睁开了,他惊恐地道,"淘汰?谁叫的车,谁叫的他们?我不需要!"然后继续往前蠕动。

张铭喜出望外,狠狠地瞪了孟冰一眼说:"我急救知识没你掌握得多,但是战士的心理你不懂,淘汰两个字有多重,你不懂,医学上解释不了的。"

孟冰目瞪口呆。

王战紧随张铭开始新一轮的爬行,但是越爬越慢,眼皮一上一下,眼看要再次眩晕。

孟冰没有放弃，她不想看到王战因为这仅剩的几百米葬送了性命，他的脸色发青，嘴唇毫无血色，眼睛已经不再透亮，连汗水都成了盐渍，不再流淌，这一切的表象告诉她，王战已经不行了。作为一名医生，从来不能感情用事，而是为患者负责，她不能眼睁睁地看着患者在医务人员眼皮子底下玩命，那是对职业的不尊重，对医者仁心的亵渎，他再不上急救车，对身体的伤害将呈几何倍数增长，赢了魔鬼周，也将失去很多，后果难以估量。

"氧气、担架、生理盐水！"孟冰给护士布置着任务。

两名卫勤兵抬着担架跟在孟冰身后，孟冰行走在王战的身体一侧，她的脚离王战的脸近在咫尺。

"王战，现在我命令你上担架，这不是我说的，是李国防支队长亲自下的命令。"孟冰搬出了领导来压王战。

王战一言不发，只顾蠕动，张铭和他肩并着肩，一样的姿势，一样的表情，一样的频率。

孟冰发现自己的声音无比微弱，对王战根本造不成任何威慑，只好命令士兵强行把王战往担架上抬。

王战击打着卫勤兵，他的动作毫无力道，像个年迈体衰的老妇人在抓痒痒，他一下一下拍打着卫勤兵的小腿，企图让他们退后。可是对于年轻力壮的士兵来说，这不起任何作用，只是在视觉上昭示着他的抗争。

王战还是被抬上了担架，朝急救车而去。只要被推上急救车，一切都结束了。突然，只听"刺啦"一声，帆布担架断裂，王战掉了下来。

不知道什么时候王战抽出了匕首割破了担架,他高举着匕首道:"谁再动我,刀不长眼,谁阻碍我前进,谁就是敌人。"

卫勤兵吓得连忙退后,再也不敢靠近,他们知道这些特战队员里有很多不按套路出牌,说不定干出什么事儿来。导调中心一边折磨着他们,一边偏向着他们,把魔鬼周的顺利进行放在第一位,把特战队员的权益摆在第一位,如果自己真挨上一刀,到时候真没地方说理。所以孟冰再让他们向前,他们你看我,我看你,不愿意再蹚这个"浑水"。

"你疯了,你还剩下什么,你只剩下了身体,你再不接受治疗,会脏器受损,会死的!"孟冰急得大哭,因为从她的角度来分析,魔鬼周以来王战已经不止一次晕厥休克,长时间的透支,持续的超负荷,对人体的损害已经达到极限,这种搏命的做法在医学上绝对不允许。

"谢谢……谢谢你的好意,你知道吗?我付出的何止是这七天,终于把距离缩短……缩短到只剩下这几百米,没有理由不走完它,好多战友因为我……甘当绿叶,他们也有冠军梦,也想给军旅一个交代。我不能放弃,就算死,也要……也要死在终点。"王战停下来奄奄一息地说道,他的声音没有穿透力,甚至需要侧耳倾听才能听得清楚,可是震撼心灵,让梨花带雨的孟冰,止住哭泣,让远远观望的卫勤兵庄严肃立。

张铭鼻子一酸,却没有泪水滑落,对于严重脱水的汉子,连眼泪都很奢侈。

孟冰和卫勤人员只好上车,紧紧跟在他们的后面,走走停停,把头从降下的车窗里探出来,望着他们,望着他们用身体磨平通往终点的道路。急救车的车轮碾碎了他们留下的痕迹,却也像在为他们的杰作盖上印章,装裱加封。

王战和张铭眼睛里开始出现朦胧的终点线,而终点上人们的眼睛却被眼前的情景所朦胧。

刘楠率先喊起了"巅峰出击,勇士必胜",所有人都喊了起来。

导调中心里的通信女兵们望着信标和图景,竟然也齐声报起了他们到达终点的距离:"两百五十米、两百四十九米、两百四十八米……"

陈东升的拳头砸在椅背上,李国防的眼珠子快要瞪了出来。

总部作战指挥中心,一众将校官也统统起立,注视着刚刚切换过来的画面。全国范围内的武警特战队都在展开魔鬼周训练,总部通过三级网不断巡视着各区域基地的训练情况,防止漏训、偏训、少训,或者违规违纪等现象的发生。当工作人员无意间切换到巅峰特战队的时候,画面恰好定格在王战和张铭的脸上。

王司令员是魔鬼周极限训练活动的奠基人,他开拓性地创造革新了新时期武警部队特种作战的组训模式,把魔鬼周项目作为一个长期性的军事活动来开展。全武警特战队掀起了轰轰烈烈的练兵热潮，取得了瞩目的成果，引起军内外、海内外的广泛关注，但是出于保密方面的考虑，更多的细节他们无从知晓，新闻宣传也只是局限于课目设置、时间安排、训练中涌现出的先进典型和好人好事，更多实时情况只有少部分的人可以全程目睹。

王战和张铭这令人热血沸腾的拼搏画面，把王司令员深深感染了，老将军沧桑的脸上有骄傲的神态，他说："这是我们当代特战队员忠诚担当、自信自强、敢打必胜的最好例证，记住这个令人动容的瞬间，记住这两个堪称典范的特战队员。另外，对于巅峰特战队的突出表现，组织部门好好研究研究该怎么奖励，以示传承。"

刘楠率先看到了急救车，目光四下搜寻，在离急救车不远的地方终于看到了匍匐的王战和张铭，他们孱弱得像两只被车碾过的刺猬，但足以让她激动到热泪满盈、语无伦次："这……我……他们……我知道他们一定能行，还好……他们没有上车。"

刘楠一边跳跃着挥手，一边擦拭着眼眶，仿佛王战和张铭是她久别重逢的爱人，从陌生遥远的地方赶来，只为见她一面，她感受到了他们的气息，只是他们还站在甲板上，中间隔着一道深海鸿沟。

赵科、赵世龙、林昊和刘海飞还没有从淘汰的阴影中完全走出来，和"淘汰集中营"的人坐在一起。

"班长，我们还有机会，这是你最后一次参加魔鬼周了，此刻什么心情？相信你一定有千言万语要说。"林昊手里拿着战靴充当话筒，扮作记者采访赵科，但一股难以言说的脚臭味如同爆炸产生的气浪，把赵科顶出去好几米远。

赵科捂着鼻子说："把你这枚臭气弹给我拿开！"

见林昊不为所动，赵科夺过林昊的战靴用尽力气投了出去，标准的投掷催泪弹动作。

"足有六七十米远，成绩优秀。"赵世龙忍不住笑道，像报靶员在报靶。

"班长，你这脾气得改改了，转业到了地方，这脾气在社会上难混。"林昊说着跳脚去捡鞋。

刘海飞在地上画着狙击枪，惟妙惟肖，他头都不抬地说："这脾气算好的，换了我，枪托早就怼脸上了。"

大家正插科打诨，突然听到刘楠又蹦又跳，全部从地上弹了起来，一个个屁股上沾满了尘土，连滚带爬地朝警戒线方向跑。

林昊远远地看到他们的动作，顾不得去捡已经近在咫尺的臭鞋，光着一只脚也冲了过去。

"巅峰出击，勇士必胜……"赵科率先声嘶力竭地喊出他们的口号，所有人都围拢过来跟着他们一起呐喊。那声音混合成强劲的战斗序曲，冲破重重阻隔，飘进王战和张铭的耳朵里，渗透进他们的毛孔里，王战感觉汗毛都竖了起来，头发也要立起来，有顶翻头盔的势头。

导调中心，陈东升看到这般盛景，绕过集成式控制台，直接站在了大屏幕底下，电波辐射拂面而来，令他肌肉收缩，声声入耳的嘶吼让他也控制不了爆棚的情绪。这是陈东升设计的口号，有人说，别喊什么口号了，喊口号的时代已经过去了，特战队以小组作战、单兵作战为主，又不是集团军作战，喊得响吗？能喊过人多势众的兄弟单位吗？但陈东升不这么认为，即使只有一个人，在面对极限挑战时，总有一个契机需要一针强心剂，需要有渠道和途径喊出那关乎信仰、关乎荣耀、关乎命运的誓言，震颤着敌人，也令自己血脉偾张。

听到排山倒海般的欢呼，王战和张铭内心将要熄灭的火焰，似乎一下子又激荡出火花，似是有一股电流在他们的经络间穿行，他们此刻在一条平行线上了，相互对望着，继续爬行。

每一声荡气回肠的喘息都伴随着一次异常艰难的蠕动，每一次重新为自己加油打气都撞击着他们几近紧锁的心门，他们身处氧气充足的山野，却像在挑战入云的高海拔山巅，他们面前只剩下一小段平整的宽阔大道，却如天与地般距离遥远，而且看似只剩下最后的冲刺，单纯而宁静，实则他们的内心却在经历一场声势浩大的挣扎。

张铭道："兄弟……我……还有优秀大学生士兵保送入学这条路，你只有……只有这一次机会，你必须第一个冲线……"

王战努力挤出笑容道："别说……傻话，政策……随时都在变，谁知道……明年又是什么条件，这不是礼让的时候。"

张铭没说一句话,地上的灰尘都被他的喘息吹得飘扬起来,他说:"你理应第一……整场你都冲锋在前……我只是你努力下的受益者,论功劳你是第一,论公平,你也是第一……"

王战回道:"哪有什么公不公平……革命前辈谈过公平吗……那些淘汰的兄弟讨论过公平吗?"

张铭不再言语,他知道再劝也是徒劳,王战一定不会一个人去享受这最后的果实。

只剩下最后十米了,所有人都在注视着停滞不前的他们,他们似乎再也动弹不得。

刘楠拼命呼喊着。

林昊说:"如果王战此刻表白,想必为了鼓舞士气她也一定会满口答应。"

赵科默默地从众人的肩膀中间露出一张脸,道:"爬啊……爬啊,再动一下,就一下。"

农民甲向农民乙道:"我赌左边那个先到,三顿二锅头。"

农民乙眉头一皱道:"火上房了,还赌你大爷!"

齐伟默默地抽出手枪,向天连续鸣枪,想要以此唤醒他们的知觉,发现无济于事后,眼泪终于从墨镜后面滑落。

第十九章
我以为逐梦道路太过拥挤，
却发现蒲公英的种子早已漫天飞行

风土人墙，光影刀芒，战斗气息无所不在。

枪声也没能换来张铭和王战的回应，从人声鼎沸到全场俱寂，中间没有过渡。偌大的终点空地，各式特种车辆整齐列阵，淘汰队员、魔鬼教官、当地农民，他们不再手舞足蹈、欣喜若狂，石化了般站在原地。

风停树止，连叶子好像也要配合这压抑的气氛，暂停飘落，众人屏住呼吸，只有阳光照耀着每个人的脸，定格放大他们的表情。

孟冰以及卫勤保障人员纷纷从车里下来，他们站在两人身边，却不敢再靠近半步，他们知道这样拖下去的后果，但也十分明白，如果贸然下手，在离终点线还有几米的地方，断送他们七天来的成果，一定会成为众矢之的。

孟冰的身子在战栗,手足无措,甚至连对讲机里,卫勤保障组组长的狂呼也没有听见。

"孟冰,你管什么他们的成绩,他们但凡出了问题,我们的任务就算失败了。我只为卫勤保障组负责!"卫勤保障组组长也是硬着头皮才说出这样的话。

副组长反问道:"如果你站在王战和张铭的附近,你也不保证敢去触碰他们吧。"

卫勤保障组组长面对质疑,避开周围人投来的异样的眼光,躲到帐篷后面呼叫导调中心李国防:"支队长,两人的情况很危险,多拖一分钟,就会增加脏器衰竭的危险,请求立即终止他们的比武。"

对讲机里只发出"嗤嗤"的声音,却没有任何指示传来,李国防摁下了按键,却不知道该说些什么,他期待有奇迹出现。

此时,已经有其他队员出现在可视范围内,他们的状态看起来比王战和张铭要好得多,至少能站着,尽管已经不能走直线,但照他们的速度,很快就会超越王战和张铭。

卫勤保障组组长焦急呼叫的声音回荡在导调中心大厅里,像是防空警报,在时刻提醒大家,危机要来临。这是他的职能使命,没有人敢说他做得不对。

陈东升抢下李国防的对讲机道:"以你们的角度行事,当机立断,不要犹豫!"

陈东升发出了指令,李国防瞪着他,说:"保护队员的生命安全是第一位的,战士可以不惜生命,指挥员却不能不考虑代价。"

孟冰听到了陈东升的指令,抱着氧气袋,准备上去给他们输氧。

这时,王战却吐出一口憋在胸腔的闷气,苏醒过来,他抬起头,向前爬了一步,扭头看看张铭没有动静,又退了回来拖拽张铭。

张铭要拔断激光生命信标感应器"自行了断",王战不能让他得逞,腾不出手来,就用牙咬住了他的手背。

"一起出来的……要一起到达……我还剩下最后一口气……不要让我做无谓的消耗。"王战说。

张铭只好放弃挣扎。王战拖着张铭一点点挪动,他心里只有一个念头,终点就是巅峰,插在终点上的刀就是"锋刃"。

当王战和张铭的头同时越过终点线的时候,身后的竞争对手,距终点也只有一步之遥。

乌泱乌泱的人群向王战和张铭聚拢过来。

孟冰奋力推开第一个冲上来关心伤员的刘楠,柔弱女子关键时刻也能力大无穷,也不知道这里面有没有夹杂着个人情感,反正她第一时间稳准狠地把氧气罩戴在王战和张铭头上,和卫勤人员一起把他们抬上了救护车。

李国防感慨地说:"有的冠军可以唱着国歌看到国旗冉冉升起,有的冠军可以尽情地享受膜拜和掌声,但他俩眼前一片漆黑,就像什么也没有发生,只是一场梦境而已。"

张铭醒来，躺在医院的病床上，身边是王战，两人一样的造型，都戴着氧气罩，都盖着雪白的被子，头顶上挂着相同的药水瓶子，唯一不同的是王战床边多了一个孟冰，这让张铭很心痛。

"多么残忍的一幕，大家都是革命同志，为什么待遇千差万别？"张铭表示抗议。

"这是战备病房，拥有本医院最好的设施，有什么不周到的，随时可以向院党委反映。"孟冰不明就里地道。

"那倒没有，我感觉我的身体状况要更糟糕一些，可为什么看起来你对他更上心？"张铭说。

"对待病人我们一视同仁，今天的例行检查我已经做完了，剩下的时间我干什么好像跟您没多大关系吧？"孟冰道。

张铭不这么认为："是，你干什么是你的自由，但作为战友我认为有义务提醒你，别干一些徒劳的事儿，人家另有所爱。"

张铭站位很高，打着为别人着想的旗号，孟冰却不喜欢听，而且讨厌至极，变脸道："您话可真多，他喜欢谁是他的事儿，我喜欢谁是我的事儿，请管好你自己的事儿。"

"我这是劝你悬崖勒马，及时止损……"张铭一脸委屈。

"没那必要。"

只隔着一张病床，但张铭觉得孟冰将自己拒于千里之外，而且是当着竞争对手王战的面，更加下不了台，要不是脸皮厚，当场就得背过气去。

王战被两人吵醒,睁开了眼睛,孟冰刚还嫉恶如仇的眼神,瞬间含情脉脉,这微妙的变化是对张铭的又一次重创,王战睁开眼睛,张铭失望地闭上了眼睛。

在最不恰当的时候,刘楠推门进来,一身常服,飒爽不已,让王战眼前一亮,孟冰却嗤之以鼻。张铭心情在低谷,无暇注意。

刘楠看了一眼孟冰,短暂迟疑之后径直走到王战床前嘘寒问暖,再一次让张铭意识到自己只是一只灯泡的属性。

刘楠每说一句话都被孟冰噎回去,王战夹在中间哭笑不得,张铭只有一种反应,他摁下呼叫按钮大声道:"我要换床!"

张铭是训练标兵、反恐精英,有换床的请求,科主任亲自跑来协调,让张铭骑虎难下。其实这不是他的本意,他只是想以此提醒她们收敛一些,不要在他的伤口上撒盐,可是他的声音那么微弱,根本挡不住那扑鼻而来的醋意。

直到陈东升带着慰问品走了进来,才暂时让混乱的局面得到控制。

"你比我还先到?女子队对男子队的关心什么时候这么热烈了?"陈东升问刘楠。

"跟您请完假,我第一时间就赶来了,关心关爱模范典型,我们女队也不能落后。"刘楠回道。

"另有企图。"孟冰嘀咕道。

"你说什么?"陈东升问道。

"我说,都是应该的,应该的。"孟冰说。

两位大美女全围在王战身边，没有下脚的地方，张铭床前却空空落落，陈东升只能来到张铭身边，其实作为大队长，他一打眼，就看出了场上局势。

张铭却暗自感叹，还是组织靠谱，关键时刻还得从组织这里寻找温暖。想到这里，他鼻子一酸，差点儿哭出来，坐起来向陈东升敬礼。

"没穿军装，免了。"陈东升走上前去拍了拍张铭的肩膀道，"你的发挥一如既往的稳定，属实没有看错你。"

王战眼巴巴地望着陈东升，也渴望他的评价，但陈东升说："你的粉丝和流量已经证明了你的价值，我评不评价已经不重要了。"

"大队长，听说支队长要转业了？特战队可是他的心血啊，没有他，我们不可能进步这么快，怎么能说走就走？"王战连忙岔开话题，把大家的注意力从自己的"招蜂引蝶"上引开。

王战的提问很奏效，陈东升脸色陡然凝重："是真的，不然他怎么会不来看望你们。"

一句话，让在场的人都陷入沉思，尤其是陈东升本人。

王战和张铭被急救车拉走的时候，也是李国防一屁股瘫坐在椅子上的时候。他不像是指挥了一场漂亮的魔鬼周极限训练，倒像吃了一场败仗，目光呆滞，情绪低落，似是灵魂被抽走，仅剩躯壳。

陈东升问:"我们给自己出了一个大难题,总部只给了我们一个参加'锋刃'国际特种兵比武的名额,现在却出现了两个。"

李国防苦笑道:"如果没有这样那样的难题,还要我这个支队长干什么?"

李国防话音未落,支队政委走了过来,递了一份文件给他,陈东升瞥了一眼,赫然是"干部任免职报告表"几个大字。

"你已经圆满完成魔鬼周任务,已经选出了最优秀的特战队员,剩下的交给上级部门去甄选,该操心一下自己的事儿了,转业不同于复员,还有大量的工作要做。"支队政委道。

事情总是如此之寸,刚表明身份的重要性,就有人来剥夺了他的身份,和建筑工人正要封顶,突然得知房地产商跑路、大厦宣布烂尾一样悲催。

陈东升担忧地看着李国防,但李国防丝毫没有陷入两难,他说:"命令一刻没有下达,我就还是支队长。"

说完他起身,大步流星地走出导调中心。

政委问道:"老李,你去哪儿?"

李国防头也不回地道:"他们一起回来的,就要一起上领奖台。"

在总队张司令员办公室,李国防笔直地站着。

张司令员道:"这是世界级的比武,中方大部分队员来自猎鹰、雪豹,能给你巅峰特战队一个名额已经相当不错了。"

"英雄不问出处,不能说我们不是国字号,给我们一个名额是施舍，给我们两个名额是恩赐。"李国防不卑不亢地道。

"李支队长，我理解你爱兵如子，希望打造品牌、推陈出新，但你还是多想想自己的出路吧，作为总队最老的支队长，我们共事多年，有什么要求提出来。"张司令员说。

"只有这一个要求，让他们两个并肩作战。"李国防坚定不移。

"我同意，大赛筹委会同意吗？王司令员同意吗？咱不能一厢情愿啊？"张司令员说。

"凡事要争取，实在争取不到才不会遗憾。"李国防像头只管低头拉磨的犟驴。

"你……给我下最后通牒了？"张司令员的脸色不太好看。

"不敢，只是队员因此拼了命，我不能扔个半截子工程给他们。"李国防满脑子都是王战和张铭蠕动的镜头。

"好家伙，都说我是驴脾气，你这个犟种也是当仁不让。"张司令员甩手让李国防出去。

李国防抬头挺胸、目视前方，像大门口标兵哨上的哨兵一般纹丝不动。

张司令员妥协道："回去等我通知好不好？"

李国防道："请司令员给个具体的时间节点。"

张司令员道："得寸进尺，嚣张跋扈，不过，是你一贯的作风，首长的时间不是我说定就定的，我只能答应你尽快，尽最大的努力。但你要做好思想准备，因为'锋刃'国际特种兵比武的方案已经通过，临时修改，涉及面广，费时费力，谈何容易。"

李国防满脸愁云地离开司令员办公室，留下司令员摇头长叹，他思忖再三，准备拨通筹委会的电话。

正在这时，电话却响了起来。

李国防走到总队大门口，回望这个熟悉的指挥中枢，他曾无数次想象有朝一日能站在总队作战指挥中心的集成式信息台前挥斥方遒、指点江山，现在看来希望越来越远。指挥大楼上的信号塔高耸入云，就像他的将军梦，也高高在上，有些不着边际了。两位哨兵半面向左向右转，向这位苍老的支队长敬礼，礼宾枪上银白色的钢材在阳光下闪着寒光，闪得李国防眯了眼，不知是被刺痛了还是感慨了，他的嘴角动了一下，之后，认认真真地按照规程整理了一下着装，回了礼，既是给哨兵，也是给这栋大楼里忙碌的战友。

驾驶员降下车窗问："支队长，回支队吗？"他沉吟了一会儿说："再等等。"

这是省城最繁华热闹的街道，车水马龙，人潮人海，这是他们多年来保卫的地方，可他突然觉得很陌生。二十多年的军旅生涯已经融入他的血液，连做梦都是方方正正的营盘的模样，都是战士朴实甚至有些土气的脸，和眼前这追赶不及的时髦潮流、奇形建筑相去甚远。眼前飘然而去的红男绿女谈笑风生，有三个骑着机车的小青年张牙舞爪地从他面前经过，机车上的音响传来喧闹的摇滚乐，配合着他们浮夸的肢体语言，但奇怪的是他们毫不突兀地消失在街心，与这滚滚车流毫无违和感，反倒把这位一身戎装的汉子映衬得略显另类。

李国防想到上高中的儿子，痛数过他的问题，觉得他毫无情趣可言，每天都板着硬邦邦的脸，除了命令的口吻，就只有工作上的鸡毛蒜皮，和胡同口磕闲牙子、讨论家长里短的妇人没有本质的区别，一点儿也不雅致，一点儿也不高端。李国防也想过改变，想过转业以后工作之余也附庸风雅一下，品茶遛鸟、琴棋书画，但只是一想就觉得腻歪、头疼，断然没有和训练场上一身泥、一脸灰的官兵接触来得痛快，他实在不知道该怎么融入儿子眼中斑斓的世界。想不透就不想，还是想想万一争取不到两个名额，该怎么和王战和张铭交代吧，是再组织一次竞赛，让他俩"自相残杀"，还是搞个抓阄，将他们的命运交给命运？

李国防坐进车后座，闭上了眼睛。军事干部都有极好的身体底子，都是从优秀的军事苗子中走出来的，大家印象中的支队长一定是孔武有力，以一当十，但是眼前的李国防却微微谢顶，肚子上还有了不少的赘肉，两个硕大的眼袋，和他四十多岁的年纪极不相称。

是他忽视了常规训练吗？但每次考核他都是良好以上，是熬夜加班，长期超负荷运转，耗光了他的精气神吗？当战斗来临时，他还是全程上紧发条，喊起"跟我来"的口头禅。何以解释他目前的状态，没有答案，就是最好的答案。

不知不觉，李国防睡着了，还做了梦，梦里王战等人把他抛向了空中,像是当年他赤手空拳制服持刀歹徒后,在立功受奖之后,战友们将他抛向空中一样令人激动。但是这次梦的结局却是摔在了地上,王战和张铭指着他不停地追问,魔鬼周的意义是什么?如果不是为了打胜仗、不是为了迎接更艰难残酷的挑战,还有什么意思?

李国防感觉到质问的真切,直到醒来,脑袋还隐隐作痛。他揉着太阳穴,想不出所以然。突然电话响了,是司令员的来电码,他一个激灵坐起来。

张司令员准备打筹委会的电话,还没有按下拨出键,却有电话打了进来。

"我是王司令员秘书程云国,看了你们支队的魔鬼周极限训练视频,组织严密,课目设置紧凑合理,创新手段也颇具操作性,堪称标杆,首长很满意,特意交代要你们写一个经验总结,向全部队推广。另外,你们多个课目的成绩也破了纪录,尤其是你们夺冠的两个队员引起了首长的浓厚兴趣,决定让他们一起到高岭训练基地受训,迎接'锋刃'国际特种兵比武。"

张司令员心里风起云涌。

程云国问:"一支队支队长是不是李国防?"

张司令员道:"是。"

程云国说:"我这个老同学,还是那么优秀。"

张司令员心想,这个李国防可真够劲儿,有这么一层关系却从来没吐露过半个字，在这么关键的时刻，也没想着走走这道后门，让人肃然起敬。

"确实优秀，可是多年的媳妇熬成婆了，他主抓的巅峰特战队，成果直到今年才彻底显现，脱颖而出了，他竟然也超龄了，这是一条红线，我也无能为力，毕竟好多双眼睛盯着呢。落实政策，没有例外。"张司令员见缝插针地说出困难。

"这也是我提起他的原因，今天这个电话，对他意义非凡。我不能直接跟他沟通，你知道他的脾气，如果有我介入，他一定认为我在中间起了什么作用，他那性格不受嗟来之食，好事也会变成坏事。我只是告诉您，现在政策是一切为打赢，一切保打赢，这次魔鬼周他组织有方、指挥有力、亮点颇多，这对他来说，也是一次绝佳的机会。毕竟转业命令还没有下达。"程云国道。

张司令员说："还有一个月，转业命令就下达了。"

程云国道："还有一个月，比武也开始了。"

张司令员说："看他的造化了。"

程云国说："准确是我们的生命线，可很多时候，也有运气的成分。"

张司令员放下电话，抑制不住地激动，但又不能把这种激动完全传达给李国防，毕竟现在他仍然打不了任何包票。两个队员可以同时参加训练基地集训，但能不能禁受住总部那一关，双双入选，还是一个未知数；既然这个还不能确定，那剩下的情况都还在襁褓之中。

张司令员派高参谋找到李国防的时候，他正蹲在地上收拾自己的荣誉证书和奖牌，满满当当一箱子，他一本一本地翻出来欣赏，像是在和自己的孩子对话。

高参谋道："支队长，先别整这些了，这些都是过去式了，新的荣誉不远了。"

李国防一时间没有反应过来，道："什么新的旧的，都是过去式了，我要清空这个办公室，交接的时候，让下一任眼不见心不烦。"

高参谋一把握住李国防的手道："支队长，两个队员都可以去总部集训，而且一旦在国际比武中有所建树，剩下的事，自然会迎刃而解。"

李国防忽地站起来道："都……都可以去了？你没开玩笑吧，这个时候别检验我的心脏承受能力。"

在得到肯定的答复后，李国防攥紧拳头猛挥了好几下，连眼袋都活跃起来。

病房里，大家正和陈东升一起情绪低落着，李国防一把推开了门，把孟冰吓得缩成一团。刘楠出于职业习惯，下意识护住孟冰，当发现是自己上司的时候，才不自然地放下了胳膊。孟冰感到心里一暖，但随即又想到绝对不能对情敌心慈手软，因为她的小恩小惠就束手就擒不是明智之举。

"好小子们，想不到吧，事情办成了。抓紧康复，尽快去总部训练基地。"李国防一声吼，众人还没从他"破门而入"的惊吓中稳定心神，他的一席话又如一枚重磅炸弹在他们心头开花。

陈东升身体状态良好，也是这中间目前最清醒的一个，他率先领会到李国防的精神要点，握住李国防的手，破天荒地拍起了李国防的马屁："属实给力了，我给您点赞，我就知道您吉人自有天相。"

李国防意识到刚才的所作所为不像个支队长，随即淡定了不少。

陈东升此时的兴奋之情不亚于李国防，反倒显得躺在病床上不敢大幅度动作的王战和张铭最为冷静。李国防来也匆匆去也匆匆，根本不给属下喘息的机会，又风风火火地飘然而去，他要回机关整理报送总部的魔鬼周经验材料，剩下病房里五个人你看我、我看你，直到相互击掌庆贺，相互拥抱。

王战激动地咳嗽不止，引来孟冰一阵手忙脚乱，刘楠插不上手，干看着；张铭笑出了眼泪，也顾不得没人疼没人爱的苦楚；陈东升一人围着病房踱步不止，现在他看什么都像盛开的花朵，和刚才的心境截然相反。

陈东升正激动着，陈菲的电话打来了："魔鬼周都结束多久了，怎么还不见你的人影儿？真是以队为家了，咱们这个家你还要不要了？"

家中首长对陈东升的意见很大，声音也很大，满病房的人都听见了。

陈东升压低声音道:"你也是党的干部,说话可要注意影响。"

刘楠体贴地道:"大队长,这里交给我,你还是赶快去救火吧。"

这话没毛病,但臊得陈东升脸通红。

孟冰听了不高兴,不甘示弱地道:"交给你?当我不存在,我才是这里的主人。"

一波未平一波又起,陈东升看到这里也是遍地狼烟,还是赶紧回家面对鸡零狗碎吧。这么想着,他夺路而逃,临了扔下一句话:"我可不是怕你嫂子。"

张铭小声说:"唉,强硬程度和要脸程度显然是成正比的。"

孟冰回呛道:"我怎么没看出来你有多强硬。"

张铭道:"那是你从来没给我机会,不信处处试试。"

孟冰道:"美得你。"

刘楠受不了这个打情骂俏,对王战说:"让总部大赛筹委会修改规则的,也就只有你们了,加油。"说完要走。

王战问:"这么快也要走?"

刘楠看了一眼满脸铁青的孟冰道:"我再不走,怕是屋顶都要被掀翻了。"

孟冰道:"不要指桑骂槐,打开天窗说亮话,谁碍着你了似的。"

孟冰的攻击性在刘楠看来就是笑话,所以她不稀罕和孟冰做对手,扭头就走。

王战道:"我还有些话没说。"

刘楠道:"等你载誉归来,我约你。"

孟冰见缝插针地道:"只要你需要,我随时都在。"

看到眼前三人你一言我一语,好像故意说了一场论捧逗给自己看,张铭的鼻子都气歪了。

他愤而起身,脱掉病号服,再也不想在这个是非之地多待上一分钟,但又被孟冰拉了回来,孟冰只需要一句话,这个叱咤风云的家伙立刻消停下来。

孟冰道:"逃避什么?看不惯就勇敢去对抗,你连我都不如。"

这是鼓励,还是奚落,张铭弄不清楚,但他认为孟冰说得对,有什么大不了的,感情这事儿和打仗一样,开局是劣势,没打到最后,谁也不敢下结论。

四人的感情线路将通往何处,一切都是未知数。

第二十章
我期待的爱情不会主动降临，
但也绝不会沙化成低俗荒漠

刘楠一身戎装，显露出完美的身材比例，胸前的资历章和标志符号是永不落伍的时髦点缀，让她耀眼夺目。

当她迈着矫健的步伐走到电梯门口的时候，有几个护士从电梯里出来。

刘楠很好奇，这是慰问什么领导的队伍？不由回头多看了一眼，其中一个手里还捧着鲜花，满脸娇羞地道："巅峰特战队的英雄，魔鬼周第一名，哇，我心中永远的王战。"

另一个护士道："没有眼光，张铭多帅啊，威武霸气中还透着一些性情浪漫，自带光环。"

刘楠无奈地笑，但为他俩感到骄傲，也为巅峰特战队感到光荣，以前她也在这住过院，没听过哪个护士疯狂迷恋特战队员，聊的是娱乐八卦，现在追星追起了身边的英雄，这是质的飞跃，也是"让军人成为全社会尊崇的人"的最好体现。

刘楠心情不错地进了电梯，走出医院，沿途吸引了很多目光。虽然军人地位在提升，但穿军装外出的人还是少之又少，因为网络时代，信息传播的速度快得吓人，万一有个不雅的动作不幸被拍到再被别有用心的人传到网上就麻烦了，因不雅动作挨个处分多冤，也不见得没有这样的先例，总的来说，还是出于维护形象的考虑。但明知道其危险性，刘楠为什么还要穿着军装外出？

刘楠的妈妈又在安排她相亲了，在电话里千叮咛万嘱咐："一定要换身便装，能穿热裤就不要穿裙子，能穿花裙子一定不要穿简约风的，粉底能多扑点就多扑点，加水能氽成丸子最好不过了，一定要遮住小麦色的皮肤，口红要深要艳……"刘妈妈一通絮叨，从头到脚要给刘楠私人定制，因为她比谁都了解自己的孩子，穿上常服勉强能看出身段，穿上迷彩服活脱脱的纯爷们儿，若不认真严肃地捯饬捯饬，很容易吓跑相亲对象。

这严重激起了刘楠的逆反心理："我能去就不错了，不要太过分。"

刘楠的话也触碰到了妈妈的伤心处，唉声叹气地启发刘楠："闺女啊，你当特战队员我就不同意，那是大部分男孩子都承受不了的苦，我心疼啊！到机关当个干事、助理，坐坐办公室多好，哪怕到通信站去当个有线中队中队长也行，我们拗不过你，随你去了，问题也就来了。多少优秀男孩儿一听说是特战队员首先知难而退了，谁都不相信两口子过日子有不红脸的时候，这万一要是有个

077

小摩擦,你那一招制敌确实没个轻重,上次一言不合被你过肩摔的男孩,到现在还经常到医院复查,医药费都是我报销的,也有胆大的,见一面就没下文了,还不是你性格越来越强势,行为越来越粗糙?都奔三的人了,我同事女儿的孩子已经会清空购物车,已经在劝大人喝酒不开车了,你倒好……工作和生活不是一回事儿,或者说工作只是生活的一小部分,咱能不能拎清楚?"

刘楠据理力争道:"部队结婚普遍较晚,我这情况不算特殊。"

刘妈妈一句话把刘楠噎得直翻白眼:"人家晚,是封闭式管理不方便,你是吓破对象胆,心里没点数儿吗?"

"能被吓到的自然不是一路人,还不是没缘。"刘楠还在嘴硬。

刘妈妈道:"这次一定有缘,这次肯定吓不到,也是部队的。"

"部队的?部队的你不早说,就当是交流学习了。"刘楠这样宽慰自己。

"你这思想首先没摆正,又跟工作扯上了关系,这次这人你一定要认真对待,说不定有意外的惊喜。"刘妈妈说。

"我看是有惊无喜。"刘楠说。

"按我说的做,这小伙子可是自己找上门来的,敢于到咱家毛遂自荐的,我看一定有来头。对了,我看了他的证件,是谁我暂且不告诉你,我答应他要保密。"

"真是病急乱投医,接球就乱踢,谁啊,还跟我玩神秘?"刘楠说。

"总之般配，你们有夫妻相。"刘妈妈说。

刘楠越听越烦躁，不但没有按照母亲的话打扮扎裹一番，反倒把刚置办的一套行头甩手送给陈嘉，毅然穿上了军装。

陈嘉说："军装的作用第一次成为对抗封建思想的利器。我理解你，但是我真看不懂你和王战之间到底是什么趋势。"

刘楠说："你为什么要懂，我都不懂，你懂不懂的有那么重要吗？"

陈嘉情感专家般地说："你和王战的感情，尽管说不清楚那到底是战友情，还是超越了战友情的一种特殊情愫，但有好感是板上钉钉的，为什么不和妈妈说清楚，或者拿王战当个挡箭牌，也就避免了相亲这回子事情了呢？"

刘楠说："你想的未免太简单了，太小看我妈，她老人家熟悉规定，王战不可能。"

陈嘉问："你妈也太神了吧？"

刘楠说："我妈为了研究我找对象的事儿，顺带着把部队的三大条例也通读了几遍，把巅峰特战队的暂行规定也都入心入脑地学习了几遍，尤其是涉及家庭与婚姻的条款更是倒背如流、如数家珍，想要从她那里蒙混过关，不亚于在大队长眼皮子底下开小差。"

陈嘉啧啧有声道："军队关于婚恋方面的制度规定与时俱进，有了较大的改观，允许内部找对象了，你要让她及时更新知识啊。"

刘楠说:"得了吧,巅峰特战队作为一线作战部队,精英云集的反恐力量,是总队的保留曲目,在贯彻落实文件精神方面必然反应最快、力度最强、标准最高,但也正是这样特殊的存在,有些方面可以允许土政策土方法,这个土可不是山高皇帝远的土,也不是随心所欲的土,而是根据任务需要、部队性质所衍生的'土',别的单位允许的事情,我们还会逐级报批,申请例外,比如双军人家庭不允许同时任职巅峰特战队。"

陈嘉说:"连这她都知道?太强悍了,老母亲真是煞费苦心。"

刘楠说:"我妈还不知道孟冰的存在,不知道她对王战的攻势,知道了,也会第一个明白我和孟冰之间没有可比性,孟冰有得天独厚的优势。"

陈嘉说:"刷新了三观。"

刘楠说:"所以我一直告诫自己不能在内部找对象。我热爱特战事业,离不开特战队。但队里有规定,军人的恋爱婚姻可以内部消化,不过两人只要一结婚,就得有一方调离本单位。那就意味着将有一个人离开巅峰特战队,这个处境我早就知道,所以我不能对王战表达任何观点,更不能向妈妈透露半个字。这事儿我只对你说过,你可不能给我捅出去。"

陈嘉打包票说:"咱俩什么关系,你心放肚子里。"

作为刘楠最亲密的战友和闺蜜,陈嘉扭头就把刘楠的意思透露给了王战。

王战满不在乎地说:"女孩的想法确实复杂,我觉得婚姻还很遥远,等真到那一天,制度说不定又改进了,即使维持现状,刘楠年龄也大了,她不可能在巅峰特战队一直待下去,总有退居二线的时候,所以我比较乐观。"
　　陈嘉说:"你自己看着办吧,有时候太乐观,黄花菜都凉了,你知道她又要去相亲了。"
　　王战一听这话不禁产生了一丝恐慌、一丝惆怅。

　　步行街上,刘楠心事重重地走着,没有来得及想怎么应对接下来的相亲,她结束"战斗"的经验相当丰富,既然是来敷衍演戏的,更没有慌张的理由。她一路风风火火地走着,制式高跟皮鞋敲击着街上的大理石地面,像演奏着一曲悦耳的旋律。她的短发飘散在阳光里,自然染上了一层玫瑰红的色调,与橄榄绿糅合碰撞,那股飒爽之风,冲击着人们的眼球,而刘楠无暇骄傲。
　　"自由人"茶馆复古风格,并不绚丽的招牌显得规整而不招摇,却在一众商业气息很浓的店面中间异军突起,鹤立鸡群,像是此刻的刘楠。
　　刘楠推开两扇别致的小木门,迎头挂着一幅字,上书"睡前原谅一切,醒来便是重生",字是正楷,和招牌一样简单,可是却让刘楠忍不住多看了两眼。这两眼很不容易,这在以前,刘楠连两眼也不愿意多给,包括相亲对象,包括相亲对象选的地方。
　　一进门刘楠就以职业性的目光扫视了一圈茶馆内部,没有发现有人符合相亲特征,暗想,还是个不守时的家伙,第一印象就这样,往后肯定也就没什么印象了。

刘楠的"闯入"吸引了茶客的目光,有几个老爷们儿眼前一亮,脚尖齐刷刷地对准了刘楠的方向。一个梳着大背头的中年男子,在房间里也戴着墨镜,嘴里叼着没有点燃的烟卷,哈喇子都要砸在脚面上,他把镜框掀到脑门上,目不转睛地盯着刘楠,对身边的朋友说:"我这辈子最大的梦想就是娶个女兵,从来没这么近距离接触过,今天让哥们儿抄上了。"

朋友不置可否,有谄媚者拍起马屁,说:"以袁总的实力,只要行动,那就不是梦想。"

刘楠熟视无睹,找了一个靠窗的位置坐下,点了一壶肉桂,祈祷相亲对象在她喝完这壶茶之前最好别来。

相亲对象还没来,袁总深吸一口气,像发令枪响前的运动员,稳定了一下心神,甩了甩右手腕上的劳力士彩虹圈,手指分散开来,梳理着油光发亮的背头,左手盘着手里的黄花梨手串,信步向刘楠走来。

他满脸堆笑,一屁股坐在了刘楠对面,把手串往茶桌上一拍,反客为主为刘楠斟茶,眼睛却没有看茶碗,一直在刘楠脸上流连忘返,导致茶水洒了一桌子。

刘楠犯着恶心,以为这就是相亲对象,单看那张崎岖的脸完全可以当大叔了,心里不由埋怨妈妈,好歹也是军属,真假军人都分不出来,以这人的年纪,如果还在部队,至少也是师级干部了。怎么什么货色都敢推荐,真是刷新了纪录。

袁总从手包里掏出一张印着十几排头衔的名片道:"兵妹妹,鄙人姓袁,相请不如偶遇,在这里见面是缘分,希望能和你认识一下,交个朋友。"

刘楠一听明白过来,还好不是相亲对象,这是个闲人,瞎搭讪的。

她看着窗外不作声。

袁总毫不气馁道:"我生平最崇拜军人,从小就有一个从军梦,岂料家族产业急需接班人,无缘军旅,十分遗憾,看到穿军装的就莫名亲切,不知兵妹妹可否赏脸加个微信?"

刘楠礼节性地微笑道:"谢谢对军人的厚爱,很荣幸。"不过,她的微笑很短暂,话结束了,微笑也随之结束,不耐烦之明显,一目了然。

但袁总选择性失明,刘楠一说话,似乎还给了他莫大的勇气,问道:"您这是约了朋友,还是?"

刘楠不耐烦地道:"跟你有关系吗?"

袁总道:"兵妹气场果然非同一般,能高冷也能卖萌,简直是极品、尤物。"

"你说话注意点儿。"刘楠目光如炬。

袁总连忙解释:"不好意思,平时玩个直播、短视频什么的,网络词汇,网络词汇。"

刘楠双臂抱于胸前,突然第一次希望相亲对象能快点儿到,至少应该比面前这个人好得多。

袁总可不这么认为,很快打开了话匣子,开始秀起了迷之自信:"你不是很了解我,所以没关系,我来好好介绍一下我自己。我和你们武警总队的关系非同一般,那简直称得上你中有我,我中有你。我是你们总队领导的座上宾,司令员、政委都得给我三分薄面,看你这中尉级别,前面的路还长着呢,要想在部队有更好的发展,一定要多搞搞关系。想必你接触这些大首长的机会应该不是很多吧,而这方面我最拿手,且有这个便利条件。"

刘楠根本没有在听,袁总只是认为她不信,解释道:"为什么跟你们首长那么熟?因为这些年我在参与国防科技工程,具体是什么项目,也不能细说,反正将军级别的人了解内情,你呢,不知道也罢,也罢。"

袁总嘿嘿干笑两声,接着道:"投资金额在几十个亿吧,这是强国强军的千秋伟业,虽距离竣工还有一段时间,但一旦搞成,那回报可是天文数字……"

正说着,袁总的电话恰到好处地响了,他接起电话声若洪钟地道:"我是袁华,对对对……什么?十亿方土的工程?别跟我邀功,也别跟我聊过程,直接说,还缺多少钱?这还算个事儿吗?这会儿我有更重要的事情要做,关系到我一辈子的幸福,晚饭前给你解决。"

袁总放下电话,财大气粗的样子显露无遗,但刘楠更感兴趣的是那十亿方土。

刘楠问道:"请问这个工程在哪儿?什么工程需要挖这么多土?"

袁总说:"就在我们区,离这儿也就几公里,盖一栋军事建筑,有没有兴趣跟我到工地上指导指导工作?"

刘楠更加确信这是一个满嘴跑火车的家伙,道:"十亿方土可以把整个城市挖空几遍。编瞎话之前,应该先用搜索引擎查一下计量单位。"

袁总自知牛皮吹得有点儿大,连忙找补道:"我负责总体规划,具体有手下操办,细节我不太了解。"

刘楠看破不说破。

恬不知耻的人,从来不认为自己的行为有多尴尬,考虑问题不把原形败露、当场出丑等情况计算在内,始终认为对方已经为自己的魅力所倾倒,此类人幸福指数很高,吹出来的牛皮自己都深信不疑。正像袁总,他认为刘楠已经折服于自己的风度和气势,之所以不再搭腔,是目瞪口呆了,不是爱答不理的。

袁总变本加厉,开始渲染自己辉煌的人生,一边说一边竟然从桌子的另一侧很自然地挪到了刘楠一侧,和刘楠并排而坐。刘楠请他离开,他说阳光直射他的眼睛,并没有别的想法。这话刚说完没多久,他的手就开始不老实了,有意无意地触碰了刘楠的大腿,刘楠的怒火积攒到一定程度,在袁总扎扎实实地摸了一把她的手之后,准确地捏住了他的手腕,腾地起身,反关节用力,袁总立即从椅子上跪倒下来,疼得龇牙咧嘴。

袁总嚷嚷道:"小妮子,再不松开,让你吃不了兜着走。"

刘楠不仅没有松开,还加重了力道。

袁总的几个狐朋狗友刚还听他们聊得津津有味,感觉袁总这事有门儿,没想到局势急转直下,直接被心急的袁总搞砸了,他们要冲上来解救袁总,刘楠已做好了格斗准备。

正在这时,一个平头正脸的男人挡在了刘楠身前,他轻轻松松把三个前来解救袁总的家伙撂倒,大气都不喘一下。

刘楠在他身后看得明白,他所用的招数再熟悉不过,是特战队员都掌握的一招制敌技术,但显然,这人运用得更炉火纯青,除了王战,她还没见过谁能把这套技术活学活用到如此程度,忍不住想要叫好。

男人回过头来,朝刘楠一笑,刘楠一下子惊呆了。

他如此面熟,很像自己的军校师兄卢大鹏,但变化有些大,不细看难以认出。刘楠还在反复确认到底是不是卢大鹏,如果是,这些年的基层生活到底给他带来了什么?

卢大鹏只看了一眼刘楠,这一眼,内容丰富,万千情绪尽在其中,也许代表了他们关于青葱岁月的记忆,也许带着满腔的感怀和未实现的愿景。

卢大鹏随即蹲下身来,问已经疼得满头大汗的袁总:"谁你都敢撩扯?"

袁总已经没有了刚才的威风,但还是有死猪不怕开水烫的功力:"怎么着,英雄救美啊?"

卢大鹏道:"英雄爱美女,什么年月也不过时,反倒是你这样精神极度空虚的家伙,不管什么时候都令人作呕。"

袁总有些惧怕卢大鹏鹰隼般的眼神,弱弱地道:"你们放开我,我走还不行吗?"

卢大鹏道:"你涉嫌诈骗,放了你,你还会去祸害别人。"

袁总说:"别血口喷人,我怎么就诈骗了?"

卢大鹏一把拽过袁总的右手,端详着他的劳力士道:"仿得不错,某宝上淘的吧。"又从地上拿起他的手串,吹了吹上面的灰道,"鬼脸都没有一个,看似是包浆了,其实是做上去的,这不是海黄,是塑料的啊,还还价,一百块钱六串。"

袁总眼神飘忽不定,像是被掐中了七寸,没有了刚才的神气,道:"就算……就算是假的,也够不上诈骗吧?"

卢大鹏拿起桌面上的名片道:"军民融合文化项目总发起人、海防十八师第二政委、军事工程建设集团有限公司总经理……你是有多缺认同感?搞这些子虚乌有的东西来充实自己。喜欢军人没问题,冒充军人满足私欲已经触犯刑法了。"

袁总身体有轻微的筛糠,故作镇定地道:"别上纲上线,你怎么确定是假的?"

卢大鹏道:"外行看不出来,当过兵一眼就能看穿,这些头衔有一个是真的?我刚才已经盯你一会儿了,不可否认你挺了解部队,角色扮演得也挺到位,自己都信了吧。"

袁总认栽了,他这才想起来,刚刚卢大鹏就坐在刘楠的身后,眼神让他很不舒服，他还瞪了卢大鹏一眼，卢大鹏"识趣"地避开他的眼神，他当时还感受到一种胜利的快感。

两名民警从外面进来，直奔袁总，给他送上一副精美的纯钢"手镯"，原来卢大鹏早报了警。

袁总临走时还恋恋不舍地看了刘楠一眼，竭力恢复刚才的威严，强调着自己的理论："为了生活，男人有些东西可以假，但内心一定维护着最后一片净土，那里有我的真诚，供我珍惜的人和事留存。譬如想要实现的理想和令我动心的女人。等我，过不了几天，我就能出来，我懂法，没有造成诈骗事实，我这顶多算吹牛吹大了。"

袁总说这话的时候，与刚刚财大气粗的做派迥异，眼睛里还闪着光芒。

刘楠哭笑不得，实在听不下去了，对着卢大鹏做出一个想要抽他大嘴巴的动作，打断了他想要继续蔓延下去的深情，让他夹着尾巴走了。

茶馆里恢复了宁静，卢大鹏冲刘楠微笑，刘楠再次细细打量，发现卢大鹏已经不是当年那个阳光帅气的师兄，高原红在他的脸上渲染出无限沧桑，虽然没有身处高原，他的嘴唇依然发紫，这是长久缺氧的烙印，他伸出一只手，手上是凹陷的指甲、粗糙如砂纸的皮肤。他虽然还是五官端正、目光坚毅，但显然已经缺少年少时的灵动和那时举手投足都散发着的荷尔蒙，更多的是平静，释放着些许的辛酸，一身朴素的便装衬托着他的单薄。

也许是终年的山风吹弯了他的脊梁,让人看不出他曾经是军校里最帅气的男学员之一,常常吸引女学员的目光,现在扔在人堆儿里,连个回响都不会有。

刘楠道:"怎么是你,你不是分到了边疆特战队吗?调动、考试还是旅游?"刘楠的疑问很有道理,他们相隔五千公里,毕业之后根本没有再见过一次面,两人之间也很少联系,刘楠压根儿没想到他会来到这个城市。

卢大鹏并不回答,只是冲刘楠傻乐。

刘楠这才想起他不按套路出牌,竟然整蛊到妈妈身上,告诉她是相亲来了。

"本来这么久没见,不该批评你,但您玩得有点儿大,直接杀到我府上去了,还骗我妈?"刘楠道。

"我去看看她理所应当,你放心,我没表露身份,只是说我们是多年未见的军校同学,别的都没说,尤其是追求你的故事。"卢大鹏说。

"可不就是同学关系嘛,你追我那段那么失败,真别提了。快说说,这次是为什么来的吧。如果是旧梦重圆,没有必要了,以前没有在一起,现在天各一方,更不可能了。"刘楠连忙撇清关系,生怕卢大鹏卷土重来。至于为什么不接受卢大鹏的追求,刘楠也说不出来,尽管他很优秀。当然卢大鹏也不会考证,毕竟缘分的事情不是三言两语能说清楚的。

"看把你吓的,'锋刃'国际特种兵比武在总部训练基地举行,我是第一批到达的队员,领导信任,让我当一分队分队长,这次是到巅峰特战队来领人的,本来不用我来领,他们自己去就可以,但你知道能参加'锋刃'比武的都是国宝级的,从下命令那天起,他们就归训练基地管理,我们要负责他们的绝对安全。也好,顺便来看看你。"卢大鹏说明了来意,刘楠恍然大悟后如释重负,没有了被卢大鹏追求的顾虑。其实卢大鹏看她的眼神已经没有爱慕,纯粹是怀旧的情感,只是她刚才无从得知。

"这次公差不急的话,我请假给你当导游,好好玩几天。"刘楠盛情邀请。

"距离比武还有段时间,但比武之前我们还要进入加强阶段,训练基地也要搞一次魔鬼周,所以没有太多时间,见过你,我要去找王战和张铭。你如果愿意可以陪我一起。"卢大鹏道。

刘楠欣然应允。

刘楠带卢大鹏到达医院的时候,王战和张铭的病房空空如也。

孟冰看见刘楠气便不打一处来:"你们巅峰特战队的好兵,无组织、无纪律,根本不尊重我们的院训院规,一个招呼也不打就跑了,不知去向;一个不听医嘱私自归队,影响恶劣,我一定要报告院长。"孟冰的愤怒来源于王战过早地离开她,不给她继续相处的机会。

但刘楠有些难堪,毕竟他俩是自己的队友,平时孟冰这么说也就罢了,现在当着师兄的面,让人家怎么想、怎么看,他现在代表总部而来,丢人丢到总部去了。

刘楠给孟冰使眼色，孟冰道："你挤咕也没用，这个状不告不足以平民愤，医院不是谁家，太随便了。"

刘楠无言以对。

卢大鹏哪里见过心中的女神这般灰头土脸过，十分诧异，低声问道："她为啥对你这么凶，吃枪药了？"

刘楠还没来得及回答，被满腹怨气的孟冰抢了先道："你才吃枪药了呢，你哪儿来的？"

卢大鹏表明了身份，包括是刘楠军校师兄的事儿也说了。

孟冰道："以前你们特战队员在我心目中至高无上，现在看来也就那样，什么战友关系，一点儿也不纯洁。"

卢大鹏一听这是话里有话，望向刘楠，刘楠白了孟冰一眼快步走出去了。

卢大鹏紧随其后，在刘楠背后道："正常，到了谈婚论嫁的年龄了，这又不是什么坏事，拿捏得好是关键。告诉我是王战还是张铭，我替你把把关，好好关照一下他。"

刘楠停下脚步瞪着师兄道："您可别添乱了。"

不知是卢大鹏吃醋了还是怎么了，道："怎么是添乱？既然你这么说，我就不能好好关照他了。栽到我手里，没好儿。谁能力这么强，我摆不平的事儿他竟然有门儿？不过不要高兴得太早，接下来才是真正的炼狱，到底有多优秀首先要看能不能过得了我这一关。"

刘楠说："一码归一码，给别人穿小鞋不是你的风格。"

091

卢大鹏在医院没有见到王战和张铭，先回了总队招待所。

刘楠回到特战队发现王战已经打点好行囊，准备前往总部训练基地，而张铭却不知去向。王战说别找了，临行前，他要去干一件人生大事。刘楠好奇，但没有问，现在她满脑子在罗列给王战的送行词。不太会嘘寒问暖的她，看着王战的背囊，竟然有亲切叮嘱的冲动，可是话说出口却是另外一种味道，配合她并不温柔的表情，不是温馨的画风，反而像是在发号施令："总部训练基地我去过，气候干燥、扬沙浮尘、漫天黄土，我奉劝你注意身体、注意饮食，别到时候比武没怎么样，先被水土不服折磨倒。"

王战道："你不能笑着说？"

"爱听不听，得寸进尺。"刘楠扭头就走，留下王战在风中凌乱，但那是幸福的凌乱，因为虽然他一边在悔恨要求提得过快过多，一边却在窃喜。

张铭去了哪儿？张铭几次试图拍孟冰马屁，都拍到了马腿上，孟冰根本不给他发挥的机会。作为院花，她太知道张铭的套路。张铭眼见"攻城无果"，遂改变战术，将"矛头"对准谢凤，频繁向谢凤献殷勤。谢凤在向心街道办忙得不亦乐乎，张铭怎么会有机会？

原来张铭住院期间，谢凤来看过宝贝女儿几次，张铭像是能识别谢凤的气味一样，总能在关键的时间节点，循着味道恰到好处地出现在谢凤面前。他小嘴儿倍儿甜，张口阿姨闭口阿姨，端茶倒水削水果，不像个病人，倒像是来伺候病人的，把阅人无数的谢凤忽悠得五迷三道，心情十分愉悦，连夸特战队的战士有一手，对待人民群众也是会来事儿、有眼力见儿。

不仅如此，张铭每天被理疗师翻来覆去地推拿，身体上的舒坦让他意识到推拿的魅力。几包零食拉近了和理疗师的距离，没事问东问西，研究推拿技巧，理疗师也不吝赐教。张铭接受能力强，几天工夫也总结出了一些心得体会。

谢凤来了只抻了一下腰，说了一句，天气要变，浑身不舒服。张铭立马撸起袖子，卖弄起刚学的技艺。他根本没想到，这手艺竟然这么快派上了用场，而且适用于各种场合，不需要道具设备，走到哪里哪里就是他的"舞台"，机动性很强。谢凤很自然地成了他第一个练手的人，根本没办法拒绝。效果暂且不提，这说来就来的精神，让谢凤很受用，觉得这孩子直爽实在，没想到年轻小同志中还有处世经验如此丰富的人，机灵劲儿讨人喜欢，和她手下那些刚考来的大学生完全是两个概念。

谢凤感叹道，一样的年龄，不一样的青春，不一样的处世哲学，少年强则国强，孩子们要都能像张铭这样有素质，伟大复兴还会远吗？谢凤在为张铭点赞的时候还没意识到张铭另有所图，只是为这感人的"战友情""同志爱"感叹。她还以张铭为典型，教育孟冰一定学习人家礼貌待人、热情诚恳的高贵品质，工作中一定要如此这般团结同志，生活中一定要如此对上有礼、对下有节，上接天光、下接地气，拥有一个好人缘才能在单位游刃有余、风生水起。孟冰翻了翻白眼，还被谢凤批评不谦虚，不踏实，不知道江湖险恶。她还总结了自己的一套道理，在单位混，人缘大于能力，和人相处让人舒服胜过埋头苦干。

孟冰实在忍不住，只好告诉妈妈："他做这一切都是为了追求我。"

一石激起千层浪，谢凤的脸立刻拉得比拉面还要长，恍然大悟道："我就说这小子怎么比伺候亲妈都上心，原来是这么回事儿，他倒是不干亏本的买卖，我要重新审视这个人了。你要不说，我还真想主动问问他有没有对象。好家伙，我也是久经考验的党员干部，怎么会被小恩小惠腐蚀，下次再让我见到他，我必须好好纠正一下这位同志的错误观念，目的性太强是干革命工作的大忌。"

谢凤义愤填膺的样子让孟冰不寒而栗，她有些后悔把这件事告诉妈妈，她太知道妈妈较真碰硬的本事。而且这两天，好几个新来的年轻人因为忍受不了这位"灭绝师太"动不动劈头盖脸就是一通思想教育、灵魂洗礼，而联合告到区委，怕再在她手底下干，命不久矣。谢凤被上级约谈后，很是不以为然，她宣称，有什么大不了的，领导会因为我管理严格处理我吗？年轻人太浮躁，连我这关都过不了，将来怎堪重任？没出息。

孟冰心里想，能过她这关的年轻人不能说没有，肯定凤毛麟角，以张铭的脾气，断然撑不住一个回合。她还暗暗替张铭捏了一把冷汗,怕他再次见到妈妈,会被羞辱到延长住院期限,"锋刃"比武都不能成行。孟冰脑海里浮现出血溅了张铭一脸的生动图景。连谢凤自己也认为再见到张铭,一定会狼烟四起。

岂料,情况完全发生逆转。还没等谢凤找上门来,张铭自己给自己办了出院,直奔孟冰的家,单刀赴会,舌战孟母。

张铭穿了一身笔挺的西装,艳丽的口袋巾昭示着他不安分的小心脏,他提着大包小裹的保健品,迈着分列式上徒步方队队员才有的步伐,雄赳赳地进了孟冰家所在的小区。

小区里无所事事的退休老妇女嗑着瓜子,正愁最近街面上很沉寂,东家不长西家也不咋短,话题比较陈旧,张铭的乱入,让她们眼睛泛起了绿光。

一位黑瘦阿姨湿漉漉的嘴唇上沾着两片瓜子皮,拍着一位富态阿姨道:"哟哟哟,我说徐老师,咱们小区里的人,隔着一里地我都能叫上名字来,这个小鲜肉我可是从来没见过,看这打扮,不是等闲之辈,这是谁家的,有福咯!"

徐老师把厚镜片的眼镜推到额头上,奋力观察后不停地表扬黑瘦阿姨确实有当特务的潜质,她的动作很滑稽,像是得道高人,一边夜观星象,一边作法。

其他几位妇女,有绣花的,有织毛裤的,有刷朋友圈的,也都停下手中的活计,直勾勾地盯着张铭,她们心潮荡漾,好像张铭是她们家的,将来要给他们养老似的。

张铭也注意到这几位"侦察员",突然面露喜色,径直朝她们走来。她们笑意盈盈、合不拢嘴，以为这帅小伙儿是来咨询问题的，都在使劲稳定情绪，渴望成为与之交流的第一人，徐老师还很自然地擦了擦眼镜，黑瘦阿姨眼疾手快地撸掉了嘴唇上的两片瓜子皮，维护住所剩无几的形象。可惜，张铭在众目睽睽下，直接走到了那个表现最不积极的退休干部模样的人身边道："阿姨，您在这儿啊？"

这位备受小鲜肉"喜欢"的阿姨就是谢凤，刹那间，谢凤的虚荣心得到了满足，并不是张铭真有多优秀，而是"大家没有，只有我有"的快感，让谢凤感到扬眉吐气。这几尊神，已经对她快要到期的干部身份不太感冒，她已经郁闷了好长一段时间，今天，张铭突然让她重新拥有了众星捧月的感觉，久违的快意让她看张铭周身都散发着光芒。

谢凤在众妇女艳羡的目光中，被张铭搀着朝自己家楼下走去。

黑瘦阿姨刚还精神矍铄，瞬间皱起眉头，指着谢凤一摇三晃的屁股道："瞅瞅这位，老佛爷都没她有派。"

谢凤在张铭的"陪同"下，离开那个精神世界越来越空虚的人群，她预计她们已经看不到她"尾灯"的时候，收起笑脸，抽出胳膊，站定身姿，横眉冷对，质问道："说吧，今天又来给我灌什么迷魂汤？好小子，之前我竟然一点儿没看出你的狼子野心。在医院凑近乎还不算，现在直接追到我家里来了，你是现役军人，就不怕我举报你骚扰？"

谢凤和之前判若两人，表情控制能力之娴熟不亚于老戏骨，很有表演造诣。张铭听到谢凤说出这话，不知道这种呼之即来的火气是谢凤多年修炼的功夫之一，不知道她这股气其实不只是针对他，而是因为作为一个深入群众、看问题入木三分的基层领导，竟然对眼前这个年轻人看走眼了，这种失误不应该出现在她身上。但张铭头脑何其敏捷，他从不打无准备之仗，来前就想好了各种可能性，并加以推演，他随即意识到"军机"已然泄漏，就不要再装模作样了，干脆直给。

张铭气定神闲地道："阿姨，知道了也好，我藏着掖着也怪累的。我追求孟冰，这不应该是您生气的理由，您应该为自己有优秀的女儿感到自豪，不是什么人都有这样的魅力。窈窕淑女，君子好逑，我试图走进孟冰的生活，也不是临时起意，是需要足够勇气的。可能我暂时还没有光彩照人，让您一下子接受我，但我有耐心、有信心、有一片赤诚之心，所以我无所顾忌、冒着风险来了。为了孟冰，我可以放弃自尊，我已经做好了思想准备，穷山距海，不可阻挡。畏首畏尾不敢表达的人，只能说明害怕失败，或者不够爱，我不相信你会更喜欢那样的人，您说呢？"

张铭说得振振有词，既追捧了孟冰，也肯定了谢凤的教育和基因，让谢凤一边窃喜，一边语塞。但谢凤什么场面没见过，一副铁嘴钢牙声名远播，连没有底线的"老赖"在她面前都能自惭形秽、口吐白沫，何况是一个没吃几年咸盐的小战士。谢凤用鼻孔对着张铭，表达对他"口蜜腹剑"的蔑视，同时脑子在飞速地运转，想着让他逞了口舌之快，是失败的第一步，不符合我多年来牢固树立的将对手"扼杀"于无形的人生信条。

  张铭的眼神无惧无畏,不卑不亢,没有被谢凤"金刀铁马"的派头吓倒。两人在风中"对峙",路过的人似乎感受到他们的内功,不由得退避三舍,连飘飞的落叶也变换了"航线"。

第二十一章
我想从此灵魂会镀上迷彩光辉，
却依旧挂满无法雕琢的氤氲

　　白鸽划过天际，提笼架鸟的老头儿在跳广场舞的老太太中间自认为气宇轩昂地穿梭，没注意到谢凤和张铭之间的较量。

　　俗话说丈母娘看女婿越看越好看，谢凤真的有那么痛恨张铭吗？眼前的张铭长相周正、身材板正、态度端正，虽然有些许的油腔滑调，但和社会上有些满嘴跑火车的人比，简直算得上清新脱俗出境界了。姜是老的辣，谢凤自有一双识人辨人的火眼金睛，她并不反感张铭，相反，看到张铭和孟冰描述得不尽一致，心中还有些窃喜。人是最挑剔也是最漠然的动物，漠视别人家的，挑剔自己家的，当意识到这个人将来可能会和自己产生交集，而且是十分密切的交集时，挑剔模式开启了。天将降大任于斯人也，必先苦其心志，劳其筋骨，横挑鼻子竖挑眼。目前，谢凤初步有这个倾向。如果她的身份和刚才那群大妈别无二致，她一定会对张铭赞赏有加，而现在她的身份决定了她要狠狠地保持冷酷。

谢凤道:"你段子看多了吧,那些自卑的小青年,总是用这种语气讲一个热血沸腾的故事来掩饰自己的贫穷与匮乏,说破天就是想以羞辱的方式,让人家吃了哑巴亏还不敢说,拱手把姑娘送给他。我更喜欢直接把房本和车钥匙摔在我面前的实惠人,军人还是少说这些虚头巴脑、冠冕堂皇的话为好。"

张铭既然敢来,就做好了心理准备,但也没想到谢凤的段位,远高于想象,再恋战下去,只会被批得体无完肤,不如及时撤退,从长计议。

张铭转身想走,谢凤好像看出了他的想法,内心又有些于心不忍,毕竟人家没有恶意,拒人于千里之外非明智之举,但又不好放下身段,这个分寸一定要拿捏好,否则孟冰妈妈是"灭绝师太"的称号传出去,对女儿影响可不好。就算是堡垒,也要有缺口,才能达到易守难攻的目的,所以谢凤及时给想要打退堂鼓的张铭一丝希望。

"等会儿,手里拿的什么?"谢凤盯着张铭手里的盒子问。

张铭停下脚步,经谢凤一提醒,才突然想起手里的东西,说道:"我就知道您不会那么轻易把自己的宝贝女儿托付给谁,可怜天下父母心,人之常情,我能理解,所以不遗憾;只是不能经常见到您,想要发挥我的理疗特长,为您做些力所能及的事,我心里很不踏实,于是准备了这个……这个东西是中医药大学最新研制的高压脉冲理疗仪,并没有上市销售,我托关系、卖人情才好不容易搞到的。之前给您推拿了几回,从我专业的角度分析,你左肩膀下方三厘米的地方有很严重的劳损,腰间盘也有轻度突出,最主要的因为你长期忙于社区工作,加班熬夜,一心为民,伏案整理材料文书,颈椎也不是很好……"

张铭准备把理疗仪塞给谢凤,这才发现谢凤的脸像是被烈日照射的隔日的冰霜,开始慢慢融化,她缓缓伸出颤抖的手,轻轻地接过礼物,生怕吓跑了张铭似的,眼睛并没有关注礼物,而是注视着张铭,释放着显而易见的激动。长时间的沟通让事情没有得到任何转机,在快要失望而去的时候却有新的发现,这让张铭坚信"当遭遇困境的时候,再坚持一下,说不定胜利就在前方"的道理,虽然张铭还有一种价钱谈不拢,店家在他佯装要走的时候招呼他回来的感觉。

也难怪,谢凤作为社区干部,送礼的人不说很多,肯定也有,但能送到心窝窝里的不多;作为单身女性,撩骚说怪话的大有人在,但像这样给予亲人般关怀的实属罕见;作为长辈,孟冰对她敬而远之居多,悉心陪伴有限,像张铭一样主动凑上来的情况几乎没有。张铭一个小细节一下子推翻了谢凤常年面对的"三座大山",可谓一石三鸟,卓有成效。

谢凤嘴唇动了动,想要说话,却无法挽留。张铭发现这事儿有戏,可以适可而止、功成身退,于是说了几句暖心的话,大步流星地离开,留给谢凤一个背影。谢凤把理疗仪捧在胸口,在寒风中肃立,像是在告别远行的游子。

陈东升办公室,王战和张铭铁青着脸站在陈东升办公桌前。

陈东升背着手,用下眼白死死地盯着两人。他让两人解释解释为什么让卢大鹏告到了张司令员那里,一开始谁都不言语,把陈东升搞烦了,下了最后通牒:"不说?谁都不要去参加'锋刃'比武。"

张铭和王战再也不沉默,展开一场"骂战",指尖快戳到了对方的眼珠子,唾沫星子四处飞溅,争吵声要震裂陈东升的耳膜,射击场上乱枪齐射也没有如此让人心烦意乱。眼看着马上要升级成战斗,陈东升也没听出个所以然,连忙喝止他们,等两人心情平复了好一会儿,陈东升让他们想好了一个一个说。

张铭恼羞成怒地道:"要不是王战不会搞成现在这个局面,他吃着碗里的看着锅里的,惦记着刘楠,还撩骚孟冰,部队本来就僧多粥少,他一个人独占两份,天理难容,好多人都看不下去了,我要代表广大人民群众讨伐他,他要是应战也还罢了,不承想一点儿勇气都没有,明摆着是玩弄感情。"

王战嗤之以鼻道:"本来好说好商量事情都能解决,你气急败坏地过来要找我决斗,幼不幼稚。"

陈东升总算听明白了,竟是部队管理过程中少有的感情纠纷,至少巅峰特战队成立以来他没有听说过,一个单位里男兵和女兵之间即使真有恋情了也很少敢声张,还没有像这两位如此夸张的。

陈东升差点儿笑出声来,说:"我的兵越来越出息了,当初哪怕我追你们嫂子的时候都没这么嚣张,今天确实开眼了。"

两人有些羞臊。

陈东升接着道:"你瞅瞅二位那副饥渴的嘴脸,年轻人追求爱情是好事儿,我不封建,但你们在这个节骨眼上给我弄出笑话来,我有理由给你们弄出处分来,要么抓紧给我到卢大鹏府上登门谢罪,要么……你们懂的。"

听到这个词两人一激灵,他们太懂了,不准打骂体罚战士是硬杠杠,但陈东升有一百多种招数让他们心灵比肉体更痛苦。

没等陈东升再说话,两人一溜烟儿向总队招待所奔去。

路上王战对张铭说:"你啊你,刚才骂的话是不是平常想说没敢说的话,今天逮着机会正好发泄出来?"

张铭说:"哪能啊,既然演戏就要入戏不是,别多想。"

王战说:"谅你也不敢,逃过一劫值得庆贺。幸好大队长今天心情不错,毕竟这次魔鬼周圆满结束,还产生两个比武名额,让他喜上眉梢,压力锐减,所以此刻他能理解我们的荒唐行为,如果正巧赶上他烦躁,想必咱俩哭都来不及。"

卢大鹏已在招待所等得百爪挠心了,这次他代表总部训练基地来到巅峰特战队主要有两个任务,一个是实地检查巅峰特战队魔鬼周极限训练场地达标情况,看看他们的成绩是否真实有效,有没有弄虚作假;一个是和比武选手单独相处,增进沟通、尽早磨合,并把他们安全地带到总部训练基地。第一个任务早已完成,第二个任务已经浪费一天时间还没见到人影儿。他想巅峰特战队连个队员都管不明白,还能执行什么重大任务?还是精锐部队?让人大跌眼镜。

他心里直犯嘀咕,有水平的人一般都有性格,精英意味着思维更活跃、自我意识更强,想要得到他们的认可和拥戴更难,若不给这两位仙儿些许颜色根本震不住,尤其是王战让卢大鹏很有压力,是一个什么样的战士让高高在上的师妹刘楠情有独钟?她当年在军校可是将一众学员斩落马下、无法近身,连自己也只充当了单人教练、人生导师的角色,和谈情说爱还相去甚远。嫉妒心人人都有,卢大鹏作为他们此次比武的直接上级也很难不落俗套。

所以当王战和张铭在齐伟与郎宇的陪同下站在卢大鹏面前的时候,卢大鹏鼻子不是鼻子脸不是脸,让齐伟和郎宇也跟着尴尬不已。

王战恭恭敬敬地做完了检讨,卢大鹏道:"想见你们的面还要提前预约,多大本事让你们狂成这样?"

齐伟向郎宇耳语道:"这总部来的着实硬气,刀刀见血啊。"

郎宇不屑地道:"这人我听说过,高原上下来,边疆特战队的,总部借调而已,牛什么牛。"

齐伟道:"别酸了,你牛怎么没借你去总部带比武队啊?要看到人家的优点。"

郎宇被戳中要害,但还是七个不服八个不忿道:"我们巅峰起步晚,用不了两年指定全面超越,我带比武队指日可待。我说你怎么那么怂啊,长他人志气,灭自己威风。"

正说着，卢大鹏指着齐伟和郎宇道："两位同志你们可以回去了，从这一刻起，他们两个归我全权负责。"

这明摆着赶人走，郎宇面子上有些挂不住，还想理论两句，被齐伟拉出门外。

齐伟忍着笑道："别自取其辱了，人家都没拿正眼看你，你这气生得很自我。"

房间里王战和张铭突感一阵寒意袭来，卢大鹏很不友善，说话句句带刺，把两人损得一文不值，尤其是对王战，王战说什么都不对，站哪儿都不顺眼。

王战想逃离这个房间，舒缓一下突如其来的身份转变带来的不适，说："领导，我们回去再取点儿生活用品，给领导战友告个别……"

卢大鹏打断道："要不要再给你两天时间度度假、走走亲戚。"

王战道："那倒不用……"

卢大鹏提高嗓门道："别蹬鼻子上脸，这是国际级的任务，武警部队大盛事，现在跟我走，一刻别耽误。"

于是，王战和张铭轻装简行，和卢大鹏坐上了前往首都的班机，连陈东升专门组织的欢送饯行仪式也没来得及参加，男队员的威风锣鼓队以及女队员的"特战宝贝"啦啦队早已列队完毕，却没了用武之地。

陈嘉还埋怨刘楠，别看咱们都是女孩，却是操枪弄炮的主儿，这舞蹈队形咱不擅长，赶鸭子上架排练了整整一宿，大家都说为了未来姐夫拼了命也得上，现在倒好，被放了鸽子，浪费感情。

刘楠掐了一把陈嘉阻止她瞎说，心里倒很受用，感觉受到了重视，不管是重视她还是重视王战。

迎接王战和张铭的是什么挑战，和卢大鹏的关系将是什么走向，比武是皆大欢喜还是一败涂地，他们一无所知。

王战不断安慰自己，卢大鹏是纸老虎，巅峰特战队精锐之师怕过谁，谁在本单位还不是人见人爱的宝宝，我代表着一支部队，关键时刻要有气节、有风骨，不能被眼前的表象所蒙蔽，一定能经受得住任何考验。

飞机上王战已经感觉到卢大鹏的不友好。

票是统一订的，没有办法选择靠窗还是靠过道，王战对着号码坐进靠窗的位置。

卢大鹏站在走廊上道："那是你坐的地方吗？饭店吃饭你能让主宾坐在上菜的位置上吗？"

王战在众目睽睽之下灰头土脸地原路返回，把靠窗的位置让给了卢大鹏。

在候机厅时卢大鹏便明确了身份，他是此次比武队一小队小队长，王战、张铭的教育训练、衣食住行没有他不管的部分。

空姐推着小车款款走来派发零食饮料，询问三位喝什么，王战说来杯咖啡。

卢大鹏说："什么身份还玩小资？作为一名肩负着国家使命的

特战队员，你该喝什么心里没点数儿吗？"

王战立即识趣地要了一杯白开水。

空姐向王战投来怜悯的目光，王战心情不悦到了极点，但在接下来的一个月里，他们的日子好不好过和卢大鹏有直接的关系，当面顶撞不管在什么环境下都不是高明的，心里骂两句忍忍就过去了，这么想着他好受了一点儿。他经常在遭受屈辱的时候这么想，部队是个全封闭的环境，"服役"二字也时刻提醒着他的地位，在地方上上班，干得不开心可以炒老板鱿鱼，但这里不行，想都别想。

有人说，军人只是一个职业，和三百六十行没有任何区别，凭什么优先，为什么神圣？王战也懒得去辩解什么，因为凡事到了非要辩解才能明确属性的程度，这事就没有什么意义了。

空姐的怜悯还倒可以接受，最可气的是张铭也用幸灾乐祸的眼神看着王战，好像卢大鹏矛头只对准王战，没有针对他，就是恩赐了他。多年战友情谊的小船，一朝说翻就翻。

王战压低声音发表不满："你这样在我心目中的位置只会越来越低下，魔鬼周中面对策反和不同的战斗理念我们没有翻脸，因为孟冰，你却要翻脸。现在又因为这初来乍到的卢大鹏，表现出心底阴暗的一面，怎么想，我怎么气。"

张铭说："嘿，有钱难买人家愿意。"

憋着火，王战来到总部训练基地，安顿好后和反恐国家队队员第一个照面,便发现什么火不火的,在高手如林的环境里,心里有火是一种病,不及时压制,会死。

开训动员前每个人要做自我介绍,张铭说:"这次必须胸有成竹、势在必得,老虎不发威总被人当病猫,不仅要让在座的朋友认识我们,最重要的还是要让不知天高地厚的卢大鹏好好认识认识你。你在总队是响当当的人物,有两个三等功,总队反恐比武突击专业第一名,精度射击、突入识别射击、长短枪互换射击第一名,魔鬼周极限训练优胜队员……"

王战按照张铭的意思准备好好介绍自己,这时从第一排站起来一个一米六几、身高勉强够征兵及格线的黑瘦中士,他刚一张嘴,王战便意识到自己错了,不知天高地厚的原来是自己。

中士站在第一排靠窗的角落里,阳光正好照射着他的眼睛,他努力控制不眨眼的样子很"战士",他骨架很小,只占据很小的一块地方,王战坐在后面,要伸长脖子才能看到他锅盖般的头形和快洗白了的迷彩服上衣。所以"不起眼"这个词好像就是为他量身打造的,王战根本想不到他能翻腾出什么浪花来。

中士声音有些嘶哑,一听就是常年喊口号带来的后遗症,基层有很多这样的破锣嗓子班长,这个小个子一定有当班长的经历,王战这么想着。只听中士扯着嗓子仍然无法很清晰地发音,这也很"战士",有人说下口令、训练场教学的时候不要管战士能不能听清,这里不适用"有理不在声高"这套理论,因为没有战士会和你辩论,只要声音大、底气足,错了也像对了。

现在中士正用这种方法在操作，但王战越听心越凉。中士说，卫士2013年到2020年自己一年不落全参加了，中俄联合反恐演练也身在其中，三次国际特种兵比武成绩不是很理想，只拿了八个单项冠军，距离原定目标二十个还有很大差距。参与处置"5·31""10·5""12·12"反劫持人质事件，成功解救人质，被评为"武警部队十大标兵军士"，今年又被提名"中国武警十大忠诚卫士"，遗憾的是最终没有入围，自己还有很大的进步空间，与身边同志比还要……

主持人挥挥手示意他不要再讲了，再讲下去留给别人的时间不多了。

王战也希望他不要再讲了，再讲下去他曾经引以为傲的东西将更上不了台面了。

中士的高端绝非他可以想象，都说贫穷限制了想象力，在这个小个子中士面前王战感觉穷得连裤衩都不剩了。然而中士只是一根导火索，更加炸裂的还在后面，有的来自索马里警卫现场，有的数度参加海地维和，边境缉毒、城市追捕、海上巡航都只是家常便饭，别人讨论的是有没有开枪击毙过歹徒，总队比武之类的荣誉根本未列入议事范围，王战和张铭听傻了眼，十分理解卢大鹏为什么瞧不上他们。

张铭长自己威风道："这说明不了什么，他们只是起点高、平台好、实战经验丰富……算了，我编不下去了。"

王战道："早知道不来了，偏居一隅，知足常乐，做自己世界的英雄。"

张铭深表赞同，想了一会儿心有不甘地道："在这个黑马频出的时代，不拼一下不知道有多大潜力。"

王战垂头丧气地说："当兵的几乎都有强迫症，今天我不一样了，强迫也没用，还是别强迫了。"

张铭这时候的表现可圈可点，他好像突然找到了陪伴在王战身边的意义，当王战被奚落的时候他只怕引火烧身，可是当他偃旗息鼓的时候，他又迫切希望他强大，他道："别人牛，你打退堂鼓了？别人不牛，你还较个什么劲儿啊？别人腌臢你，你就朝着他们希望的方向沦落？我要是卢大鹏，我也瞧不上你。"

王战突然抬起头道："兄弟，什么大鹏大鹏的，我没有兴趣看他展翅，只要你跟我一条心，我就没有好怕的。"

张铭说："别把我想得那么好，天塌下来有个儿高的顶着，你屹立不倒，卢大鹏的矛头还是对准你的，我可以暂时安全，这是我的逻辑。"

王战自言自语道："你这逻辑还挺他娘的可爱。"

总部训练基地的伙食标准自不必多说，与"六个菜、两个汤、三种主食、一种水果"的普通版本比起来，可以算得上至尊豪华版，如果队员们能克服被练得手抖、肠胃里翻江倒海的窘况，吃起来还是很享受的。住宿条件也完全可以和部队招待所媲美，告别了上下铺，迎来了弹簧床垫、独立卫浴，还有四开门的大冰箱,原以为冰箱是摆设,打开一看内容竟然还很丰富,琳琅满目,应有尽有。

冰箱很凉,心里很暖,王战刚想开一瓶功能饮料,耳边突然响起卢大鹏的警告声,心烦意乱地推开宿舍窗子,映入眼帘的是北京郊区的壮美景色。此时已入秋,这里苍凉雄浑,高耸的树木根根清晰,不像南方的灌木永远卿卿我我、缠绕交融,不分你我。麻雀叽叽喳喳地在黄叶纷飞中起舞弄影,虽然没有斑斓色彩,但壮观底色掩饰了荒芜的不足,就像一句俗语"大个儿门前站,不会干活儿也好看"说的,北方的远景亦然,威武莽莽,没有点缀也不失涵蕴。

条件虽好,人却并不友好,王战和张铭感受到了人在屋檐下的酸楚,不仅卢大鹏不断打击着他们的自信心,连队员也明里暗里向他俩投来不屑的目光,聊天中夹杂着"你们巅峰特战队""你们省总队"等带有"地域歧视"的词汇。也难怪,二三十名比武队员,有的总部直属,有的来自广州,还有的长期驻训在总部训练基地,有的更厉害了,是常年奋战在反恐处突一线的尖刀拳头特战队,只有他俩来自二线靠后的沿海城市,隶属副军级总队,地理位置好像能决定一支队伍的优劣,这不科学,但也让人无言以对。以前王战以为巅峰特战队虽算不上国内顶尖,但也名声在外,现在才知道人家根本没拿他们当盘儿菜。

欢迎晚宴之后,王战一个人闷闷不乐地走出食堂,卢大鹏悄悄跟了出来,张铭还以为卢大鹏良心发现,要开导开导王战,殊不知卢大鹏一直遵循一个原则,雪中送炭的人有了,锦上添花的人有了,落井下石的人有了,坑蒙拐骗的也有了,就差他这一个火上浇油的了。

卢大鹏说:"你那碎了一地的自尊啊,真像扶不上墙的烂泥,现在回去还来得及,比赛正式开始前你都可以走,不比也就不会输。"

王战道:"是有落差,但还不到落荒而逃的地步。"

卢大鹏意味深长地道:"很多时候自己逃比被人轰要强得多,主动总比被动好。"

卢大鹏扬长而去,想起他那张嚣张跋扈的脸,王战恨得牙根痒,臭脾气的军事干部他见得多了,非打即骂的老军事也有可爱的地方,有时候能把人骂笑了,但像卢大鹏这么讨厌的,王战还是头一次见。但卢大鹏对别人就不这样,迎面走来一个下士,卢大鹏满脸堆笑地和他打招呼,和对待王战简直是天壤之别。

王战摸摸自己的脸,再整整着装,没有发现自己哪里特让人膈应。正想不通呢,张铭从他的左肩膀处露出脑袋。

"要说心眼儿小,这姓卢的让我看不见尾灯。"张铭没头没脑地道。

"这话怎么说?"王战问。

"这姓卢的和刘楠是军校同学,当年追求过刘楠,刘楠守住了思想防线没有沦陷,今天在你的隐蔽斗争中折戟沉沙,都是七尺男儿,他能受得了这个气?在感情上受到了挫折,他这是要在战场上找回来啊!"张铭道。

"你瞎咧咧什么啊,这都哪儿听来的?"王战持怀疑态度,他早就对张铭的编剧能力深恶痛绝。

"你管我哪儿听来的,侦察专业第一名连这点儿小道消息都搞不来,组织要我何用?"张铭洋洋自得,把八卦也当成了侦察的一部分。

王战突觉命苦:"本想安安静静当个特战队员,或者轰轰烈烈谈场恋爱,没想到两个目标都难以实现,之前被你挖苦,如今又半路杀出个卢大鹏,以他莫须有的爱情故事和莫须有的感情创伤莫名其妙地针对我。我王战何德何能,如今竟然被这样推上风口浪尖?我想让所有人都忘了我,所有人偏偏来腌臜我。这时候我很佩服网红或明星,怕只怕舆情不铺天盖地,怕只怕民众情绪不汹涌澎湃。我不行,我连应付一个卢大鹏都很吃力。"

正如王战所言,在各国代表队到来之前,武警代表队队员之间要通过训练相互磨合。第一天训练一招制敌技术,王战和张铭配合默契,动作如行云流水,你来我往潇洒自如,飘逸的身姿成为场上一道亮丽风景线,还有队友不禁叫起了好。谁知卢大鹏咆哮着冲他俩而来:"你们这是健美操、是套路、是广场舞,就不是一招制敌,玩表演你走错场地了。"

王战道:"我们总队是这么练的。"

"你们总队?这里是总部训练基地。我不管你在本总队是什么职位、身份,在这里你什么都不是!"卢大鹏戳着王战的脑门恶狠狠地道。

"那应该怎么练，小队长？"王战脾气上来了，音调提高了，他的身体语言已经预示一场战斗的爆发。

"我来和你搭档。"卢大鹏扒拉开张铭，迎面站定在王战跟前，他高出王战半个头，一片阴影将王战笼罩起来。周围人的目光都被吸引过来，连比武队刘总教官也不得不加入观战人群。

助手问刘总教官要不要干涉一把。

刘总教官说："我想看看这个小队在搞什么名堂，在没有弄清楚原委之前，我不能妨碍小队长的管理，这是一个聪明的管理者的第一反应。"但当他发现卢大鹏不是要给王战当配手，而是要当杀手，有些想要阻止时，已经晚了。

只见卢大鹏目露凶光、招招致命，刚还一招一式有板有眼的王战，被打得节节败退，疲于应付。

卢大鹏一招"闪电开碑手"，王战来不及反应，肋部吃了个正着，如脚踩棉花，站也站不稳，几下"箍颈膝撞"让王战正面受挫，门户全开，防御力、战斗力归零。

卢大鹏是从外单位选拔抽调来的，除了刘总教官，没人知道他真正的实力，这下可让大家开了眼界。从搏击技巧来看王战已非等闲之辈，卢大鹏更是登峰造极。

张铭傻了眼，他知道王战的格斗水平在巅峰特战队如入无人之境，谁知在这里竟然落花流水、鼻血横飞，他没有感叹山外有山人外有人，而是直接意识到接下来的日子一定没好果子吃。

第二十二章
我以为饿狼只关心果腹，岂知它们也有壮怀激烈的江湖

天穹静谧，大地安详。

王战用冰棍敷着肿成鸡蛋大小的颧骨，坐在八百米综合障碍场的独木桥上眼望星空，老老实实接受有史以来第二次沉重打击。第一次是当年被刘楠一个弱女子生擒活捉的时候，第二次就是这次。两次都是一个感受，生无可恋。

张铭没有直面残酷，他看起来要比王战顺一些，但表情也颇为踌躇。

王战扭头看了张铭一眼，问道："你这是干啥？你不应该安慰我吗？怎么脸比我还臭？"

张铭说："我倒是想跟你换换，如果能得到孟冰的青睐，什么卢大鹏，我能打十个。"

这是张铭和他比惨的方式，让王战自认为的挫败一文不值。

王战生气地剥开冰棍的包装袋，使劲咬了一口。

张铭问："你怎么给吃了？"

"我何止要吃了他！"王战从独木桥上跳下来，把剩下的半截冰棍狠狠摔进土里，用战靴使劲碾了几下，扬长而去。

王战和卢大鹏的关系到了水火不相容的地步，他们能缓和吗？卢大鹏用十分坚决的态度和极度阴损的方式回答了这个问题，根本不可能。

卢大鹏依旧在王战身上出尽风头，逮着机会一定会羞辱一番，让王战感觉还是当年那个一无是处的废物。王战想翻盘，但从目前来看，卢大鹏的军事素质确实可圈可点，还没有哪一个单项能被轻易超越。

在军事好什么都好的环境中，卢大鹏才有权威性和发言权，王战有苦难言。没有十全十美的人，人人都有弱项，而卢大鹏的弱项到底在哪里，事情的转机出现在何处？王战在等待一个绝地反击的机会，不想翻盘的特战队员不是好特战队员。

为了能够在世界级的比武中斩获佳绩，巩固各比武队员的训练成果，训练基地要组织一次为期一周的赛前强化训练，类似于魔鬼周，当然强度要适当地减弱，不搞疲劳战术。

看着计划表上密密麻麻的课目安排，张铭紧蹙眉头道："已经遭受了九九八十一难，本以为可以立地成佛，没想到坠落更深的苦海。"

刘总教官端坐主席台，他的理由很充分："你们中有些同志来自各总队，地域不同、优势不同，对于现有比赛环境的适应情况也不同，心理、气候、饮食、团队配合等因素都可能影响比赛成绩。有人会说如果是实战的话，谈这些因素很矫情，但现在是比赛，实战有实战的逻辑，比赛也要有比赛的程序。和平年代我们以赛促战，是提升技战术水平的有效途径，不可轻视。东部沿海的队员对大海很熟悉，内陆地区的队员对气候很适应，边疆海岛的队员在复杂地域作战有独到之处，至于这次赛前强化训练，为的就是让你们取长补短，互通有无，融会贯通，举一反三。接下来我们以小队为单位，小组协同展开。"

无巧不成书，不知道是谁有意为之，还是天公不作美，这次抽签分组，卢大鹏、王战、张铭神奇地分到了一组，这样的组合让众人都捏了一把冷汗。

三个臭皮匠还顶个诸葛亮，可他们三个反恐精英的组合，却闹剧频出、鸡飞狗跳。

从场面上来看，卢大鹏不是来和王战配合的，明明是来砸场的。小组突入识别射击，卢大鹏作为掩护队员故意打偏，让王战被打成"马蜂窝"。

王战质问，卢大鹏还振振有词："你是突入队员，你是主力，建制完整你要突入，不完整你也要突入，你就当我死了！"

雨夜武装奔袭出发前，王战的胶鞋从背囊里掉出来一只，卢大鹏不仅不提醒，还一脚给踢进了树丛里。一路泥泞，王战只能穿着湿漉漉的战靴没得替换，回来脚都泡脱皮了，血肉模糊。

张铭为王战挑水泡，卢大鹏从门外进来，两根手指捏着那只王战丢失的鞋的鞋带，一只手捂着鼻子，往王战床铺前一扔，道："该挑的泡一个不能少，这样才有助于你养成出发前认真检查装备的好习惯。"

张铭脑子反应快，抢先问道："你早知道他鞋丢了，而且知道丢哪儿了，你不提醒吗？"

卢大鹏道："提醒他是情义，不提醒他是常理，你话太多了。"

卢大鹏刚出门，王战不顾张铭的剪刀还停留在脚底的死皮上，跳下床抓起胶鞋朝门外扔去，在雪白的墙面上留下一串污渍。卢大鹏并没有走远，扭头回来看看墙面对王战道："何苦呢？又给自己添了一个刮大白的活儿，我最看不上那些一生气摔盘子砸碗的人，物件儿不会动，能有什么成就感？作为一名战士，有本事照人怼。"

王战气得嘴唇发抖，这正是卢大鹏想要的效果，但还远远不够。

训练场在落日余晖中渐渐宁静，铁索吊桥随风摇动，像男人的秋千，是铁血的游戏，从开端到彼岸看似几步的距离，实则是整个军旅的往复。连绵的模拟村庄、街道、商铺，笼罩在飞速游走的云里，那里曾枪声隆隆、硝烟滚滚，现在也只留下一片静谧的云雾。挣扎、煎熬、炼狱之后的特战队员横七竖八躺在草地上，王战仰望黄昏中的天空，这些年他很少以这样的角度去观察这个世界，他们的姿势永远在冲锋，他们的脚步始终在向前，他们的目光一直在繁复中搜寻，射穿阴暗，投向远方。

红旗猎猎飘扬的地方是标有数字代码的高地，也是他们的精神高地，至于云卷云舒、斗转星移，那些都交给时间和境遇，他们无暇顾及。

王战幸福地享受了片刻安宁，他认为卢大鹏这时候没有工夫继续挤对自己，他也是参赛队员，他要在干好小队长的同时全力以赴投入训练，还要时刻维护着自己的权威，他的压力比普通队员更大。一整天他们挥洒着汗水，明着暗着较劲，也只有这时候才稍微卸下一丝伪装，放空自己，来结束一天紧张的生活。

岂料不远处的卢大鹏像是听懂了王战的腹语，一个鲤鱼打挺从地上弹起来，走到王战身边踢了他一脚道："都起来吧，舒服起来没够是吗？"

王战爬起来嘟囔着："这孙子让大家起来，为啥只踢我啊？"

张铭道："他一心把你培养成典型人物。反面的。我要是你该想想办法了，出点儿血、上点儿眼药，虽然有些俗，但也比任他宰割强吧。"

王战道："送礼？给他？别说八项规定摆在那儿，就算制度允许我也绝不向恶势力低头，给你送也比给他送强。"

张铭问："嘻，你送我干啥……真要送的话能送点儿啥？"

王战一把推开这个损友，气呼呼地往兵器室走。

张铭跟在后面一路小跑道："还真生气啊，你可只剩下我一个朋友了，要珍惜……我倒有个办法，只要你跟刘楠划清界限，卢大鹏对你一定跟亲哥们儿似的……"

大家清点枪支弹药，对照枪号将武器置入各自枪柜，然后前往作战勤务值班室集中给通信器材充电。

卢大鹏嘱咐大家："保证电量充足，训练场上才不至于抓瞎，这是我们每天晚上必须要做的工作，今天尤其重要，因为明天的训练内容是街巷搜索射击，你们要根据指挥中心的实时指令不时变换位置，拉网式搜寻目标，一个萝卜一个坑，各自有各自的位置，如果信息通联不畅，像无头苍蝇，根本无法正确行动。"

每个插座上都贴着姓名标签，大家对号入座把电板插进插孔，轻车熟路。

王战有心事，动作慢了些，完成这一套程序最后一个出来，在门口迎面撞上了卢大鹏。

王战往左，卢大鹏往左，王战往右，卢大鹏往右，这不是巧合，卢大鹏明显是故意的。王战没有见过这么鸡毛零碎的带兵干部，每一个细节都要争个高低，每时每刻都要确认威信。

"常与同好争高下，不与白痴论短长。以前我敬佩他的成就，认为他是条汉子，现在发现他只是个小肚鸡肠的恶人，和他纠缠不如回家卖红薯。"王战说。

"咱们是不是怂了点儿，好歹也是代表一支部队来的，体内流着巅峰特战队的血，这么被欺负还无动于衷，说不过去了，不行咱俩干他一顿，干不干得过另说，我们要有态度，态度很重要。"张铭是有脾气的。

"不是所有的鱼都生活在同一片海洋，咱不跟这肤浅的人计较。"王战反驳张铭。

张铭道："又是海洋又是树的，你都被摁进屎盆子里了，还有心情念诗。"

王战说："我认为这时候要控制再控制，过五关斩六将拼死争取来的机会，如果因为纠纷矛盾被退回去，那才是真的丢人。按照卢大鹏的风格，他干得出这缺德事儿，我体验过被退回的滋味，不好受。"

王战在竭力控制的时候，卢大鹏还在变本加厉，他在作战勤务值班室，优哉游哉地迈着小方步来到集成式充电座前，把自己的电板充上电，走出去几步又倒了回来，看了王战的电板三秒后做出一个非常下流的动作，把王战的电板拔了下来扔在一边，跟没事儿人似的走了。

第二天紧急集合号吹响，王战冲入作战勤务值班室，发现自己的电板在桌子上静静地趴着，用手一摸，冰凉。

王战企图求助勤务值班员把他身上的对讲机借给自己。

勤务值班员道："想什么呢？你是去演练，我现在是执勤，你这和战场上借枪有什么区别？不借！"

王战一边喊着"操"，一边把那块没电的电板装上，火速朝队伍奔去，他知道今天注定会是屈辱的一天。

果不其然，在街巷里他彻底迷失了自我，张铭也无法帮助他，因为每个人接收到的指令是不一样的，职能任务也不尽相同。别的队员都能即刻做出反应,目标明确地展开行动,只有王战靠肉眼观察和下意识做出反应。他曾无数次穿梭于这几条街巷,但那又能怎样呢,到底是哪一户哪一扇门是他该踏足的,他云里雾里。他凭着记忆判断方位和敌情,效果很不好,处处碰壁、时时被动,被刘总教官及时喊"卡",提前清出战场。

"让你往东你往西,让你打狗你撵鸡,脑子被鸡啄了?"刘总教官不知道内情,生气地道。

王战"供述"了对讲机没电的事实,但不管什么原因刘总教官都无法原谅他犯这种低级错误,罚他临摹CQB(近距离作战)图解一百遍。王战捧着厚厚的书越想越气,别说一百遍,比武前能照葫芦画瓢画一遍就不错了。自己按规程做没有错,不应该稀里糊涂地接受惩罚,他一定要弄清楚到底问题出在哪儿,他揣着两包平时舍不得抽的好烟,嬉皮笑脸地找到当班作战勤务值班员。

值班员是个上尉,推开王战的"贿赂",好好分析了一下他卑微的面部表情,道:"无事献殷勤,非奸即盗,特战队员还虚头巴脑的,怎么代表中国军人形象?"

值班员的上纲上线让王战脸红脖子粗,这都涉及家国情怀了还了得,他连忙澄清道:"非奸即盗的不是我,是有人非奸即盗,把我也渲染成非奸即盗的样子。"

值班员胸脯拍得哐哐响:"只要是我当班,全基地大大小小的事务统统了如指掌,没人敢在我眼皮子底下搞小动作。"

"这个我信,事情出在昨天晚上,就在这间值班室。"王战一五一十地把事情的来龙去脉说给值班员听。

值班员路见不平一声吼:"这是道德问题,往大了说是违法违纪,破坏武器装备,没打仗还好,打起仗来要出人命的。我一定把这个罪魁祸首揪出来,好好教育教育,维护作战勤务值班的严肃,维护值班员的权威。"

值班员手上的力道随着铿锵有力的语调加重起来,他一通操作猛如虎,调出了昨晚的监控,一帧一帧地查找,俨然把自己当成了军营神探。王战看他认真的态度备感温暖,心想世上还是好人多,正义定然战胜邪恶。

当卢大鹏的一举一动显示在监控器里的时候,真相大白,和王战之前预料的如出一辙,他想,卢大鹏啊卢大鹏,真是道德败坏、狼心狗肺,我能接受,这位刚正不阿的值班员也接受不了,看他刚才那锱铢必较的劲头,一定会让卢大鹏名声扫地。

王战胸有成竹地道:"莫伸手,伸手必被捉,就是他,这下看他还怎么抵赖,看他还敢不敢对我们刁钻蛮横、作威作福。"

王战激动地望向值班员,所有的期待都将在值班员那里得到验证和实施。然而,值班员刚刚气势汹汹的状态荡然无存,脸部肌肉慢慢松弛了下来,嘴角上扬了一些,眉头也舒展了不少。他往后理了理三毫米的头发,双手一会儿撑在桌子上,一会儿环绕在胸前,沉吟良久道:"这个……那个……的话……是吧?"

王战茫然地看着他问:"是啥是?"

值班员用鼠标选定删除键,在王战的注视下轻点回车,把卢大鹏那一段"不光彩"的视频抹去了。

王战捂着隐隐作痛的胸口问:"你的承诺呢?你的严肃性呢?你不知兵爱兵,为民做主了?"

值班员一味冲王战"卖萌",王战心灰意冷地走出值班室,冷风直往心窝里灌,他开始质疑人心人性,质疑高级别、高层次的环境中也藏污纳垢,对官官相护有了切肤之痛,他无处伸冤。

他耳畔回荡着值班员的声音:"不是我不秉公办事,这是你们小队的家事,要是别人,我断然让他哭爹喊娘,但这是你们小队长,他这么针对你自然有他的道理,我不好介入。再说了,卢大鹏谁不认识,他的处世哲学和曾国藩一样,把所有人都得罪了也就谁都不得罪了。在带兵上谁敢跟他呛,一般都是自讨苦吃,我领教过他的霸道。"

王战问:"你不管就算了,为什么还删了视频,毁灭证据?"

值班员说:"我留着这一段不是对卢大鹏不利,是对值班员不利,别追究了,当这事没发生好不好,兄弟?"

哀莫大于心死,连向来鸡蛋里挑骨头、软硬不吃的作战勤务值班员在卢大鹏面前也熄火了,他到底什么来头,他还要折腾出什么花儿来?王战身心俱疲。

他对张铭诉苦道:"人总说很累,累在无休止的攀比、无边际的揣测、无迹可寻的秩序和纷杂的人际关系,而这些占据了生命的四分之三甚至更多,让工作不单纯是工作。因为迫切渴望认同,人们不断规范言行、学会礼貌、注意仪表、掘进潜能,所以从猴子进化成了人。但我感觉自己一朝被卢大鹏搞回了猴子,再不想点儿措施我将成为这里的故事。"

王战摇着手里的迷彩帽,在万丈霞光的暮色里,沿着令他蹉跎不已的来路蓬头垢面地往前跑,边跑边依稀看见自己与当初那个雄赳赳的身影背道而驰,他心乱如麻,却不忘告诫自己,千万要坚持住。

"找机会一定要报复,狠狠地打击他的嚣张气焰,让他知道自己道德有多扭曲、人性有多沦丧。"张铭比王战还要激动。

而王战觉得这事儿应该还有缓儿,直到卢大鹏又一次让他忍无可忍。

"神兵伞将"项目中,王战小队被直升机大队的武直—9运载至陌生地域执行"战略侦察"和"敌后破坏"任务。王战湛蓝的伞兵偏光眼镜上,倒映着美丽的陆地景色,那些壮丽庞然的美景浓缩成小小的结晶,呈几何倍数刺激着他的肾上腺素,也似乎瞬间让他释怀了许多东西,什么沟沟壑壑、坎坎坷坷,在这无边无际的壮美里连根鸡毛都不算。

可能是我太狭隘了,说不定卢大鹏只是在测验我的抗击打能力,想到此王战还有一点点自责。他潇洒地从万米高空纵身跃下,阳光是暖的,连风也是暖的,他看到了波光粼粼的海面张开怀抱,看到了松松软软的滩涂毫不设防,看到一排排整齐的美人蕉在集体向他点头致意,他得心应手地调整着方向试图坠入滩涂,与温柔的泥浆来一次完美拥抱,与难觅其踪的跳跳鱼来一次激情湿吻，降落在这里既摔不疼自己又便于隐蔽，这是印象中有史以来伞降降得最惬意的一次。但他没有意识到他到底有多么点儿背，天空突起一阵妖风，他随风而起，直奔一棵硕大的柳树而去。他捆胳膊蹬腿努力想控制方位根本无济于事，还是"稳准狠"地倒挂在树冠上，绳子正好还缠绕住了他的手臂，他拼命要蜷身抓小腿处的匕首，尝试几次不能成行。抬起头他看到白色伞面迎风飞舞，很像一面投降的白旗，甚为扎眼。这如果被蓝军发现，不出五分钟便可以把他围个水泄不通，号称"陆地猛虎、水中蛟龙、空中雄鹰"的特战队员会像搁浅的老鳖被圈养起来毫无保留地观赏。王战就近搜寻，试图找到友军解围，现在只需一位"小李飞刀"似的人物割断他的伞绳，他便可以成功脱困。

这个人在哪里？正当王战遍寻无果将要彻底绝望的关键时刻，他看到一个熟悉的身影，这个身影这些天来阴魂不散、挥之不去，总在错的时间出现在错的地方，而今天他却如神来之笔，多一秒嫌长少一秒不够，恰如其分地映入王战眼帘。

王战脸上露出欣慰的笑容，他看到卢大鹏也笑靥如花地看着他，他们确认过眼神，都是对方要找的人。

王战讨好地向卢大鹏颔首致意，希望卢大鹏能尽举手之劳，赶在蓝军埋伏圈彻底合拢之前助他逃出生天。在这生死存亡之际，王战发现卢大鹏似乎并没有急于出手，他把枪挂在胸前，用牙齿左一只右一只地脱着战术手套，之后不停地掸身上的杂草，相比他刚才降落的姿势也酷炫不到哪去，但现在不是耍帅的时候，赶快出手吧，难道这时候还有什么私心，还对王战的帅气与智慧并存心生怨念？王战认为目前最重要的是敌我矛盾，不是人民内部矛盾，他一定会顾全大局，为了战斗胜利放下成见成全别人。

可时间流逝，王战直到看见蓝军队员如潮水般涌来，也没看到卢大鹏往前一步，他磨磨蹭蹭、装模作样，一会儿搔痒，一会儿举目四望……

王战忍不住喊道："嘿，小队长、小队长……"

卢大鹏似是惊觉，抽出匕首甩了出去，很不幸，刀子插在距离王战脑门几公分旁的树干上，刀把儿高频震动，还发出"嗡嗡"的声音，这明显不是卢大鹏的水平。

王战道："这厮再狠一点儿我命都交待在这了。"

他怒火中烧，化悲痛为力量，之前做不到的动作也做到了，之前没发现的潜能也开掘了，肌肉绷紧，腰部发力，胡乱挣扎中手臂竟然从死结中挣脱开来，他顺手拔下卢大鹏镶嵌在树干里的匕首割断了脚上的伞绳，整个人落地，来不及喘息，"刺溜"一声钻进荆棘遍布的灌木丛里。惊魂未定之际，他看到卢大鹏阴笑着朝他竖起大拇指，王战痛恨地啐了一口唾沫，用卢大鹏刚才的方式把匕首送还给他，力道比卢大鹏的还大。卢大鹏拔了好几下才以摔了个屁股蹲儿的代价得逞，他来不及痛斥王战如此对待这把让他重获新生的工具，就三下五除二逃命去了。

"人前尖酸刻薄、冷嘲热讽让人下不来台，忍忍也就过去了，面子值不了几个钱；人后阴谋诡计、机关算尽让人一步一个坎，大度一些也能承受，毕竟没有伤筋动骨；但如今他把战友情当擦腚纸，肆意消费战场信任，践踏同志尊严，平时还不明显，战时比打黑枪还要糟糕，这已不是个人恩怨，别说军人，有正确辨别力、判断力的少年儿童也干不出这样的事情。"张铭想不通，王战更想不通，在小结讲评的时候再也控制不住情绪，冲上去给了卢大鹏一个组合拳，卢大鹏猝不及防被扑倒在地，王战瞅准时机，大王八拳猛抡，虽然战友反应及时把他们拉开了，但趴在地上的卢大鹏还是被揍得鼻青脸肿，半天爬不起来。

事后刘总教官找好场地、摆开架势试图说和，他还没有张嘴，两人已剑拔弩张，再次准备开打。

刘总教官悔不当初，立刻夹在中间试图避免一场恶战。刘总教官个子小，顾下顾不了上，王战和卢大鹏隔空对战。

王战道："承认别人优秀比承认自己是傻叉要难很多吧？"

卢大鹏道："那些只看到自己优点的人死得都挺惨的，比如希特勒，他曾以为他是世界上最牛的军人。"

王战回道："等比武结束了临时单位也就解散了，别拿根鸡毛当令箭。"

卢大鹏道："要是怕你，我根本不来当这个小队长。"

两人你来我往互不相让，刘总教官发现自己像拉风箱的农夫，把他俩的火气越扇越旺，干脆从中间撤了出来说："打一架也好，这对于有个性的精英来说是最土但也最直接的方式。"

岂料，王战和卢大鹏一看没了遮挡，谁也不敢上前一步。

战友甲评论道:"卢大鹏格斗技术虽略胜一筹,但练家子碰上练家子谁也不好说稳赢,高手过招与时间、空间、运气都有关系,战场也如商场,有时候也得讲究点儿风水,没有稳赚不赔的买卖。"

战友乙说:"卢大鹏在训练场上刺激王战属于占据心理和职务的优势,现在属于打野架,于情于理都站不住脚,而王战现在贸然出手名不正言不顺,打赢了还算解气,打输了则雪上加霜,虽说胜败乃兵家常事,但该不该打要像大国博弈一样,权衡利弊才能打,闭眼瞎冲那是二流子。"

两人都使劲盘算了几秒,用手指着对方,竟背道而驰,各找各妈去了,留下刘总教官像在看乒乓球赛般脑袋摆动不止,场面滑稽。

防暴装甲上,张铭抚摸着炮管道:"真想一炮轰死他!"

"那能行吗?往大了说,他是戍边模范、反恐先锋、优秀指挥员,不管有没有水分,名号在这摆着。往小了说,他是我们的直接领导,再者不看僧面看佛面,真轰了他,刘楠那里我也没法交代。"王战一本正经地分析。

"你还挺幽默,我是让你真弄死他咋的,我是让你等机会让他出出丑,缓解一下这些天来你受的恶气和我间接受到的波及。"张铭属于有仇必报的类型。

王战心说:"战友之间朝夕相处、亲密接触,这样的机会总能等到，没有任何一个人的军旅路是一帆风顺的。当机会来临时能否把握得住，我还要痛下决心，这应该是男人间的另一种较量，我可以一再忍让，但我决不允许他侵略扩张。"

张铭眼里是氤氲笼罩的月亮，他说："我始终相信关键时刻的临门一脚很有必要，军事技能需要比武一决高下，生活有时候也是一场比赛，所以策略和手段应该融入日常。这听起来多少有些不够闲云野鹤，稍显势利，但在普通人的世界里又难以避免。"

让卢大鹏吃不了兜着走的机会果真出现了，且比王战和张铭预料中的还要快。

快速通过独木桥是特战队员必须掌握的技能，但这里所谓的独木桥只是一根并不粗壮的绳子，队员们要抓着绳子从湍急的河流之上攀爬而过。

上场前，卢大鹏使劲缠着战术手套的带子，洋洋得意地看着王战。

王战不由自主地低下了头，因为来现场前他就听说卢大鹏在这个课目上从来没失手过，至今仍是全特战队的纪录保持者。每个优秀的特战队员都有不服输的精神，但在绝对的实力面前连挣扎的机会也没有。

果不其然，王战和张铭虽然速度也很快，顺利通过独木桥，计时员报时，已属优秀。但卢大鹏纵身一跃抓住绳子，还没爬一半，两岸的人已经在惊呼，他活似一只被烫了尾巴的壁虎紧紧吸附住绳子飞速游走,动作流畅,没有一丝顿挫,让人叹为观止。最可气的是他的表情一点儿都不显吃力,好像还十分享受这一过程。

王战也不得不服:"有些人天生就是干这个的。"

谁知,绳子突然断裂,卢大鹏从七八米的高处跌落水中,但好在他反应迅捷,在空中的时候没有表现出慌乱,还镇定自若地摆出一个"V"的手势。

张铭本想和王战击掌叫好,却发现人家转换得十分自然,好像这个课目就应该是这样的,卢大鹏以专业的"向后翻腾两周转体两周半"的高难度跳水姿势落入水中,激起一片均匀的浪花。

刘总教官鸡啄米般地点头称赞道:"有的人烂泥扶不上墙,有的人能把墙立在烂泥上,事故也能转换成精彩表演,卢大鹏能耐大了。"

王战望着一圈圈漂向岸边的涟漪发呆,张铭明显有种买了票却没看成戏的懊恼。

特战队员水性自不必多说,所以没有人担心卢大鹏的安全问题,连刘总教官也准备到指挥车上喝茶去了,警戒人员忙着替换新的绳子,谁也没有注意到有什么不妥。

张铭推了推王战道:"散了散了,空欢喜一场。"但王战心细如发,他发现卢大鹏掉下去的地方有成串的小水泡,和平时不太一样。

王战忧心忡忡地道:"不对,要出问题!"

张铭用惊奇的眼神看着他道:"他能有啥问题,好人不长命,祸害遗千年。"

王战摘了凯夫拉头盔准备往下跳，被张铭一把拉住，道："你脑袋里是不是少颗螺丝，咱不是等这一天很久了吗，关你什么事？"

王战道："会出人命的！"

张铭想了想良心发现，拉王战的手有些松懈了："那也得等他淹够呛再下去。"

王战道："别闹，来不及了。"

他拉下护目镜，从高高的岸上跳入水中。王战不会什么跳水动作，压水花更别提，发出巨大的声响，所有人这才惊觉卢大鹏这个猛子的时间确实有些过长了。

王战奋力向卢大鹏入水的方向游去，这时候他心里没有怨恨吗？神仙才没有。

他一边下潜一边还在心里嘀咕："以德报怨何以报德，对恶人好就是对好人恶。"心里有一万个不救人的理由，行动上却不能打一个马虎眼，此刻他就是这么自相矛盾。

这是一条伸向远方的大河，从岸边看，由于郁郁葱葱的树木倒映，水清藻绿，偶有鸟儿戏水掠过，仔细看接近岸边的地方还有成群结队的小鱼，景色宜人，甚是养眼。实则不然，绳索固定的位置一定要刁钻，这是有要求的，没有高难度就背离了设置这个课目的初衷，不危险的地方根本用不着这么大费周章，用绳子越障。所以这片水域水流湍急、暗潮涌动，一簇簇漩涡夹杂其间，像静候猎物的猛兽随时张开血盆大口。

王战被裹挟，身体像进了搅拌机，颠来倒去，好不容易挣脱开束缚，又发现水中的境况和想象的也是两码事，虽有护目镜防护，但水里乱七八糟的东西纷至沓来，石子、瓦片，袭击着王战的身体。他的眼角被一枚锋利的石子擦过，顿时开裂，血流如注，但王战感觉不到疼痛，他已进入战斗状态，给自己下的命令是寻找卢大鹏，并安全地把他带回地面，他全力以赴，虽然现在看不见，听不到，也不能说话，但他知道目标是什么，接下来该干什么。

王战努力稳定着漂浮不定的身体，调整身体的方向，也调整着心灵的方向。

水里没有视线可言，王战漫无目的地摸索，抓到了各种意想不到的东西，就是没有卢大鹏的踪迹。

刘总教官慌了神，立即调来蛙人准备下水支援。

费尽气力，王战终于摸到了卢大鹏，原来他在水底被藤蔓缠住了脚踝，越挣扎越紧，最后成了一道死结，令他彻底无计可施。这时候卢大鹏已奄奄一息，也好，对于自尊心尤其强的特战队员来说，这会儿醒着比晕倒难受。纵横沙场十几年，没有倒在反恐战场上，却被水生植物制服了，说出来何止是没面子。

王战抽出匕首要割卢大鹏脚上的藤蔓，即将出手时他却忍住了，在水中和在地面不一样，视线受阻、动作受阻，不能保证不会割到卢大鹏。王战知道此时不是锻炼技艺的时候，也不是书写神话的时候，即使有人会问，特战队员连把刀都玩不利索，还算什么特战队员？但特战队员的刀是割向敌人的，面对战友要刀刃向内。和老子当不了儿子的师父是一个道理，皆是因为下不了手。

王战把匕首塞回袋内，生生用手撕开了藤蔓，这样做的结果是在水底又多待了二十多秒，这不是陆上的二十多秒，这二十多秒可以让一个生龙活虎的人因脑部缺氧变成白痴。

王战虽受过专业训练，但也憋出了内伤。他费尽九牛二虎之力，在随后赶来的蛙人的帮助下，终于把大自己好几圈的卢大鹏从水里拖拽上岸。

卢大鹏在军医的急救下苏醒，王战却半天没有缓过来，躺在草丛里胸膛一起一伏。他侧脸看到卢大鹏痛快地吐出几口脏水，心满意足地等待卢大鹏对他报以感激的目光，甚至有可能推开围在他身边的众人匍匐而来，双膝跪地虔诚地握着他的手，对他的救命之恩一把鼻涕一把泪地表示感谢，并对之前昧着良心所做的腌臜事悔不当初，一只手敬礼一只手抽着嘴巴子表示愧疚。而这时他应该宰相肚里能撑船，充分显示侠之风范，微微一笑表示释怀，两人惺惺相惜拥抱在一起，化干戈为玉帛，你谦我让，相互补台，从此过上幸福快乐的生活，用实际行动践行战友情、同志爱。

王战正做着美美的梦，发现卢大鹏睁开眼睛了，也确实看见了他，但眼神里并没有感激，而是一种"龙游浅滩被虾戏、虎落平阳被犬欺"的英雄气短的感觉。他不屑于和王战对视，迅速躲开王战的追望，从地上爬起来，一摇三晃地跟着医护人员向救护车走去，准备接受进一步的身体检查。而大家也一哄而散，好似根本没有注意到王战这个最应该接受鲜花和掌声的人的存在。

王战躺在草窝里感到从未有过的世态炎凉,一阵微风吹来,他打着哆嗦骂了一句"啥玩意"。

张铭像是看准了手相、摸透了客户心理的风水先生:"我说什么来着,剃头挑子一头热,热脸又贴了冷屁股。"

王战洗心革面地道:"再犯贱我剁手。"

第二十三章
我以为攻城略地是要义，
原来守住精神桃花源才是底线

大地呼啸，黄土奔腾，这里士气浩荡，这里铁马秋风。

王战身披"铠甲"站在北方凛冽的风中对着第二故乡的方向，那里有秀丽的风景、湿润的气候、更为丰富的物种，有他最初的梦想和他自认为甘之如饴的风花雪月，在那里失意过所以得意起来畅快淋漓，在那里跌倒过所以爬起来健步如飞，在那里彷徨过所以校正后一马平川，在那里恨过所以爱起来天崩地裂。然而再对比这里，空无一物，伤痕累累，打击接踵而至，人际关系愈发紧张，他无所适从。武还没有比，感觉已然败得一塌糊涂。他想倾诉，张铭却不是一个好的倾听者，要说负能量，他比王战还足，所以王战站在这空旷的大地上，路四通八达，却感觉没有一处走得通。

他想到了刘楠，刘楠一定还在为他祝福，一定在替他高兴，还不知道他在这边像个笑柄。

王战掏出手机拨通了刘楠的电话，他想问"你还好吗，想我吗，我需要你的安慰"诸如此类发自肺腑的话，踌躇了半天还是问了一句："天气怎么样？"对于这不痛不痒的问候，他都感觉浪费电。

刘楠历来简洁明白，毫不拖泥带水："不错哦。"

王战又研究了半天说："工作还顺利吗？"

刘楠说："顺利。怎么会有时间给我打电话，现在应该是强化阶段，最忙的时候。"

王战咬咬牙道："这个时候我才发现最想你。"

刘楠沉默了一会儿道："好好比武，不要胡思乱想，我们等你回来。"

王战还想说什么，却发现着实没有一种语言可以表达现在的情感。

吃饭的时间快要到了，小值日的哨音已经吹起来，留给王战的时间不多了，他争分夺秒地道："能不能把'们'去了？你一个女孩子可不可以说点儿暖心的话？"

刘楠道："都什么时候了，你还有心思提这个，你现在的角色只有一个，是特战队员，不是文艺青年，收起你不合时宜的感怀，成熟一点儿好不好？"

王战道："我哪儿文青了，我从不认为去趟西藏就净化了，发个朋友圈就升华了，写首小诗气质就忧郁了，打卡网红店立马就时髦了，我说的都是实实在在需要的。"

刘楠"切"了一声："你没发烧吧，要爱你爱，那是你的权利，别跟我说，我现在不想听也不想提。"

王战说："爱还分时候吗？这个年纪总要有为爱奋不顾身的冲动，现在不敢，以后更不敢了，就像旅行，总以为景色永远在那里，它都会在原地等着你，没错，以后可能它也在，但那时的世界还是当初的世界吗？"

王战试图追问，他以为爱也可以通过做思想工作得来，但那头已经挂断了，"滴滴滴"的忙音像突降的冬雨，熄灭了他的世界刚要燃起的一丝小火苗。他抹了一把脸，掉下一层沙子，心情也碎落一地，挺直的腰杆塌陷下去，在浮尘中行走得毫无节奏，远远看起来像个小老头。天边灰茫茫的那一片，连接在王战的战靴跟部，覆盖住他走过的足迹，只留下漫天的怨艾。

天色还没黑，王战却找不见光亮，也听不见已经唱响的战歌，一排一排嘹亮的声音撞击着山体，似能催开一山烂漫的野花，却无法撼动王战此刻好像都要结痂的小心脏。

张铭跑步来找他，看见他这个鬼样子，虽然自己也像个倒霉催的，但仍忍不住五十步笑百步。

"这刘楠到底有什么魔力，让一个反恐精英丧心病狂、一个特战勇士失魂落魄，我怎么看不出她哪儿好，明明就是个纯爷们儿。"张铭百思不得其解。

王战仰天长叹："不要问我，不想考虑这个问题，我还是当个傻子吧。"

张铭说："没人比你更想知道这个问题的答案，不要逃避。"

王战说:"傻子其实最有智慧,因为生来即苦,人生不如意十之八九,不开心的时候居多,只有傻子开心的时候多。从物种的角度来说,智慧不一定是好的,因为要费尽心思。在社会的演变过程中,不好生存的物种才会进化得越来越智慧。获得食物最难的动物,才会不断改进捕猎方式以保证不被饿死。还是鱼好,记忆只有七秒,再难的事儿,不去琢磨就不叫事儿,所以它们比人类存在的历史要长得多,而且即便将来地球上没有人了,它们也不见得会消失。安静地做条美人鱼吧。"

张铭嗤之以鼻道:"你做美人鱼?鳄鱼吧你。"

他提醒王战:"要吃一堑长一智,面对这心如蛇蝎的'魔鬼'可不能再感情用事,一定要提高警惕,防止二次上当受骗,否则伤身又伤心,和用心去爱被辜负了一样痛彻心扉。"

王战说:"不至于,水滴石穿,不是卢大鹏心肠硬,是感化力度还不够大,今天这件事虽然没能让我醍醐灌顶,也会稍微拉近点儿关系。他不感恩戴德,至少也应该和平相处吧。我有君子之腹,他也不应该有小人之心了。"

夜晚,王战在床上翻来覆去,不停地挠着,到卫生间一看,满身红疹。第二天王战忍着奇痒到卫生队看病,军医确诊是过敏。

王战从来没有过敏过,这次是怎么回事?军医认为是水土不服,主要是饮食不习惯引起的,开了"肤轻松"让王战走了。

卢大鹏无意间瞥见了王战放在桌子上的药,找机会向军医打听了他的病情。

军医还对卢大鹏知兵爱兵的美德赞赏有加,断然不知卢大鹏坏水又冒了上来。

卢大鹏没有去对王战嘘寒问暖,而是径直去了食堂,找来专门负责保障比武队伙食的司务长耳语一番。

卢大鹏说:"最近队员们普遍反映伙食问题,很是头疼啊。"

司务长说:"菜谱是规定好的,报保障部门备案了,不能说改就改。"

卢大鹏道:"我没让你改菜谱,你多加点儿佐料不犯法吧,多放盐、多放辣椒呗,我们队员训练量大,出汗多,湿气重,再不改进,出了问题你司务长脱不了干系,我们小队的王战已经看军医去了。"

司务长道:"天南海北的,有的人不吃辣怎么办?"

"特战队员什么苦没受过,还怕个辣?有这么矫情的队员你告诉我,我饿他几顿,别说辣椒,辣椒秧子他都得吃。"卢大鹏的语气很强硬。

"得得,卢队长都找上门来了,您交代的事儿不办不合适。"司务长很是爽朗。

司务长的落实能力确实强,当天就改进了,每道菜佐料都加了个够,厨房操作间内,炊事员大把地撒着花椒、八角、红辣椒。

掌勺的炊事班长问:"这菜还能吃吗?到时候激起民愤你可得替我兜着。"

司务长道:"激起民愤不可怕,可怕的是这个卢大鹏啊,你是不了解他,惹了他,你这厨房操作间他都能给你拆喽。"

炊事班长疑惑道:"一个外来户你怕他作甚。"

司务长道:"你一点儿也没学到我的精髓。外来户才可怕,祸祸完就走,才不管什么烂摊子。"

掌勺的炊事班长呛得咳嗽不止,道:"我这战地厨王的雅号算是被毁得透透的,有见过拔丝苹果也放辣椒的没?有见过银耳汤也放胡椒面的吗?"

司务长道:"你可得了吧,愿意干吗?不愿意干换小王来,他早就不想切墩了,做梦都想取代你。"

听司务长这么说,炊事班长挥舞着大铁铲子干得起劲,脸上的肥肉一抖一抖地,道:"我还年轻,还可以多牺牲奉献两年,还是让小王多沉淀沉淀吧。"

训练基地承担着全武警部队近百分之九十以上的高级别集训承办任务,人员成分很复杂,来自全国各总队,操场的队旗上赫然写着:狙击手集训队、排爆专业集训队、擒敌集训队、新训团、作勤参谋集训队、野战文化骨干集训队、一组五队培训单元……开饭时间到了,几千人从四面八方向食堂浩浩荡荡地涌来,二十人的比武队穿着虎斑迷彩站在人堆里也毫不逊色、甚为扎眼,收获一大片仰慕的目光。

刘总教官和卢大鹏在队列前交谈。

刘总教官说："我很欣慰，大家都能感觉到在军队这个群体里对军事精英的崇拜，毕竟大部分人参军入伍的最初动机都是为了精武强能而来，都曾有一腔'一身转战三千里，一剑能当百万师'的热血豪情，比武队队员是他们曾经想活成的模样，无奈军内岗位越来越多元，各种幕后英雄的地位愈来愈凸显，能推到战斗舞台中央，可以让大家产生足够兴趣研究分析的毕竟只是一部分，他们出镜率最高、喝彩声最多，然而许多和他们有着同样追求的人不得不选择另一条战线，有的人成为穿越电磁迷雾的听风者，有的人成为驾驭铁马的陆上飞鹰，还有的人成为隐藏敌后的潜伏者……"

卢大鹏自豪地说："是的，我们总会成为焦点，所以我们更要树立榜样，你听，连战靴踏地面都能踏出一首雄壮的军歌旋律。"

卢大鹏的话得到应验，旁边战友的目光紧盯着走来的比武队。

有位战士说："我不仅喜欢他们的风格，连他们身上的泥巴蛋子也喜欢得不得了。"

队伍经过通信兵、文化影视专业兵、文艺骨干培训班、战救培训队时，张铭的下巴快要指向了天，因为这个单元里面有很多女兵，女兵们热辣的目光和男兵当然不同，这种目光可以让他们迸发更多的雄性激素。

张铭盯着一位好看的女兵目不斜视，步伐错了也不自知，而王战过敏还未好透，心情不美丽，浑身不自在，没有别的心思。

饭前一支歌震耳欲聋、此起彼伏，《特战勇士之歌》新颖动听，力克全场，篇幅最长，夺人耳目，总之特战队员处处是亮点，所到之处帅得"片甲不留"。

大批人员陆续进入餐厅，"坐"的口令回荡着，人员齐刷刷地坐下，食堂内只能听到筷子、勺子、碗碟的交响曲。张铭一直在思考一个问题，既然这么制式，各流程都有口令，指挥员为什么不下一个"吃"的口令，应该喊一声"吃"大家才能动筷子才对，看来还有需要改进的地方。

所有人按部就班地吃着，只有卢大鹏的小队端起碗来一人夹了一筷子之后表情十分复杂。

张铭皱着眉头悄声问了句："小队长，这炊事班是打死了卖盐的，抢劫了卖辣椒的吗？"

卢大鹏道："你吃不吃，不吃出去！"

好歹也算老兵了，这不是新兵连，张铭却觉得过得比新兵连还不如，负面情绪积攒到了一定程度，但想到下午还有高强度的训练，营区周边方圆十里连个村庄也没有，时间上也不允许，根本别提外卖的事儿，只好耐着所剩无几的性子乖乖埋头扒饭。

王战才是满肚子委屈，但更不敢再发表意见。半大小子吃死老子，何况是身体机能到达顶峰的年纪，闭着眼也得吃。这一吃不得了，这顿饭还没结束，王战几近消失的症状重新焕发"活力"，之前还是身上某个部位痒，现在可好，各个部位纷纷"揭竿起义"，群情振奋地讨伐王战，脸上也冒出来一片红疙瘩，王战在饭桌上抓耳挠腮，看得大家伙也一阵刺挠。

143

王战再次找军医，医疗设施条件有限，军医只能把王战送往医院。比武队队员入院不是小事，一传十十传百，卢大鹏逼迫司务长"调剂"伙食只为针对王战的"丑闻"不胫而走，传到张铭耳朵里，也相当于传到了王战耳朵里。王战听闻消息，心如刀绞，从这只魔鬼身上，他对人面兽心、令人发指诸如此类的词语有了更深理解。

"你就不该救这欠儿蹬。"张铭说。

"我不救他，蛙人也会救他。知道他这样我还是会救他，没有他这样的人，我们怎么能知道感情的美好、人性的可贵，谢谢他衬托这个世界。"恨到没感觉也许是最恨的反应，王战这么认为。

"你不该来当兵，不懂嫉恶如仇，你应该出家，佛系青年，我可没你这好脾气，今天是让他身败名裂的好机会，小辫子终于被抓住了。"张铭咬牙切齿。

"你要干什么，比武快要开始了，早点儿结束，早点儿离开他，眼不见心不烦。"王战说。

"我烦，被马蜂蜇了，马蜂跑了，毒针还在我的血肉里。"张铭说。

王战一把没拽住张铭，张铭直奔基地主任办公室，心想刘总教官和卢大鹏一丘之貉、狼狈为奸，基地主任应该不会惯着他，在基地的地盘上作威作福，毁的是基地的声誉，是可忍，主任不能忍。

到了主任办公室，张铭刚要喊报告，发现门虚掩着，里面传来熟悉的声音。

主任道:"你应该把心思更多地放在训练上,而不是总和其他小队理念相左,花招频出。"

卢大鹏回道:"该训的一样没落下。我认为现在最迫切需要锤炼的不是军事技能,这么短的时间能提高多少呢?他们已经千锤百炼,是个顶个的高手。我认为需要强化的是抗压能力,是在任何条件下内心都有不破灭的希望,是被碾碎了自尊还有昂首抬头的勇气。我要让他们知道战场上没有仁慈,都是魔鬼,魔鬼既有狰狞的面孔,更有残忍的心脏。"

主任收起咄咄逼人的气势,把从办公桌后探出来的身子慢慢收回去,道:"原来还是一出苦肉计,你想没想过你在他们心中的形象?比武有胜有败,胜了还好说,这万一……"

"没有万一,只能胜利!"卢大鹏说。

"第二名也是败。"主任并不乐观。

"只会第一!"卢大鹏眼睛里是血丝,他每天睡得最少,整人可比被整要费心得多。

"那为什么重点是王战?"主任好奇地问。

"他是匹黑马,最难驯服,但一旦奔跑起来,他将是最快的一个。"卢大鹏笃定地说。

"他是黑马?那张铭呢?张铭的摸底、考核成绩都不亚于他。"主任桌子上摆着历次摸底考核成绩单。

门外的张铭贴着墙根站得笔直,紧张地屏住呼吸。没有人亲耳听到别人评价自己的时候会不在意,何况是在部队这么密闭的群体里。但张铭终究没有听到卢大鹏的只言片语,是对他已经无语还是不屑于评价,是点了头还是摇了头,总之张铭什么信息也没得到,听了卢大鹏和主任之间的对话他也失去了冲进去的勇气,因为卢大鹏所做的一切这么听来好像很悲壮,告黑状和当面对质没有意义了。

张铭失魂落魄地从基地主任那里回来,王战看他这副表情就已经有了答案,问都不想问他一句。

这时候陈东升的慰问电话恰到好处地打来了,陈东升难得地说了一堆官话套话嘘寒问暖,这让王战很意外。

王战问:"大队长,您……您好好说话,您这样我心虚!我没做错什么吧?"

陈东升道:"说狠了你受不了,说好话你还受不了,你这人属实挺难相处。说说吧,最近怎么样,汇报一下思想。"

王战说:"人家都说报喜不报忧,我这也没啥喜好报的,不说了。"

陈东升说:"你这话里有话啊,有什么不满的提出来,卢大鹏当年跟我共同赴国外执教,一帮老外一开始属实瞧不起我们,后来我们珠联璧合好好让他们开了眼界,收拾得服服帖帖,患难见真情,建立了深厚的友谊,有些事我还是能说得上话的。"

"什么?您这关系,怎么不早……早说就好了。"王战像抓住了救命稻草,以前他认为山高皇帝远,这里发生的事陈东升一个下级单位的小主管，在当地呼风唤雨，在这里自行车都不一定给配一辆。县官不如现管，他到了这里估计连卢大鹏的地位也比不上，帮不上什么忙的，不说还则罢了，说了还有可能让陈东升恼羞成怒一顿奚落。现在知道了这层关系，积压在王战心头多日的苦闷、憋屈、愤恨、凄凉一并袭来，终于找到了一个窗口，于是他把这些天来受的窝囊气一股脑倒给了陈东升，基地主任、刘总教官都不管不问的事儿，他指望换个思路曲线救国，让陈东升好好敲打敲打这个卢大鹏。

陈东升听完王战的一肚子苦水也是义愤填膺，扬言一定好好教育教育这个不念旧情的卢大鹏，根本没把他这个老兄弟放在眼里。

陈东升电话打没打不知道，反正在王战听来很受用。他认为对于这种油盐不进的家伙，感化不了，说服不了，软的硬的都不好使，只能试试最通俗的做法了，走后门。不是人们想落入俗套，是有些人真的只吃这套，比刀架在脖子上还奏效，王战认为卢大鹏可能是这样的"领导"，三令五申不醒悟，顶风作案混不吝。他想象着明天一大早，这卢大鹏旧貌换新颜，态度一百八十度大转弯，痛彻心扉地历数着自己的不是。

陈东升的电话应该是打了，说了什么不知道。第二天一早卢大鹏的态度不仅没有转变，而且急转直下，紧急集合后，当着全小队的面，指着王战的鼻子一顿狠训，说他非常时期不把心思用在该用的地方，净搞些旁门左道，找关系托人情试图把日子过舒服一

147

些,这是干扰比武队正常秩序,大战在即,这种行为性质严重,影响恶劣,再不迷途知返,他将向比武队领导反映,直接退兵了。

王战这会儿不恨卢大鹏,转而觉得陈东升是个坑,他这情不求也就算了,现在相当于火上浇油了,这哪是帮人,这是拿人开涮。

"你以为陈东升我放在眼里?骄傲自大、目中无人,以为带出一支巅峰特战队劳苦功高,敢跟我上眼药了?他也不掂掂自己的分量,他多大岁数,我多大年纪,他的黄金时期已经过了,回头你转告他别倚老卖老。"卢大鹏伏在王战耳朵上说道。

"电话里你直说就完了呗,干吗要我转告?"王战虽然声音有些发颤,但也要表明自己的态度。

"你以为我不敢?"卢大鹏死死盯住王战,麻利地掏出手机,还让王战确认了号码,现场给陈东升打电话,把刚才的话重新复述了一遍给陈东升听。王战只听到在队员们面前向来霸气十足的陈东升软得像一块橡皮泥,没有憋出个响屁,弱弱地挂断了电话。羞愧还是绝望,王战已分不清,只能闭上了眼睛,任凭卢大鹏数落。

队列中,张铭嘟囔了一句:"小人,谁不知道你那点儿花花肠子,为了个刘楠……"

结果毫不意外,张铭被罚"鸭子步"绕八百米综合障碍场一小时,最后连二楼都爬不上去,是王战背上去的。

卢大鹏在王战和张铭心里到了十恶不赦的地步,而报复他的唯一方式就是在比武中碾压他,成绩越好越能啪啪打他的脸。狭义地说为了实现这一目的,王战也要拼死一战。他利用各种机会研究卢大鹏的优劣势,还悄悄跟踪卢大鹏,想看看他有没有给自己加操,有没有什么独门秘籍。

这样的机会还真被王战给蹲到了。这天晚上熄灯号响过,卢大鹏查完铺久久没有回来,因为他的脚步声很有特点,能踏出拖拉机的响动,以前从王战门前过总让王战心里突突个不停,这次却半天没有声音传来。

王战翻身下床,去他可能去的地方,总算在格斗训练场寻觅到卢大鹏的身影。他远远地躲在一个四人站健身器的后面观察这家伙到底有什么不可告人之处,有种偷学武艺的感觉。

卢大鹏并没有练功,而是盯着手机屏幕不停地抹眼泪。张铭不知道什么时候也藏在了王战的身后,看到这场景有点儿幸灾乐祸、心花怒放的意思,**魔鬼也会掉眼泪,可是太阳从西边出来了**。

卢大鹏看的是什么,有一百种谜底从两人脑海中闪过,但直到卢大鹏擦干眼泪,锁屏手机装回口袋,走到一个人形沙包面前疯狂击打,他们也没悟出个所以然。用王战的话说卢大鹏打沙包的姿势纯属乱来、毫无章法,这样的训练方式除了对身体有伤害外,没有任何可取之处。

两人摇着脑袋从训练场回来,后天就到举世瞩目的"锋刃"国际特种兵比武时间了,到现在也没看出卢大鹏有什么和别人不一样的窍门,是什么让他暗自垂泪,他承受了什么样的压力,皆不可知。

比武在即,基地为了舒缓大家紧张的神经,请业余文艺骨干为大家表演节目,比武队也要出几个节目。不整人的时候,卢大鹏的娱乐精神还是有的,他五音不全又偏爱表现,硬拉着吉他手自告奋勇要来个人独唱,唱的是某电影的主题曲,歌是好歌,意境深远,十分感人,但从卢大鹏的破锣嗓子里唱出来效果可想而知。

王战起了一身鸡皮疙瘩,矿泉水喷了一地。最夸张的是张铭,直接从椅子上笑摔了,后脑勺着的地。也可能卢大鹏的歌声没那么惨,但两人故意如此造作,在张铭的起哄下,卢大鹏成功被轰下台。喜欢践踏别人自尊心的人对于自尊心的定义有着十分不一样的点,比如卢大鹏,他的点竟然是你们轰我下台没关系,你们不应该连吉他手也轰下去,人家可是专业的,只是一瓣子好蒜配了一坛坏醋而已;你们把吉他手轰下去也忍了,你们竟然当着所有的领导,尤其是当着女学员、女演员的面把我俩轰下去,奇耻大辱,不可原谅。

卢大鹏气呼呼地下台来把王战和张铭身边的空椅子踢出去老远,朝漆黑的夜里走去,脚步铿锵,有种壮士一去兮不复还的壮烈。平时挺有气质的人,今天爆发了,到底为什么谁也说不出个所以然。

气性大的人往往消气也快,其实卢大鹏像被敲了脑袋的蜗牛缩回壳里,找了个没人的地方默默舔舐伤口,但张铭哪里会轻易给他翻身做主人的机会，死盯着不放，看到卢大鹏红肿着眼睛从外面回来指指点点。对于卢大鹏没有成见的人觉得很无聊低级，但张铭乐此不疲，还拉着王战一起观赏。

王战嘴上风轻云淡："不要搞这种恶趣味，差不多歇了，毕竟是权威，消遣消遣得了。"心里其实也感觉明媚了不少。

张铭撇着嘴道："你行，你真行！天天让人骑脖子上拉屎，还觍脸问人家要不要换个姿势，就你心胸宽广，就你境界高。开别人的玩笑可以，开他玩笑不行，有这种道理吗？对于这种典型的精致利己主义者不能心慈手软！"

王战说："我觉得有些人有些事，不去搭理他，才是最狠的报复。"

张铭说："我一点儿也不这么觉得，天天一副世外高人的样子，难道不是另一种形式的装腔作势？"

王战说："他强任他强，清风拂山冈。马上比武开始了，蹦跶不了几天了。"

张铭说："我没你那么佛系，我咽不下这口恶气。"

王战说："别的队员是特别能吃苦、特别能战斗、特别能奉献、特别能忍耐，我看你是特别能抬杠。"

张铭说："对，国家一级抬杠师、中国吵协常务副秘书长、武警部队十大掰扯标兵、巅峰特战队胡话家都是我，都是我啊都是我。"

两人谈得很崩，王战和张铭各自呆坐了很久，想象着卢大鹏受此"挫折"回来一定变本加厉，魔鬼的面孔可以千变万化，但再变，丑陋是不变的。

没想到卢大鹏再回来好像变了一个人，不再鼻子不是鼻子、眼睛不是眼睛，竟和颜悦色、轻声细语起来。

"他这是憋什么大招儿呢？他还是揍我一顿我更踏实。"张铭看到卢大鹏的反常表现心虚地冒起冷汗。

他惊奇地说："卢大鹏竟然不再暴躁，就像武侠小说里一出场风头正劲、独孤求败的角色，一旦剧情过半或者有了爱的人、有了牵绊，犹如功力尽失，谁都打不过。卢大鹏现在看你的眼神完全换了一种状态，怜爱有加，疼惜不已。"

王战也直发毛："这是什么路子？太吓人了。"

不过直到比武开始，卢大鹏也没能"重振雄风"。他仿佛一夜之间收起了所有锋芒，让王战和张铭前所未有地受宠若惊，这种"过山车"式的情感，和这段时间的强化训练一样，翻来覆去地冲击着他们的感官神经，让他们从躯体到精神在承受了非一般的压力之后只有一股强烈的愿望，比武快点儿来吧。他们要像当年那些冲锋陷阵的前辈一样，一边拉枪机上膛，一边喊着："可别磨叽了，是死是活打一仗便知。"

九月的首都近郊，美不胜收，基地外围一排排摇着"蒲扇"的大叶杨像和善的老大爷，咧着嘴注视着孩童嬉戏但一言不发，一个个穿着"露肩装"的玉米棒子稳稳地待在秸秆上，如同跳着钢管舞的胖美人摆出自认为满意的造型等待被选拔。空气中到处弥漫着果实的味道，这是收获的季节，是天空如镜的季节，是脱胎换骨的季节。基地内战意十足，双语条幅迎风飞舞，二十几个国家的国旗以及各特种部队独有的旗帜排满了整个检阅台两侧，在秋风中猎猎飘扬，中国武警部队旗伫立在中央的位置尤其鲜艳夺目。穿着各式各样迷彩服的特种兵意气风发地在人群中穿梭。

中方代表队作为东道主率先出场，最先来到检阅台中间下方，王战和张铭笔挺地站在队伍中目不斜视。其他代表队的成员陆续而来，在引导员的指引下纷纷就位。站在中方代表队两侧的分别是"蜥蜴"特战队和"蛇行鸟"特种部队，这两支特种部队来自欧美国家，完成过十多起载入史册的反恐行动，在国际上享有很高的声誉。

中方代表队队员在一米七五以上，魁梧有形，身材算得上一等一的棒，但被这两支代表队一左一右夹在中间才发现问题，他们个个身高体阔，硕大的肌肉块似乎要把质量过硬的迷彩服撑裂。

他们挡住了张铭的阳光，让张铭很不爽地道："又不是健美比赛，搞什么搞。"

卢大鹏站在张铭左侧道："别紧张，壮是必备条件，但不是主要元素。"

听卢大鹏这么说，王战、张铭探头相互看了一眼。

张铭扭头看到"蜥蜴"特战队的一个黑皮肤精神小伙儿正用下巴对着他，眼光明显是透过鼻尖和嘴唇之后才最终落在张铭脸上。

张铭难得憨厚地冲黑小伙儿打了声招呼，黑小伙儿露出白眼球，和黑皮肤一比较，显得过分白，张铭自讨没趣，带着残存的尴尬笑意转回了头，目视前方。

张铭道："这是个什么家伙，比武又不是报仇，这是什么心态？"

卢大鹏道："别搭理他们。有些家伙早就对我们心存偏见，认为我们落后他们多少年，这几年在国际级别赛事中比武夺魁全凭运气，或者放出话来说我们是比赛机器、实战白痴，认为我们只会研究比赛，真打不行。"

王战说："这什么逻辑，演练都不行，实战能行吗？"

卢大鹏说："还不是因为我们实战经验少，人家质疑是对的。所以这次我们才更需要争这口气，这次比赛是最接近实战的一次，所有比赛项目都是现场临时抽题，基本全靠临场发挥。"

他们三个对话的时候，"蛇行鸟"特种部队的大兵也没闲着，在对中方代表队的"小个子"们评头论足。

"这些家伙可真不起眼，我可不相信他们能创造什么奇迹。""蛇行鸟"特种部队眨巴着蓝眼睛的大兵安迪质疑道。

"是的，当年估计我们的前辈们也是这么想的，所以导致节节败退，他们的身体里蕴藏着什么能量，鬼知道。"矮胖敦实、挺着大肚子、皮肤像上了黑鞋油般的大兵乔纳森回道。这家伙长得不像特种兵，倒像是某老总好吃懒做的大舅子，但听理念倒不至于沦丧。

"那都是老黄历了,我们在飞速进步,这次他们会领教我们的特战内涵,知道什么是错误。"安迪早已摩拳擦掌。

"一切未知,你看那个队员的眼神,杀气腾腾,他的气场让我感觉棘手。"乔纳森雪白的牙齿像是飘在空中。

"不要这么悲观,老兄,我们默契协作,一定能拿下金牌。"安迪胸有成竹。

"但愿如此。"乔纳森道。

"这里的环境太一般了,怎么可以与我们的家乡比,这么重要的大赛为什么要选在这办,大赛组委会干什么吃的。"安迪一脸的不屑。

"中国特种作战起步晚,水平差,曾落后我们十几年,却能连续两次夺冠,引起组委会的重视,我想他们也愿意窥知其中奥秘,那只能打入他们的阵营,更近距离地探索。"乔纳森回道。

"这样主动权在他们手里,他们更有足够的空间和我们周旋。"安迪道。

"我也这么认为,你看他们长相老实,但不能忽略了他们的狡猾,华人我接触过,鬼主意不少。"听这语气,乔纳森应该吃过中国人的亏。

安迪笑道:"不能胆怯,据说他们最爱搞形式主义,他们的特种兵是为竞赛而生的,幸好今年改变了模式,所有的课目都是全新的,现场揭晓比赛规则,如果他们在自己的地盘上被我们虐得找不着北，那种场面想想就劲爆。"

王战和张铭站在两个大兵旁边，王战听不懂，但张铭一清二楚。

"他们叽里呱啦在说什么，说得还挺起劲。"王战饶有兴致地问。

张铭强压着怒火不愿意告诉王战真相，看到王战单纯的脸，他头一次不再心直口快，他不忍心在这个时候传递负能量。

远处大赛组委会成员、中国武警领导代表以及各国武官代表踩着有力的鼓点走向主席台。现场礼炮鸣响，女子特战队队员出现在前方空地，表演匕首操，队形整齐划一、动作舒展飘逸、喊杀声震耳欲聋，引来喝彩掌声一片。

安迪和乔纳森嘴咧成了瓢，他们的关注点没有在匕首操的实战价值上，也没有在女兵的英姿上，而是评价着女兵的长相和身材，指手画脚，言语出格，甚至还打起了呼哨，在这庄重的场合他们做出这样的举动，让中方队员瞠目结舌，但还是采取了包容的态度，毕竟这是他们所谓的自由，他们惯有的方式。

王战即使再听不懂他们的语言，也能看到他们浮夸的表情，虽然早就熟知了接待外宾礼仪教育，但心里仍难免不悦。不悦似乎只是暂时的，接下来特战队员震撼的特战队形、特种装备应用、攀登、弓弩、擒敌等特色表演让他热血沸腾，特种装备应用中，中国自主研发的KS-1快突微型坦克，破门突入如入无人之境，缩短了突击时间，让敌人防不胜防；类似于"土行孙"的WJZCX型室内掘进侦察机能在地下行走自如，刺穿地板像钻弹壳一样轻而易举，让敌人在浑然不觉中暴露一举一动；还有各种微型探测设备，奇形怪状，各有千秋，这些装备都是首次亮相，别说外国人，连王战也惊掉了下巴，虽知它们配发部队还需时日，但在自身领域切身感受到科技的进步，感受到以前需要拿命去换的任务成果，现在因此而大大降低伤亡概率，这不仅是科技的进步，也意味着科研军工部门的付出中饱含人性的温暖。看到这些，感官的刺激徐徐而来，那些芝麻绿豆的事早已抛之脑后。

当演示结束，武警部队首长的致辞更将现场气氛推向高潮。作为东道主，他言语间尽显大国气度与民族风范。不管来自哪里，来者皆是客，哪怕曾经或者未来兵戎相见，而现在微笑和平静才是最厉害的武器。

第二十四章
我以为做主场先锋占尽先机，却发现更需层层加码负重前行

战旗飞扬，战车如阵。

首长向主席台上的各国代表和台下特种兵们不疾不徐地庄严敬礼，声若洪钟地道："中国是东方文明的发祥地，是世界和平的维护者，这里地灵人杰，这里月圆花好，欢迎你们的到来！四海之内皆兄弟，你们的到来让这片大地更加壮怀激烈、更加光彩丛生，我们将竭诚保障好这次盛会，希望你们的中国之行愉快圆满，希望这里的一切都将深植你们的胸膛，给你们留下美好的回忆，短暂的特战之旅，请留下你们的豪情，带走我们的祝福！"

台下掌声雷动，安迪和乔纳森通过翻译器听得清楚，也相继鼓掌。

首长接着道："中国从未主动挑起战争，中国也从不惧怕战争，来宾们都是和平的使者，相信这也是你们奉行的宗旨。基于这样的前提，希望此次交流我们能赛出水平，赛出风格，也赛出

友谊。"

这句话一出,安迪嘟囔了一句:"敌我之间怎么会有友谊,天大的笑话。"

"这不是奥运会,这仅次于实战,老兄!"乔纳森道。

首长继续慷慨陈词:"此次'锋刃'国际特种兵比武能在中国举办,说明中国特战部(分)队的训练在国际上产生了巨大影响。武警部队在强军目标的指引下,各个方面都取得了重大进展,无论是思想政治建设,还是遂行重大任务,包括加强练兵备战,还有各个方面的现代化建设,包括基层建设,我们和我们伟大的国家一样,和我们伟大的中国人民解放军一样,我们这支伟大的武警部队,都在强军目标的指引下奋勇前行。"锋刃"国际特种兵比武已经举办了十届,每一届都有新的探索和发现,都有进步和经验,都能为各国特种部队作战水平的提高起到推波助澜的作用,它是特种部队官兵殿堂级平台,是磨炼提高技战术难得的载体,它能给我们精神上的升华,同时又能让我们感受到战斗的震撼,希望本届比武能够再攀巅峰,创造出更多奇迹。我们也会倍加珍惜这次机会,在保障好此次盛会的同时,充分体现我们武警部队几万名特战勇士在落实实战化训练、向极限挑战中,做出的巨大努力,向世界展现我们通过魔鬼周极限训练取得的累累硕果。在这里我有必要向各位来宾汇报一下我们举办魔鬼周的经验做法。近年来,我们通过魔鬼周牵引特战部(分)队,真正把反暴恐袭击、把五种战法落到实处,真正在和平年代找到提升战斗力的路径。我们不能像某国一样，满世界去找对手打仗，我们是社会主义国家，奉行的是防御的国防政策，只有用实战化军事训练这条路径提升我们的能力。我们到现在还没有找到对手，那就要设想我们的对手，只有在基地化、对抗化、魔鬼周、八个落实、六种组训模式和大拉练中提高实战能力。今天我们也不是来找对手的，我们是来学习的，希望看到各国精英在日趋复杂的反恐斗争中愈来愈科学、愈来愈尖端的作战方式。我们下个月还要进行中俄反恐演练，我们的部队准备用军用直升机直接投送，这是大国部队应有的气魄。我们要继续深入贯彻党的十九大精神，遵循强军思想，按照三步走两阶段的目标，努力建设一流的大国武警、强国武警。我们必须要通过练兵备战提升我们的能力，在将来有一天，遇到强大的对手，才能做到召之即来、来之能战、战之必胜。"

王战、张铭、卢大鹏等人眼含热泪，毛孔都张开了。

安迪和乔纳森也不自觉地融入情绪，被带动着鼓起了掌，摇头又点头，似是纠结。

说到这里，首长环视面前全副武装的各国士兵，目光威严有力，他的声音透过野战宣传车强有力的扩音器回荡在基地上空，久久不散。

最后，首长道："希望大家全力以赴备战比武，给所有爱好和平的人们以导向，相信大家能受到很大的启发和激励，为提升战斗力提供强大的动力，为世界反恐作出应有的贡献。"

首长和组委会成员逐一敬礼握手，开幕式圆满结束。

安迪和乔纳森跟随着人流进入属于自己代表队的生活区，生活区硬件设施、娱乐设施一应俱全，还有专门根据各国人不同习惯准备的品种齐全的食品饮料。

安迪和乔纳森像是进了大观园，嘴里啧啧有声。

"这是我们认知里的中国吗？他们还没有脱贫，他们只是一个大工厂。"安迪一边不可思议，一边用背摔把自己扔在了弹簧床上，也不顾战靴上的泥巴。

"面子工程做得好，丑陋的一面怎么可以给贵宾看。"乔纳森始终认为自己很理性。他们正在交谈，基地负责卫勤保障的军医和卫生员背着药箱来巡诊。

军医问："各位，有不舒服的可以跟我们说，我们是专门负责大家医疗保健的。"

安迪的翻译器已经在工作，他生气地从床上弹起来，拍着胸部道："你认为'蛇行鸟'会派一些伤病员来比武？难道看不到我身上跳跃的肌肉吗？它可不是中看不中用。"

乔纳森连忙把安迪按在床上，走向年轻一些的卫生员，一只胳膊搭在卫生员的肩膀上道："不要听他胡言乱语，我需要保健，听说你们有一门神奇的技艺。"乔纳森伸出一双大手在空中舞动着。

"你说的是推拿？"卫生员道。

"对对对，是推拿，我要这种服务，你来。"乔纳森的笑容很不厚道。

"请问您哪里不舒服?"卫生员例行询问道。

"想尝试尝试,我对一些稀奇古怪的玩意有很强的好奇心。"乔纳森道。

卫生员强压怒火准备给乔纳森推拿,但被听不下去的军医阻止了。

军医道:"首先这不是什么稀奇古怪的玩意,这个词并不恰当,这是中医理疗,是我们的国粹,其次你身体没有毛病,还有更多有需要的人等着我们,抱歉,等你们确实需要的时候我们会再来。"

安迪压不住他的暴脾气,站起来道:"你拒绝我们?这是你们的义务,我们理应享受的福利,说来就来,想走就走,我很不开心。"

军医和卫生员也是军人,他们头顶国徽,从基层火热的战斗生活中走来,哪里受得了这种侮辱。

军医的火气也腾一下上来了,道:"我更不开心!"

安迪听了这话,迅速贴近军医鼻尖,两人就这么杠上了,左一句右一句掰扯起来,空气中弥漫着火药味。虽然双方言语被翻译器打乱了一些节奏,但仍然阻止不了两个发火的人。卫生员一看情况不对,连忙跑出房门搬"救兵",因为他十分明白,这架不能打,即使打也大概率不是特种兵的对手,打不打在中国的地盘上,开幕式的余温还没散去,这都将是一件极其不露脸的事儿,搞不好引起外交纠纷，背处分事小，给组织抹黑事大。

卫生员刚出门，迎头撞上各自端着一脸盆衣服去晒衣场的王战和张铭，三言两语说清楚后，王战说，这还得了，扔下盆子冲进去拉架，正好看见安迪已经薅住了军医的领子，铁锤般的拳头已经抬到了空中，蓄势待发。军医虽说戴着眼镜，可不是磨磨唧唧的人，没卫生员那么前怕狼后怕虎，打不打得赢都要打。他大学毕业，投身临床一线以来只动过刀，还没打过架，今天就要拿这位蓝眼睛、高鼻梁的小哥开个洋荤，所以也扯紧了药箱带子准备开砸了。

王战紧赶一步，上臂架格封住了安迪的拳路，安迪没想到半路杀出个程咬金，要挑战堂堂"蛇行鸟"特种部队的权威，他另一只手迅速"增援"，大拳心直抵王战下巴，王战微微后仰轻松躲过。

安迪一微米的迟疑后，抓挠挑扛撞，摔摇抡插拽，凌厉的攻势有增无减。虽然安迪的体形碾压王战，肱二头肌大过脑袋，撅起来有排山倒海之势，但王战见招拆招，气定神闲，安迪一时半会儿无可奈何。

乔纳森将胳膊抱在胸前，不急不躁，一副稳操胜券的神态，他深信安迪再有一个组合就能把王战捏巴明白。但事实是七八套广播体操都该做完了，安迪也没伤到王战一根毫毛。

乔纳森手臂悄然放了下来，正欲上前帮忙，被张铭掐住了七寸，道："中国有句老话说是龙得盘着、是虎得卧着，你要想当猴子,我现在回去取香蕉。"

一轮没有硝烟的较量高下立现,乔纳森应该是听懂了张铭的翻译,发亮的黑脸里透出了红,与张铭对王战的信心相比,他意识到了差距,所以迈出去的左脚又收了回来,道:"我从不吃香蕉。"

安迪跤劲十足,终于找到空当拿住了王战的把位,腰部倏地发力,把王战举到了半空中,张铭、军医、卫生员都倒吸了一口凉气,张铭已经做好了当猴子的准备。安迪好不容易抓住机会不可能虎头蛇尾,他决定要把优势彻底化、最大化,眼光环视了一下周边环境布置,发现铁皮柜比较能营造声势,于是铆足劲儿把王战扔了过去,不承想王战的平衡能力极好,顺势做了一个侧空翻,脚尖轻触柜壁,平稳落地。

安迪想要的效果没有达到,也在他的意料之中,如果几个回合下来还不能正确定位自己和对手,那不是特种兵,那是特别蒙。但就此打住也不是安迪的性格,正愁下不来台的时候,卢大鹏不知怎么得到消息,进了宿舍嚎了一嗓子,立即镇住了局面。

"王战,住手!"卢大鹏冲到吓了一激灵的王战身边接着道,"胆子太大了,这节骨眼上明白人干糊涂事,这是什么环境?二十几个国家的队员虎视眈眈地看着我们,正准备鸡蛋里挑骨头,你却以这样的方式出场亮相,让人笑掉大牙了。这要是让刘总教官知道了,一定会取消你的参赛资格。"卢大鹏暴跳如雷。

安迪和乔纳森洋洋得意,看卢大鹏的架势已经预感到不用出手,王战就要倒霉了。张铭、军医、卫生员也不忍直视,尤其是张铭深知卢大鹏最近态度极其反常,很有可能就在等这么一个机会要将王战"置于死地",他们你看我,我瞄你,为王战捏了一把冷汗。

王战也后怕,但当时可管不了那么多,他绝不能眼睁睁地看着战友在水深火热中而不出手相助,他想化解纠纷,没想到却引火烧身,但如果再给他一次机会,他还会这么干。

军医和卫生员准备上前替王战求情,但卢大鹏不留余地地道:"现在立刻全副武装到训练场,不到开饭,不要回来,出发!"

王战听到这样的处罚反倒如释重负,与被纪律处分以及逐出比武队相比,这样的处罚十分仁慈了,所以不仅没有迁怒于卢大鹏,相反还有些感激。他扭头就回去取背囊和枪支了,一秒也没有耽误。

张铭可没这么理解,他看了看表,离开饭还有两个多小时,这是准备让王战在比武前夕最需要养精蓄锐的时候跑一个马拉松热身,天理何在。不是王战的错为什么要罚王战,这是崇洋媚外、吃里扒外、胳膊肘朝外。

张铭正要上前理论,安迪率先提出了异议:"事情没说清楚,不能让他走。"

张铭发现卢大鹏缓缓逼近安迪,眼神里有摄人心魄的凶光在闪动,安迪比卢大鹏高出不少,卢大鹏仰面朝天也只够到人家的喉结处,他们之间形成了一个非常难受的角度,但卢大鹏一开口,安迪身高的优势逐渐荡然无存。

卢大鹏不卑不亢地道："我知道你叫安迪，29岁，来自赫赫有名的'蛇行鸟'特种部队，综合格斗运动员出身，千里挑一的突击手，曾执行过'猎戮2019'反恐怖行动、'冰点2020'反暗杀行动等十几起闻名特战领域的行动，并发挥了主力队员的作用，贴身保护各级政要进出战乱地区上百次，零失误，是'蛇行鸟'特种部队的王牌人物。"

卢大鹏句句清晰，安迪听得清楚，微微颔首，对于卢大鹏前期所作的功课表示满意，异国他乡还能遇到知根知底的人实属幸事。

"我不是王牌人物，我是灵魂人物。"安迪纠正道。

"那就不要犯低级错误，例如今天这起事件，你知道它的严重性。"卢大鹏说。

"我不知道，请你告诉我到底有什么严重性。"安迪回道。

"这里是中国，我们是礼仪之邦，热情好客，欢迎友人来访，但对于部分别有用心之徒，也从不心慈手软。这里不是一百多年前的中国，今天的中国高度自信、高度担当，谁要是不讲理、不按套路出牌挑衅我们，我们有权力有能力让他意识到错误。你还要在这里待几天，今天我拿你没办法，明天治不了你，后天我一定有办法收拾你。我们老祖宗以前有三十六计，现在我有一百多种方法。在这片土地上，公平竞技，欢迎！撒野？不行！"卢大鹏霸气地指指脚下，安迪目光朝下看了看，再看看卢大鹏的眼睛，心里直发毛。

卢大鹏趁热打铁道："我们还有句老话，宁得罪君子……"说到这里，卢大鹏透过窗户看到正负重奔跑的王战，虽然在奔跑但他冷静得像根草，跑得心安理得，跑得充耳不闻。

安迪循着卢大鹏的目光也看到了王战，原本为他的被惩罚叫好，现在却有些羞愧。作为优秀的特种兵，卢大鹏相信安迪基本素质是过关的，有这个思想觉悟。

"宁得罪君子，不得罪小人，在跑步的兄弟不会拿你怎么样，因为他是君子，我就说不好了，我是小人，你得罪了我真不好收场了，我从踏入这座基地大门开始扮演的就是这样的角色。"卢大鹏把自己描述得很不堪。

卢大鹏的苦肉计让安迪有些哑火，很少有人不标榜自己的好，说自己是小人的人需要勇气，但卢大鹏此刻心平气和，像是在说别人一样平静。

张铭知道卢大鹏话里有话，不仅是说给安迪听的，也是说给自己听的，他突然觉得卢大鹏比安迪要高，比这天花板要高，像山一样挡住牛鬼蛇神，像海一般心怀一切，他突然鼻子一酸，想要掉眼泪。

被卢大鹏将了好几军的安迪不再言语。

卢大鹏说："'蛇行鸟'特种部队是历史悠久的优良团队，有很多优点和经验值得我们学习，我抽空还要找你们领队好好取经，到时候希望我能忘记这些不愉快，和他专心致志地探讨业务，而不是这些乱七八糟的东西。"

"谁信你？"安迪还有疑问。

"军医麻烦您把胸前的记录仪关掉，刚才那段视频也删了吧，留下这位仁兄先动手的证据，总归不好。"卢大鹏道。

军医心领神会，从胸前掏出一个记录仪，这是为了供卫勤队领导检查巡诊是否到位配备的，没想到在这里派上了用场。卢大鹏是怎么知道他们有这个设备的也是个谜。

乔纳森一看把柄被人抓住了，还有什么可说的，连忙上前打圆场道："纯属沟通问题，现在误会消除了，推拿我不做了，你们继续你们的工作。"

卫生员也不是榆木疙瘩，挺身而出，指指安迪道："不，刚才不需要，这时候应该需要了，尤其是这位兄弟，刚刚一番激烈运动，跳跃的肌肉吃不消的。"

说着，他已经把安迪摁在了床上，麻利地上手了。

卢大鹏、张铭和军医大步流星走在走廊里，身后房间内传出安迪的"鬼哭狼嚎"，声音之百变让人忍俊不禁。

张铭喃喃道："挺大的块头，这么不吃劲儿。"

王战连续一个多小时奔跑，看起来已经有些疲惫。

张铭替他求情，卢大鹏态度强硬一口回绝："是爷们儿就要担起责任，不要管对与错，关上门惩罚自己人，狠一点儿不为过。"

张铭说:"我替他跑行不行?"

卢大鹏说:"要跑也只能陪跑,替不了。"

张铭想想道:"那还是算了。"

于是张铭在跑道边为王战喊加油。他告诉王战,卢大鹏今天威风八面,舌战安迪,化解了纠纷,算是扳回了几分形象。王战眼皮都不眨一下,好像并不关心卢大鹏的优劣。

张铭跟在他身后一路絮叨:"其实你心里是痛快的对不对,他终于肯以自己人的身份站出来为你呐喊,哪怕没有给你谋到福利,还给了处罚,你心里敞亮了不少对不对?"

张铭一语中的,王战貌似心如止水,其实十分关切,就像卢大鹏其实也在意他一样。

卢大鹏躲在墙角处偷偷地看了好几次表,皱着眉头自言自语道:"傻小子,你慢点儿跑啊,我定了时间没定速度⋯⋯"

终于挨到开饭了,王战胃里翻江倒海,哪还有心思吃饭,但不吃也得坐在餐桌边。各国代表队陆续进入饭堂,大家大都入乡随俗遵守这里的规矩,秩序井然,除了引导员、讲解员的声音,少有喧哗,有交流的也刻意压低声音。但也有个别人,在老家养成了习惯,觉得习以为常的事情才是对,出门来拿别人家的信仰当抹布。队员们端着餐盘挑选好中意的饭菜、水果后,找到标有自己姓名牌的席位开吃,就餐方式包罗万象,有用刀叉的,有用勺子的,有用筷子的,还有直接下手抓的,体现了世界各民族人民大融合的和谐场面。但不管用什么方式,大家都还算讲究。再看"蛇行鸟"队员坐的一席,画风陡变,在安迪、乔纳森的带领下,评头论足、挑三拣四、有说有笑、热闹非凡。这是他们自由民主的体现,健康的环境不应该只有一种声音,能引起讨论说明有讨论的价值,这无可厚非,但接下来的事儿让人脸上有些挂不住了。

为尽地主之谊,王战和张铭等特战队员匆匆扒拉两口饭,帮助保障人员一起为他们端特色菜上桌。

正巧,王战将一盘爆肚儿端到"蛇行鸟"特种部队代表的桌上,安迪意味深长地看了王战一眼,用刀叉把菜送进嘴里,又吐了出来,落在王战脚面上,嚷嚷道:"中国菜不过如此,这也能吃?这不是树皮吗?"

张铭在邻桌上菜,心里跟明镜似的,这安迪虽名声在外,性格上却是个黏糊腔,锱铢必较,上次没占着便宜,还惦记着一报还一报。张铭看安迪又不老实了,准备上前为王战解围,王战瞪了张铭一眼,暗叹冤家路窄,压住火气,竭力自然地向安迪道:"对不起,这菜可能不是很合您的胃口,我给您换一换。"

安迪变本加厉地道:"不吃,换一盘也臭不可闻。我要吃牛排,我只吃牛排,不吃牛排我没力气。"

"没问题,吃什么有什么,点什么做什么。"王战说完一路小跑冲向厨房操作间向司务长汇报情况。

安迪的这出戏吸引了所有人目光,卢大鹏也目睹了全过程,在王战途经他身边的时候悄悄竖了竖大拇指。卢大鹏欣慰于王战这些天学会了逆来顺受,不再只是身体素质上的楷模,还是精神素养上的强者。

伸手不打笑脸人,全世界通用。王战以退为进,把硕大的一盘牛排单独摆在安迪面前,让安迪成为众矢之的,既化解了尴尬,也算得上反戈一击,所有队员都凝视安迪,让安迪想把脸埋进牛排里。

但这不是结束,好戏才刚刚上演,安迪之流还会搞出什么幺蛾子,王战和卢大鹏都做好了心理准备,并且卢大鹏要比王战更早准备,从王战到来的那一刻开始。

写着大赛主题"高端、前沿、创新"的标语随处可见,赛事徽章设计得寓意深刻,庄重自然,让人过目不忘。

"边缘是一圈星星,寓意宁静夜空,中间是三名特种兵,一名特种兵手持防弹盾牌,寓意滴水不漏;一名特战兵手持高倍探测仪,寓意天不藏奸;另一名特种兵跪姿瞄准,寓意时刻警惕,还有一个小细节,这名特种兵的手指并没有放在扳机上,寓意不到万不得已,拒绝杀戮。这句话让战斗成为褒义词,既然是褒义词,就带着人性的光辉。"组委会会长威尔斯稍加解释,令听众恍然大悟。

大赛正式拉开序幕,卢大鹏带着王战和张铭浴血拼杀,虎口拔牙,场面激烈震撼,连观者都喘不过气来,何况置身其中的队员。

第一个课目是快速精度射击。射击场别出心裁,设在室内,说是室内，比足球场小不了多少，屋顶是镂空的，用网格状的铁丝网替代了天花板，这样靶子不仅可以从地下弹出，还可以从天而降，人们站在上面可以对比赛过程一览无余，避免暗箱操作，全程阳光透明。铁丝网承重力惊人，上百人的裁判团队和其他特战队代表走上去也毫不吃力。

"蜥蜴"代表队率先出场，面对胸环钢板靶、人形靶、人体局部靶从容不迫，弹无虚发，场内枪声不断，硝烟弥漫，领队表情傲骄，但看到电子显示屏上的实时成绩微微皱了眉头，因为他们的掏枪、换枪、换弹夹的动作明显拖沓。领队咆哮着要去申诉，他对比赛规则产生了异议。之前他们参加的射击比赛，要么求相对快绝对准，要么是绝对快相对准，两点都要，没人做得到。在申诉结果出来之前，"蜥蜴"代表队的成绩差强人意。

当然也有惨不忍睹的代表队，既不快也不准。

"蛇行鸟"代表队出场了，安迪下巴快要怼到了天上，还在人群中搜寻武警特战队的身影，王战很幸运，站在高处被人群挡住，只露出个脑袋，还是被他发现了。安迪对着王战比了一个扣扳机的手势，这时候可不是饭桌上招待客人的节奏了，王战二话没说扒拉开面前的战友，两只战靴用力跺在铁丝网上，发出铿锵的声音，伸出大拇指，又倒过来，很老套的动作，但屡试不爽。

安迪并没有不爽，回敬一个较不入流的动作，轻松一笑。但当他面朝射击目标的片刻，猛然收起了笑容，露出职业面孔，转变之快让人目不暇接。安迪手中的M16自动步枪在他雄健的胸前显得并不沉重。哨音吹响，安迪和队友一起站上射击地线，他把长枪甩到身后，从腰间掏出巴莱塔M9手枪，像玩转火石打火机的达人，小手枪在他的手上转着圈儿打着旋儿，灵活至极，和他左右两边的人比起来明显优越得不是一星半点儿，他能成为"蛇行鸟"的灵魂，情理之中。

立姿站定、拉枪机上膛、左手拖握、右手出枪、准星靶心对焦、开枪射击，一气呵成，所有动作虽有先后，又几乎同时，眨个眼的工夫可能错过全部。

"蜥蜴"代表队的领队不再咆哮，至于还有没有心情和脸面去申诉另说。

铁丝网上的众人也停止交头接耳，大家都被他娴熟的像上嘴唇碰下嘴唇一样的动作吸引了，包括王战、张铭、卢大鹏。

"都是假象，这才是他。"张铭暗叹道。

"战术的一种，看起来吊儿郎当，干起来正儿八经。"卢大鹏道。

"我跟他过招儿的时候就知道他不简单，那绝不是他的全部。"王战一点儿也不意外。

对话间隙，安迪已完成射击，时间二十秒，一共开了五十枪，环数四百九十八环，成绩暂列第一，几乎不可超越。安迪干净利落地收枪，胸有成竹地撤出比赛区，不看一眼电子显示屏，走得干净利落，和他生活中拖泥带水的作风截然不同。他三下两下爬上了看台，回归为一名普通观众的身份，人群中爆发出一阵掌声。

王战早已从楼顶下来，他感受到了压力，在前往射击地线的路上，隔着伪装面具，也看得出他面色凝重。

第一组，王战、张铭和卢大鹏从门口走来，铁丝网将阳光切成网格的形状，跟随着三人整齐划一的步伐游走在他们的身上，让这制式的形象律动起来。他们身上的无线电全程开启，连接主控台，所有人都能听得到，所以他们不能发表与比赛内容无关的言论。看台之上，有的人已提前离场，放弃了监督的权利，这些人应该认为最后一个出场有时候叫压轴，有时候算是陪绑，陪绑的不可能是主要关注对象。有的比较爱看热闹，等着看武警特战队如何收场，结合到现实也是一样，有的人闹洞房完全是不怀好意，打着活跃气氛的旗号看人家笑话。王战三人就是在这样的氛围下走向射击地线，可以体会到他们的压力有多大。

王战感觉到卢大鹏正盯着自己，扭头和卢大鹏对视，卢大鹏的眼神散发着别样的色彩，像一道闪电划破周边干扰，那眼神不再是当初的苛责与挑剔，而是充满力量，让王战血液奔涌，让他紧握手中枪，每一步都走得扎扎实实。

"哔"一声哨响，王战火速出击，运用多样化射击姿势，根据目标不同连续互换长短枪，从左至右依次打击，他的护目镜被不同型号的弹壳撞击，发出"笃笃"的声音，"95"式自动步枪和"92"式手枪在他的手中上下翻飞，频繁交替，子弹冒着火星射向目标，每打一枪都有青烟徐徐冒出，最终汇聚在角落一处久久不散。

钢板靶叮当作响，呼呼转起圈来，飞盘靶碎裂一地，胸环靶核心位置是密集的弹孔，子弹嵌入靶子，溅起一阵阵粉尘，如同水中涟漪荡漾开来。烟雾缭绕、粉尘飘扬，多少有些影响能见度，但对于特战队员来说，眼中那些米粒大小的圆点却越来越清晰，因为那是他们的目标，目标是他们的全部。

电子显示屏上数字在飞快增长，在场的众位眼睛要鼓胀出来，有的裁判因为过分认真，不敢眨眼，眼圈红彤彤的，有些边裁可能认为电子计分器发生了故障，到主控台确认，工作人员确认无误后，大呼神奇。

看台上的安迪手里拿着高倍望远镜，他确信王战的每一枪都不偏不倚正巧打在十环正中央的位置，先是不由自主地点头，继而鼓起了掌，乔纳森吃惊地看着他，认为这个动作不应该由他做出来。但安迪控制不住，乔纳森想要阻止他，安迪没有给他这个机会，他说，优秀不需要理由。欣赏并承认别人的优秀，才能让我们更优秀。

"只有与此相关之时，才能看到你投入的一面，天生的特种兵。"乔纳森道。

武警特战队第一组射击结束，场内一片哗然，原因是电子屏上的数字都显示为500，而时间均为19秒。

"这不可能，没这么开玩笑的。""蜥蜴"代表队领队说道。

"作弊也不会做，太明目张胆了。"有声音传来。

"我早说过，中国制造剽窃山寨，中国特战偷奸耍滑。"一个尖嘴猴腮的家伙口无遮拦。

"场地是他们的，靶子是他们的，计分系统也是他们的，这升级版的'95'枪支也长得怪模怪样，肯定有猫腻。"一位长相类似福尔摩斯的小伙儿说。

"可裁判是各国抽组的，而且他们确实表现出了完美的技术素养，每一枪每一弹每一个动作都在我们注视下进行。"有人发出不同意见，但很快被质疑声淹没了，他们不相信三名武警特战队员都可以稳定到全满分的程度。不相信就是不可能，是绝大多数人的逻辑。

现场议论纷纷，"民怨"极大，谁也没想到开局就引起这么大的争议。

"正常现象，搞砸了肯定没人在意，优秀却需要接受质疑。"会长威尔斯对武警特战队刘总教官道。

"我觉得他们的武器装备有问题。""蜥蜴"领队是个难缠的主儿，终究没有耐住性子，出现在威尔斯身边。

"各自使用各自的武器是赛前定好的，除不能装光学元件以外都是被允许的，我们专业的检测队伍也对各代表队枪支进行了详细检查，真实可信，你还有什么疑问？"威尔斯问道。

"你瞧那个胖子，别人有疑问还说得过去，他们倒数第一，搞臭第一也不会光彩多少，他是什么心理？"安迪在这件事上有自己的论断。

"嘻，我刚学了一句汉语，'丑人多作怪'。"乔纳森挖苦道。

"蜥蜴"领队叽叽歪歪,听不懂他在说什么,翻译也一直皱眉头,威尔斯要维护自己的权威,准备据理力争,但这时武警特战队刘总教官打断了他们之间的对话,对"蜥蜴"领队道:"你想怎么办?"

"用备用枪支重新打一次。""蜥蜴"领队能提出这种要求,充分证明他的脸皮比城墙厚。

所有人的目光都盯着刘总教官,他们虽然知道这不符合规矩,但对于"黑马"总是心有不甘,又有所期待。

"那不公平,你按程序申诉吧,要补赛也是之后的事情。"其中一位裁判说道,他要照顾双方的情绪,不能有所偏袒。

刘总教官看了看刚刚下场的王战等三人,隔着面罩也知道他们心里在骂脏话,但不是所有的事在自己的地盘上就会有优势,比如现在,越是难以调和,越要发挥大家长的率先垂范作用,不然一堆小屁孩儿总有那么几个会闹情绪。

第二十五章
我以为最狠的动员是炸裂怒吼，却发现其实只需一句"你做不到"

赛场硝烟弥漫，队员剑拔弩张。

"小胜靠聪明，大胜靠德行，短胜靠添堵，常胜靠疏通。"刘总教官认为这一刻洒脱便洒脱到底，不能再等别人将自己的军，"用就用你们'蜥蜴'代表队的'K2'突击步枪和'DP52'手枪，公平吧？"

"蜥蜴"领队也没想到刘总教官这么大气，一时竟说不出所以然来。

威尔斯也忧心忡忡地问："虽然特战队员对各国枪支都有涉猎，但平时训练主打还是自主武器，你这么做真考虑清楚了吗？结果要是不尽如人意，你怎么办？"

刘总教官道："既然敢说就不怕去做，别人在家门口叫嚣了，我得出去瞧瞧啊。"

没等威尔斯回复，"蜥蜴"领队像是怕刘总教官反悔一般，命令自己的队员道:"把枪给他们。"

"蜥蜴"的三条"K2"突击步枪和三支"DP52"手枪很快递到了王战等人手中。三人像是在取回自己的枪,轻车熟路,验枪退弹,拉枪机上膛,据枪瞄准,找寻手感,现场再次响起"噼里啪啦"的金属撞击声,整个过程不超过三分钟。

看台上的安迪咬了咬嘴唇上的死皮道:"枪是上帝赋予士兵的礼物,枪是有灵魂的,枪和人怎么能这么快磨合?谈恋爱也没这么快,我认为他们上了胖子的当。"

乔纳森目不转睛地道:"还真有趣,我喜欢有趣的人和事,这趟中国之行有意思了。"

申诉组组长在摇头:"这不可能,这突破了底线,希望中方不后悔自己的选择,不管输赢都不要申诉。碰到哪怕一支'蜥蜴'这样的申诉专业户,我们的任务轻不了。"

观者各怀心思,王战的心思只有一个,面对手中陌生的武器,能不能保持住状态。这次他主动看向卢大鹏,想再从他的眼神中汲取能量,看到信念。

卢大鹏没有让他失望,这次他也不再避讳说什么会被对手听了去,大大方方地对王战和张铭说:"好车要好司机,好刀也要好刀客,不是哪一门技艺不行,是习练的人有高低之分。将熊兵窝囊,而我们有最强大的后盾,他敢让我们出征,就有信心让我们得胜归来。人有温度,枪也就有了温度,放心去打,输赢交给命运。"

卢大鹏的声音传到所有佩戴耳麦的人耳朵里，传到刘总教官的耳朵里，刘总教官感觉泪水滚烫。

刘总教官对助手说："我是心血来潮，也不是，哪怕他们这个课目输了，相信也能让他们懂一个道理，越不迎难而上，麻烦越会找上门来。"

助手担心地道："可我们因此丢了分，对手会高看我们一眼吗？"

刘总教官道："也许他们会暂时庆幸胜利，但一定不会再轻易卷土重来。挑软柿子捏是弱者里的弱者，捡硬茬子戗才是强人中的强人。"

助手道："你这都是土话，老外听不懂。"

"哲理无国界，土理也是哲理。"刘总教官和助手说话一方面是缓解自己的紧张，这会儿没有人不紧张，一方面是不忍直视，输赢都是他做的决定，赢了欢喜，输了总归要落话柄，他顶的压力比队员大。

说话间，王战等三人再次射击完毕。手起枪落，全场鸦雀无声。

刘总教官缓缓地将目光移到电子屏上，几组相同的数字在他的墨镜片上跳跃，"500、500、500"，还是满环。

"蜥蜴"领队瞠目结舌，他的队员脸红脖子粗，可能是替领队丢人，可能是替自己羞臊，也可能是对枪的愧疚，枪在自己手里玩不利索，在人家手里却如有神助。

安迪和乔纳森也做着同样的动作，双掌搓碾着太阳穴，一脸不可思议。

而腚大腰圆的威尔斯从硕大的老板椅中站起来，双手撑在主控台上观察着面前三组霓虹般的数字，这三组数字投射到王战等三人的头盔顶上，闪耀出了霞光，周围所有的一切都暗淡成了黑白的颜色，尤其是"蜥蜴"领队的嘴唇，白花花的，没有一点儿血色。

良久，安迪率先在人群中打了一声呼哨，像一根导火索，引燃众人澎湃的热情。大家纷纷竖起大拇指，掌声经久不息，回荡在射击场内，比刚才的枪声还要密集急促。威尔斯一屁股坐回椅子上，肚子上硕大的赘肉也跟随着掌声上下弹跳，脸上的胡须随风飘摇。这人要是走在大街上，谁也没办法把他跟"特战"挂上钩，但他偏是"锋刃"世界特种兵比武的发起人，是十年来特种作战领域比较权威的发言人之一，他对刘总教官说："做永远比说有力量，有实力无须辩解，恭喜你，开门红。"

开了个好头，卢大鹏的镇定让王战和张铭心安，张铭扯下伪装面具向卢大鹏谄媚地笑，卢大鹏回馈给他一个大白眼。

"这人怎么老转性啊我说，晴一阵儿雨一阵儿。"张铭抱怨道。

王战忍住没笑，因为对隐显目标射击又紧锣密鼓地开始了，这次场地是露天靶场，武警部队常见的标准靶场，设在荒山之间，在山腹部开挖掘进，呈现出一个"凹"字形的三面有遮挡的自然屏障，最里的一面山体用层层叠叠的轮胎堆砌严密，一是防止产生跳弹流弹，二是防止因射击密度大而导致滑坡，"轮胎墙"的下面挖出一条长二十多米、宽两米、深三米的靶壕，上层盖天花板，沟内用石灰找齐刮平，以保证躲在里面的十余名负责出靶的工作人员被枪声刺痛耳膜后也可以相对身心愉悦。

这一轮，对隐显目标射击，出靶的频率、节奏、时间节点以及靶子类型都毫无规律可言，考验的是队员的临场应变能力。

各代表队队员沉着应对、高效出击，在本轮比武中都表现得可圈可点。

靶场上是长枪短炮，而围绕在他们旁边安全区域的除了裁判团、观众团，还有媒体团的长枪短炮，比武画面通过各媒体记者的镜头传向世界各地，对特种作战着迷的各国专家和军迷注视屏幕，欣赏着一道道精彩的特战盛宴，也试图从中剖析研究外军的行为习惯和技术特点。

外行看热闹，内行看门道，稍微有点儿军事常识的人就能看出，在本轮中武警特战队所面对的局势要远远严峻于其他代表队。

王战等人出场后，出靶的工作人员似乎知道这几人有"神功护体"，没有难度都对不住他们，所以在靶壕极尽"挑逗"之能事。其实并不是，出靶人员分多组，抽签决定进入靶壕顺序，所以他们不知道外面最新上场的到底是哪支队伍。

一位长满络腮胡子的外籍老兵，是跟随"西部狂蜂"特种部队前来，被挑选担负保障工作，今天十分"幸运"地被抽调进"出靶

182

组",他两眼呆滞地看着面前黑漆漆的靶壕墙壁道:"没想到以这种方式来到中国,连保障的是谁也不知道,还要忍受大家投来的白眼,三十多岁的人了,是不是太失败?"

"不,你比那些混吃混喝、骗财骗色的三流老外要强得多,至少你干了点正事儿,比如出靶。不过和你的队友比起来确实跌份,人家出国风光,你出国遭殃,谁能来这靶壕你心里还没数吗,是不争气的家伙被发配的地方。"本训练基地的一名中士晃了晃手里的胸环靶杆道。

"不认同,出靶和出靶能一样?我们出的是'锋刃'世界特种兵比武现场的靶,直面世界顶尖高手,若是出得了顶尖高手都打不中的靶,那是多么了不起的事儿。我们是另一种意义上的蓝军。自己首先看不起自己,谁还能看得起你?"该组组长是一名四级警士长,他思想却上进,把自己说得热血沸腾。

最怕说者有心听者有意,一席话让靶壕里春暖花开,洋溢着战斗激情,大家纷纷攒着劲要擎好手中靶杆,以不让队员击中为目的,以被击中了就是自己确实属于烂泥扶不上墙为鞭策,开动脑筋研究出靶方案,摩拳擦掌准备"迎击"。而面对这一组具有"雄心壮志"的工作人员队伍的,恰巧是王战等人。

十名队员卧姿于射击地线虎视眈眈,靶壕的方向却迟迟未有任何目标出现,这里的上午静悄悄。

张铭忍不住问身边的卢大鹏:"小队长,坑里的哥们儿是不是睡了?还是对讲系统出毛病了?"

卢大鹏道："不要说话，控制呼吸。"

王战一言不发，死盯着靶壕方向，他的眼睛一眨未眨，好像一座蜡像，若不是枯草摇曳，世界似乎都静止了。主控台上的人也在纳闷，这个课目之前有给工作人员明确注意事项，有作思想动员，还做了反复操练，现在怎么哑火了，和刚才的几组完全是两码事。

硝烟已经散尽，刚刚惊飞五公里以上的麻雀也有足够的时间返回了，认为这边风景独好，一蹦一跳地来到场地中央，还有一只大摇大摆地落在了王战的枪管上，和他友好对视之后，沿着枪管走起了猫步，还嗅一嗅、啄一啄，应该是在考证圆乎乎的准星能不能吃。王战试图吹口哨将它驱走，没想到这是一只比较话痨的麻雀，认为王战在和它逗闷子，竟然叽叽喳喳地捧起哏来。

威尔斯问助手："比赛中止了吗？"

安迪问乔纳森："还打不打了？是组委会出了问题，还是靶壕工作人员有毛病？"

没有一个人知道答案，除了靶壕里那个不愿意当咸鱼的，还有人生梦想和追求的，认为一切沉淀均有意义的，期望着有朝一日能一举走上巅峰的警士长。所有人都眼巴巴地望着他。

络腮老兵问："哥？还搞不搞了，快吃午饭了。"

警士长瞪了他一眼道："你不愿意听指挥的话，可以让替补来。"

靶壕最角落里的两名替补听到这话，眼睛放光，他们也被警士长的情绪带动，认为干就干票大的，当替补没出息。

络腮老兵也是这么想的，所以他对替补说："既来之则安之，靶杆在，我就在！"气得两个替补火冒三丈又不好发作。

"第一轮，出单数靶，双数靶不动，第二轮出双数靶，单数靶不动，第三轮除五六号靶不出，其余出，第四轮只出一二号靶，快出快收，听我指令……听明白了吗？"警士长对靶壕内工作人员道。

所有人微微点头，原来警士长不是感情用事，在别人垂头丧气的时候他早就盘算好了方案，并且这方案滴水不漏，在"游戏规则"允许的范围内，做到兵者诡道。

"出靶！"警士长一声令下，大家按照既定方案，即刻行动，胸环靶像游戏里的地鼠此起彼伏。

"打！"卢大鹏一声喊叫，所有人惊觉，瞪起鹰隼般的眼睛，极力分辨着到底哪个是自己的靶。

王战眼疾手快接连命中两靶，张铭明显不太适应，稍微一犹豫，靶子便收了回去。四轮过后，靶壕方向重新恢复一片死寂，半晌之后，一名装弹员不小心把一枚子弹掉在子弹箱上，发出"叮当"一声脆响，让大家神经瞬间再次紧绷，当发现只是一个失误，掐死装弹员的心都有了。

王战保持原有姿势纹丝未动，张铭把头深深地埋进臂弯里一会儿重又恢复标准的姿势。

卢大鹏捂住对讲机道："花样再多，也都是套路，别慌，陪他们玩到底。"声音低沉，中气十足。

"你看张铭那倒霉的模样，他以为战斗只需要能力，其实还需要运气，能力他有，运气未必。"安迪在看台上幸灾乐祸地道。

"在两百米的距离上，这个比例的胸环靶本来就比正常的尺寸要小不少，现在肉眼中呈现的不比杯盖大多少，即使靶子不动也有人打错靶，何况如此。"乔纳森看着令人眼花缭乱的靶子道。

那声"叮当"的脆响之后让场地更加落寞，靶壕里的警士长别具一格，又发明创造了新的办法，用自拍杆把手机伸出去，试图观察外面队员的准备情况。不料，两百米外没有任何辅助设施，王战还是凭借敏锐的洞察力发现了小小的手机，一枪把它打成了限量款，用车床凿都凿不出那么齐整的圆孔。

警士长看着屏幕一闪一闪、溅着火星子、冒着蓝烟的手机，想到用手机侦察不是规定动作，所以手机损毁不算因公，没得赔偿，心碎一地。

为了"缅怀"手机，让它死得其所，警士长发动了新一轮的更凶狠密集习钻的"总攻"。

射击地线前弹壳如大雨般落下，如炒豆子般翻滚，靶壕方向子弹穿透靶心和轮胎，让山体上的土石化作云烟从各个缝隙钻将出来，无所不在。

警戒员身后的各国队员姿态不同，神态迥异，他们看到这样的场景各怀心事。

王战的方脸被步枪的后坐力抖成了长脸,因为弹药的熏染,眼睛已经变成火红色,传闻中的杀红了眼也可能是被熏红的。

尽管目标"诡异",王战沉着应对,因为卢大鹏的忠告"花样再多,也都是套路"大过枪声,在他的脑海里盘旋。

"如果基础一样,我们已经被遥遥领先,如果他们还技高一筹,我们已难望其项背。先进的理念和技战术可以跟进,适应一切环境的能力不是一朝一夕能练成的。"安迪着实被王战等人的表现惊艳了。

"你可是曾以为他们只为比赛而生,这么快就改观了?这就要认输吗?赛程才刚刚开始。"乔纳森道。

"别开玩笑,这只是一个单项,哪怕下一个单项也是如此又能如何,没有人能阻挡我,别忘了,我真正的杀手锏是什么。反倒诸如'蜥蜴'这样的代表队应该好好分析一下我的话,琢磨琢磨还有没有必要继续下去。"安迪只要一谈到正题,总能即刻换一种神态。

"这才是你,有悬念才刺激,没有挑战的任务就像和一个没有内涵的女人谈恋爱,乏味至极。"乔纳森道。

靶壕内,络腮老兵喊道:"警士长,肩关节都要脱臼了!"

警士长把手里的靶杆扔在地上,一屁股蹲下来,气喘吁吁地道:"任务结束!"

"你的梦想也结束了,看看靶子被打成什么样了,马蜂窝不过如此。"络腮老兵一边数着靶子上的窟窿,一边对警士长指挥半天成效并不明显表示不满。

警士长道:"格局呢兄弟,当个好的保障人员不是梦想,是过程,精英们都是真材实料,'锋刃'比武含金量才足,世界反恐水平才会稳步跃升,这是我们应该追求的。你能与真正的精英为伍,你能差到哪去?"

"从发达国家来,思维还停留在第五世界。"中士与警士长保持一致。

络腮老兵没有表态的机会,比武的节奏带走了他的节奏,高兴还是羞愧不再重要。他随着警士长等人跑出靶壕,前往下一地域,确切地说是水域,因为接下来是水上移动射击。

这是一处宁静隐蔽的水域,王战等人不会知道这里也是军事管理区,属于训练基地的管辖范畴,所以根本看不到无关人等。

张铭说:"我早就知道这里,听说这里面还有水猴子,谁冒犯了它们,可是会被拖下水的。"

什么是水猴子,谁关心呢?大家都在思考这个项目是哪个缺德鬼设计的,陆上不够施展,折腾到水上来了,着实不辜负"打造海陆空三栖反恐精兵"的主旨。

起风了,带走了氤氲,露出了齐整的芦苇,微微弯腰像是在致敬大步流星走来的队员。

一水的玻璃钢材质冲锋舟排列在水面上,保障人员甩开膀子拉响宗申发动机,水纹随着舟体震颤荡漾开来,一直延伸到站在岸边的队员的战靴上。

大家举目四望,远处有一批摩托艇星星点点映入眼帘,它们明显要比眼前的冲锋舟多得多,快得多,不一会儿就驶到岸边近前,摩托艇灵活机动,驾驶员倏地一甩尾,溅起巨大水花,喷湿众人衣襟,扬长而去,潇洒利落,挑衅意味很是明显。

安迪一边掸着身上的水珠,一边得意他们的迷彩服具有防水功能。张铭像个落汤鸡,抹了一把脸又发出灵魂三连问:"这是些什么人?想要干什么?为什么要把我带来这个倒霉的地方?"

很快张铭的问题得到解答,裁判长告诉他们,看到摩托艇后方竖起的标识了吗?无人点头,只是一脸迷茫地看着这些无头苍蝇般的摩托艇在水上横冲直撞,毫无章法。

裁判长根本没指望他们有所领悟,道:"就是那些尾架上被固定住的红色圆形小东西,瞄准它们,击碎它们,时间有限,量多者胜,冲锋舟水上移动射击现在开始!"

听裁判长这么说,大家顿时不再讨厌刚才嚣张的保障人员,因为他们在拿生命来挑衅,这要是哪位队员不小心走火没有击中靶心,击中了他们,后果可想而知。

张铭再次定睛一看,确实是有若隐若现的红点,比青春痘大不了多少,这比打硬币靶还要残忍,毕竟打硬币是静态射击,这是移动的,而且双方都在移动,船在动、水在动、风也在动,没有架杆、没有瞄准镜,想要打中得奋力去追。没人会在这个节骨眼上质疑这个比赛项目的合理性,就像当任务来临没有人会去想为什么任务不挑别的时间、别的地点。

有的队员还在迷瞪,其他队员已三五人一组,如离弦之箭冲向距离最近的冲锋舟,因为最远的那艘距离他们现在的位置足足有五百米,慢一步则慢全局。

卢大鹏拉着张铭,王战拽起另一个长相十分凶狠的队友奋力奔跑,犹如饿虎扑食。眼看他们就要占据一艘冲锋舟了,安迪和乔纳森等"蛇形鸟"队员中路断传,横插而来,依靠身高马大的优势把四人冲击成四组。这还得了,张铭小暴脾气不能忍,准备把阵地重新夺回来,被王战制止,拉着他朝下一艘冲锋舟跑。

"这时候也能让?"张铭坐在前头船檐儿上。

"严格意义上说这时候我们有共同的敌人。"王战指着那些行驶路线乱七八糟的摩托艇边拉着引擎边说。

紧张对话间,安迪小组乘坐的冲锋舟尾部发动机在轰鸣,消音器内源源不断地排出强力气体,似乎拥有把水面搅乱的力量,舟体已经在剧烈震颤,他们的驾驶员因为猛拧油门而涨红了脸。

安迪咧开大嘴朝王战笑,用下巴指了指还在拉引擎的卢大鹏道:"认输吧,失败者。"

突然,安迪乘坐的冲锋舟船头翘起,飞驰而去,这时王战也驱动了冲锋舟,紧随其后奋起直追。两艘船一前一后速度都飙到了极限,安迪不往前看目标,却朝后注视着王战。王战感受到了安迪眼神中的不怀好意,果不其然,安迪突然把手伸向己方驾驶员的控制手,强制松了一下油门。冲锋舟灵敏,只这一下,速度立刻降了下来,对于后侧的王战来说,这一损招几乎致命,如果反应不快,追尾是必然的,船毁人伤不可避免。王战倒吸一口凉气,迅速推动发动机上的把手,船头擦着安迪船只的边沿向左变道,虽说没有实打实地撞上,但这一刮擦也造成较大颠簸,坐姿较为松散的"凶狠哥"失去重心,卢大鹏一把没拉住,他被甩出去老远,在水面上像是翻滚的皮球,打起了水漂。

王战用对讲机向"凶狠哥"喊:"下潜,下潜,后面全是冲锋舟!"

可"凶狠哥"根本控制不了自己,而他的身后是密密麻麻全马力开来的冲锋舟,这要是撞上,"凶狠哥"就再也凶狠不起来了,脑袋一点儿也不夸张地会被齐刷刷削掉。"凶狠哥"眼中已布满如同利刃般的冲锋舟前挡,千钧一发之际,王战放弃追逐,猛地将控制把手打死,冲锋舟小幅度漂移,绕着"凶狠哥"划出一圈洁白的波浪线。冲刺而来的冲锋舟纷纷绕道而行,"凶狠哥"暂告安全,保住一命。王战的冲锋舟虽有减速,但时速仍在五十公里左右,几秒钟的时间,"凶狠哥"已不见踪影,再回去捞"凶狠哥"已不现实,王战只能硬着头皮往前开。

"还没开始就损失一员,这是奔着要命来的,狗日的安迪!"张铭愤愤地说。

"他没有违规,他可以这么做。"卢大鹏道。

"他可以我们也可以,来而不往非礼也,王战,撞死他!"张铭爆发。

"故意冲撞不被允许,这是规则。"王战说。

"骑到脖子上拉屎了,还要什么规则,兄弟的命差点儿都没了。"张铭咆哮道。

"我应该预判风险,不应该贴得太近。"王战道。

"现在不是自责的时候,这是打仗。"张铭生气了,站起来要接替王战的驾驶位,被卢大鹏一把摁下。

"这个账我会找安迪算,但不是现在。"卢大鹏道。

安迪等人的冲锋舟率先抵近摩托艇阵群,他们一人驾驶,一人卧姿射击,枪管架在抖动的船檐上并不牢固,射击效果极差。安迪和乔纳森发现这个问题后,开动脑筋,乔纳森跪姿在前,用肩膀当枪支架的同时,双手死死箍住枪管,效果明显,安迪连续轻松命中目标。他们的驾驶员也不是善茬儿,逮住一艘摩托艇死缠烂打,不把摩托艇搞到无路可走绝不罢休,摩托艇上的靶子被"消灭"干净后,驾驶员不得不跳船"逃命"丢失最后一丝尊严。

王战的船追上来后,采取了截然不同的方针,他们拒绝死盯一辆摩托艇,遍地都是他们的目标。一艘摩托艇四处乱窜是灵活,多艘摩托艇就乱成了一锅粥,满场游击,不是捡漏,倒成了撒网捞鱼。结果不言而喻,摩托艇阵群不一会儿便偃旗息鼓,保障人员各有各的狼狈,有的受不了围追堵截的折磨主动跳水,有的因为摩托艇燃起熊熊烈火不得不跳水,还有的被安迪这样的"赶尽杀绝"者彻底冲撞入水。安迪笑得有些狰狞,面对挑战,他不像救世主,却像暗黑破坏神,他要撕裂与之作对的一切,他拥有目空一切的雄风霸气。相比较，王战一组还在隐忍，默默注视着眼前的狼烟和被搅浑的湖水。安迪向着王战的方向扭动壮硕健美的腰身，跳着还算潮流的舞蹈，他认为他赢定了，首先气势上已经把王战甩出几条街。

裁判组汇总了摩托艇上的成绩数据，安迪小组和王战小组并列第一。

"技战术各有千秋，这个结果不意外。"威尔斯道。

"安迪可不这么想，老是和我们差几分，他很不开心。"张铭看到安迪听了成绩后停止了舞蹈。

"我们取得了阶段性胜利，恭喜你，王战。"卢大鹏朝王战伸出了粗糙的大手，王战迟疑了一下握住这只从来没有如此友好的手，他甚至还有一刹那认为这只手很可能带着阴谋。

"现在看来，当初我对你的折磨，是不是小巫见大巫？"卢大鹏问。

只这一句话，王战百感交集，他马上仰头四十五度角，可能是认为现在还不到流泪的时候，弱者才会中途被感动，但他还要起一身鸡皮疙瘩，来祭奠卢大鹏对他可能再也不会有的"无赖"和"张狂"。只一句，让他感悟了什么叫良苦用心，什么比苦肉计还深远绵长。

"不是每个人都做得到，因为如果我没有坚持到现在，可能会恨你一辈子。"王战说。

"如果那样，我在乎你恨不恨我吗？失败者恨谁，谁关心啊。"卢大鹏狡黠一笑。

"你们能不能别秀恩爱了,我又渴又饿,整个人要冒烟了。"张铭受不了了。

卢大鹏从子弹袋空闲的夹层里掏出一小瓶功能饮料说:"这玩意现在胜似琼浆玉液,给你了。"卢大鹏把饮料塞到王战手里。

"几个意思?我还在这呢,王战原谅你了,我可没有。我说渴,他什么都没说,他不一定有我渴,你给他……"张铭在卢大鹏耳边絮叨,卢大鹏不为所动。

张铭对"凶狠哥"道:"这我真不懂了,关系最臭的两个人好起来能穿一条裤子,你知道吗?"

卢大鹏看着王战只是端详饮料,并没有喝的意思,道:"不喝还等什么呢?这可是好东西,每次野外作战我都偷偷备一瓶,喝一口五脏六腑都通了。"

"我是担心你有没有在里面再加点儿佐料。"王战说。飞流而过的水汽,划过王战棱角分明的面庞,王战已明白,之前的卢大鹏是刻意为之,这一巴掌给个甜枣的操作让他驾驭得淋漓尽致,卢大鹏到底何许人也?越是有反转,王战越无法综合考量他,谜一样的男人,让人总是那么无所适从。

"嘿,你还蹬鼻子上脸了,还给我。"卢大鹏笑道。

就在卢大鹏佯装伸手去抢的时候,安迪不知从何处钻出来,一把夺了过去,拧开瓶盖一饮而尽,好像这是为他准备的。他把瓶子以一个潇洒的姿势朝湖里抛出去之后说:"已经庆功了吗?你们不该喝这个,结束的时候喝点儿农药才符合你们的状态。"

安迪大摇大摆地走了,乔纳森跟在其身后,用面积很大的眼白扫着王战和卢大鹏,还悄悄补了一句:"比武期间,对话也是战术。"

王战忍住不乐道:"小队长,玩这种小伎俩、烂话梗,我觉得他们没你擅长。"

卢大鹏没有反驳王战,他明显认同王战的观点,他把手臂搭在王战肩膀上,形影不离地朝运兵车走去。

张铭觉得自己很多余,但不忘刷存在感,学着卢大鹏的样子,把手臂搭在"凶狠哥"肩膀上道:"纸糊的,绝对是纸糊的友谊,我还没提刘楠呢,免得他们友谊的小纸船说翻就翻。"

"凶狠哥"并不配合,把他的手臂搡开道:"你可别提,我还没提孟冰呢,提了你更显得多余。"

张铭欲哭无泪,仰天叹息,看到太阳,觉得极度失意的人连阳光都不配晒。他摇着头自我疏导着:"我多余我开心,看到你们开心,我那点儿事算个六啊。"

比武精彩绝伦地开场,惊心动魄地暂告一个段落。有人说弓不能太满,会断,弦不能太紧,会崩,但如果特战队员们是弓,也是铝合金的弓,是弦,也是航空母舰上的拦阻索,连歼击机都拽不坏的那种,他们是由特殊材料制成的,所以可以持续战斗,他们如风一般,没有节奏是他们的节奏。

王战、张铭、卢大鹏行走在队伍中,他们面朝武警部队旗飘扬的方向昂首阔步，他们是在回去，也是在归来，他们是要停止，也是要再次一鼓作气。

刘总教官伸出手，礼节性地邀请赛事组委会主席威尔斯走下观礼台，威尔斯边走边说："这一定是我最难忘的一届'锋刃'，也一定是他们最难忘的一届'锋刃'，我现在只是担心这崭新的比武模式，创新的事物存在不同程度的缺陷，如果这缺陷是致命的，他们会不会产生强烈的逆反心理，会不会形成不好的口碑，影响我们的品牌。"

刘总教官道："不排除会有这样的队员，但'特'字摆在那里，正是为了应对这些突如其来的可能存在的种种难题，如果不是根本无法适应，而是不能尽快适应，那特种兵也好，特战队员也好，他们的'特'就失去了意义。"

"你是一个好的指挥官，你了解你的队员。"威尔斯说。

"是他们更了解他们自己，他们始终在寻找一种平衡，太紧张的时候他们会告诫自己明明不至于，没必要搞出一副忙忙碌碌的样子，太平静的时候他们会告诫自己，不要活成混吃等死的样子，他们在不断的调和之中寻找平衡，'特'的同义词是平衡，只有找准平衡的人才能去干特别的事儿，否则一步也迈不出去。这是我对'特'的定义。"刘总教官说。

"你不仅是个指挥官，像布鲁斯·李一样，不仅是个武术家，还是一个哲学家，你们都是优秀的中国人，希望你的练兵哲学不会让我失望。"威尔斯毫不吝啬赞美之词，同时他的目光再次停留在愈是低调到尘埃里愈是抢眼的王战身上，此时的王战脸上有久违的笑容，如天空清澈，共阳光一色，那一绺绺汗水凝结的泥渍是隐藏在皱纹里悄然划过的流星。

前路虽更崎岖，但和心里已经抚平的沟壑相比，那些显而易见的挫折早晚都可以逾越。威尔斯想告诉刘总教官，这名队员着实优秀。但他忍住了，因为他知道优秀的人总要承受更多，会有更未知的挑战在等待他。

威尔斯默默地说："小子，一荣俱荣一损俱损，走好这一步，你的舞台何止在这里。"

第二十六章
我以为胜败乃兵家常事，
冲锋时才领悟尊严有着不可替代的属性

地表植物，干燥粗糙，落满灰尘，几名保障人员追赶着骨碌碌满地打滚的弹壳。

"竟然还有午休？有没有下午茶啊？我再刷一会儿APP……"宿舍里，特战队员有的擦枪，有的在处理伤口，"刺刺"的气雾剂遮住他们因疼痛而扭曲的面容，比武期间每分每秒都是"兵临城下"，说是在对话，其实都支棱着耳朵，生怕错过指令。

集结号果然毫无预兆地吹响了。张铭站在多功能厅的窗台前刚把火石打火机划着，正准备美美地嘬一口，却不得不放弃。王战的时机把握得更ᡥ了，上午成绩有目共睹，终于有理由给刘楠报个喜，拉近一下似乎日渐生疏的关系，他刚把号码拨出去便听到了哨音，上赛场不能拿手机，也没时间放回手机存放柜里了，他干脆一把扔在了窗台上，连挂断键也没来得及摁。

刘楠"喂"了好几声没听到回复，摇头道："军事上雷厉风行，生活上吭哧瘪肚。思想上的巨人，行动上的矬子。"她想了一会儿认为这样的评价又有失公允，道："不说话打来干什么，刷什么存在感？"

刘楠抬头，飞机拉着线儿由南向北，给天空划分出区域，勾勒出形状，也横亘在刘楠心头。她的目光随它而去，久久没有移开，这条线到底是桥梁还是界限？飞机看不见了，那条线像眼前这个没有打完也不甘挂断的电话。

陈嘉推门进来，在刘楠身后待了好一阵儿她也没有发现，陈嘉知道，这位大女人终于也有了心事。

"我要是敌人，你早报废了，这不是你该有的状态。"陈嘉说。

刘楠猛地回神说："走路怎么没声音啊，这要是战时，我甩手就是一枪，让你不打报告擅闯军事禁区。"她连忙调整自己，做了一个开枪的动作。

"我看这不像军事禁区，没有火药味，全是思念的味道。"陈嘉说。

"思你妹啊思念。"刘楠竟然有些不好意思了，叱咤沙场都不怕，就怕陈嘉乱说话。

"有好感就大大方方的，别搞地下工作了，好像我们不知道似的。"陈嘉说。

"别瞎说，我和王战是上下级关系，是纯洁朴素的革命感情，是休戚与共的战友同袍，是……"刘楠还想往下说。

"打住，我一一跟你掰扯清楚：第一，你军衔高，但政治上一律平等，再说你是女队，人家是男队，没有隶属关系，他可以不听你的；第二，革命感情？我依稀、隐约、影影绰绰还记得上次魔鬼周，你冒充蓝军把人家涮得跟金针菇似的，他把你当朋友，你辜负人家了；第三，休戚与共？他在一线战斗，你在这里诅咒，好像我没听见，骂得挺狠的刚才。"陈嘉巧舌如簧，句句在点上，使得刘楠极为难堪。

半晌刘楠连推带揉道："你管得着吗你，哪儿都有你，出去出去。"

陈嘉吃了闭门羹，但心里痛快，整天小脸儿跟上了冻似的刘楠，也有被噎得翻白眼的一天。

陈嘉哼着小曲儿走了，刘楠难受了，看着自动黑屏的手机，她鼓起勇气打过去想说点儿暖心的话，但无人接听。

此时的王战正经历新一轮的烈火炼狱，手机在振动，如同他狂奔的频率。

越障后快速识别射击。

王战和安迪并排冲刺在障碍场上，此时安迪魁梧健硕的身材反倒成了他的劣势，轮胎墙、铁索网、泥沼坑、独木桥、梅花桩、高低窗、落水管、荆棘圈、弹力绳、好汉坡……令人眼花缭乱，最关键的是当这一系列"灭绝人性"的设置纷至沓来之后，有二十面人形靶出现在他们面前，要在规定时间内，认出哪些是人质哪些是劫匪，将劫匪一一消灭。

步兵老话"宁跑五公里，不跑四百米"，何况这个新型障碍场是四百米障碍的2.0模式，难度接连升级。前面几个障碍安迪还能应对，等到达铁索网的时候，脚步渐沉，眼见王战身轻如燕，要到达铁索网的最高处，安迪计上心来，咬着牙花子猛晃铁索网，想要把王战抖下来。王战铁钳般的手紧紧扣住铁索，安迪目的没有达成，还耗费了体力。但他百折不挠、乐此不疲，在泥沼坑里又抄上了王战的战靴，一只手抠住了鞋帮，王战连蹬带跺无法挣脱，只能一刀切开了鞋带，把战靴"送"给了安迪，安迪气急败坏，不想尽力冲刺，专用一些"偷鸡摸狗"的小动作，把"蛇形鸟"代表队的队员看尴尬了。

乔纳森把脸藏在领队肩膀后面，眼睛从指缝间露出来道："我觉得放弃可能比他现在这个样子要体面得多。"

领队无奈地耸耸肩："我心里已放弃，要发扬体育精神，重在参与吧。"

穿着一只战靴、跑起来一瘸一拐的王战还是以超越安迪一分多钟的优势率先到达射击地线，他大口喘着粗气，手脚控制不住地颤动。他知道已经到达体能临界点，短时间缓解不了，只能靠感觉射击了，身后是安迪的怒吼，二十面人形靶像千军万马临阵叫嚣。

安迪马上要翻越好汉坡，只需几步就能到达。

张铭咬牙道："安迪来了，肯定势均力敌、平分秋色，别等了，打！"

王战竭力抬起枪，准星在他的眼睛里左右摇摆，枪管随着他的胸膛上下起伏。

安迪为了不让王战抢先，在距离王战十几米的地方停下来，不再浪费时间往前跑，孤注一掷，即刻开打，但当他稳住呼吸，瞄准目标的时候王战还是捷足先登，安迪瞄准哪面，哪面便顺势倒下，直到"劫匪"全部被消灭，安迪一枪未开。电子屏上成绩显示一百比零。安迪一屁股坐在好汉坡下，保障人员要拖走他，以免影响下一组参赛，安迪骂骂咧咧地离开，一点儿也不像个好汉。

张铭道："气质这一块他输了。"

欢呼后，张铭攥着卢大鹏的手，兴奋地打开了话匣子："他可以的，他有强迫症，电子设备的音量都要调到整数；书架上的书本必须从厚到薄、从大到小依次排列；嗑瓜子、花生，皮都要摆成一排，像阅兵一样；结账时商家不抹零，他多给也要凑成整数；吃馒头，能吃五个断然不会吃四个半；他这么狠，他自己都不敢惹自己，你说他可能跑靶吗？十发子弹他中九发他能原谅自己吗？他不能，全是他的，他胜利了，第一名，冠军，巅峰之战！"

卢大鹏甩开张铭的手道："冷静冷静，该你了。"

张铭看到乔纳森已经向他发出挑衅的笑，两排白牙分外夺目，瞬间翻脸，刚才满脸堆着的笑一扫而光，取而代之的是冷峻面孔，切实做到了无缝切换。

"嘿，兄弟，你真不够幽默。"乔纳森道。

"干不掉你才是真的不幽默。"张铭回道。

王战和安迪结束比赛的时候，连说话的力气也没有了，但仍对视着往起点走。身体不受控制，思想还在交锋，他们用眼睛也能战斗，到达起点，被队友接住，放松着肌肉，还没有停止眼神对决。

卢大鹏对着王战的耳朵道："王战，王战，比赛结束了。"

王战这才移动木然的眼神，瘫倒在地，安迪也很有默契，和王战几乎同时软作一摊烂泥。卫勤保障组人员抬着担架冲入场地，将两人抬走吸氧，补液。看台上的裁判长通报成绩，这个项目互有胜负，"蛇形鸟"和武警特战队总分逼近，相差无几。

第二天比小组协作。战术队形、战术配合、破拆突入、车辆反劫持，几轮下来比分仍然咬得很紧。不管哪个环节，王战和安迪牢牢吸引众人的眼球，每当他们进行较量，都能引起观者的极大兴趣，成为"票房"保证般的存在。

第三天比化装侦察排爆。刘总教官战前动员说："这个项目是我们的优势所在，天时、地利、人和我们都占据了，不赢都难，也必须要赢，因为明天是无限制格斗，我汇总了他们的身体数据和战绩数据，没有一项指标对我们有利，所以这个项目如果我们拿不下来，夺冠无望。"

刘总教官的话起了作用，所有队员都把这个项目当成压轴曲目，拼死一搏，除了王战和卢大鹏，他们虽然也上紧发条，但并没有认为局势已至命悬一线。

"擂台之上,近身格斗,国际上的惯例讲求量级、身高、臂展,分析卧推、抓举、深蹲、拉力等数据指标,都不可悬殊,甚至连体脂密度都要研究,运动员之间是对比配对,差距不会太大,不然比赛没法看,再来看一下'蛇形鸟'队员的体格,你还有信心吗?"卢大鹏问王战。

"你也说了,那是擂台之上,可这里是生死战场,我不活下来,就得死,我没得选。"王战边说边看到安迪还在给他秀肌肉。

"在这个关键时刻,别人可能会对你说,站直了别趴下,不能输,但我想告诉你,万一输了,要记住,没有谁可以一直站在巅峰,也没有谁可以永远胜利,不管是战斗还是生活,不管是在这里还是到别处,随时面对输的可能才是常态,赢只是更难的事件的开端。"卢大鹏意味深长地道。

夕阳在山峦处缓缓降落,把他们的脸衬得金黄,王战看着一个个从模拟村庄里钻出来汇报侦察情况的参赛队员,若有所思,他不想揣摩卢大鹏的话,因为他话里还有话,不在血汗中体悟,总不能那么真切。

"眼前是一个技术含量大过激烈程度的项目,风景遮住硝烟,宁静掩盖躁动,过程大于成绩。武警代表队和'蛇形鸟'代表队在这个项目中都表现出了极高的行为素养,一直紧咬的比分让我对明天的比赛充满期待,到底谁能笑到最后,我无法预测了。"威尔斯对裁判长道。

"这才是'锋刃'比武的魅力,高手间的对决,总在一念之间,我大胆地预测一下,如果武警代表队总分领先低于十分,那很可能会输。"裁判长说,他期待的神情也溢于言表。

电子屏上的绿色字节异常夺目,显示出今天的最终比分恰恰是武警代表队只领先九分。

王战宿舍,张铭道:"格斗项目,占十五分,如果我们有百分之十三的胜率足以夺冠,以我们二十个人的阵容,两胜一平足矣,这听起来不难。"

"听着不难,可他们的体重平均每人比我们多出二十公斤有余,还有两个两百多斤的大力士,单手能让我起飞。我们是特战队员,不是霍元甲,四两拨千斤的确存在,可一力降十会也是很客观的,别被电影忽悠了,在绝对的力量面前,技巧不值一提。""凶狠哥"忧心忡忡。

"而且他们还有几个是UFC出身,搞贴身肉搏那是他们的特长。"张铭不再乐观。

"也别试图和他们玩什么田忌赛马的游戏了,在这方面他们个个都是上等马,抓阄抽签闭上眼就可以了。""凶狠哥"思路清晰。

王战坐在床沿上不说话。

张铭道:"怕归怕,内务条令还是要遵守,不要躺床坐床。"

"凶狠哥"道:"都什么时候了还在意这种细节,你是没话找话吧?"

张铭道:"可不得调节一下气氛?你看他都压抑成什么样了。"

"凶狠哥"道:"你这是抖机灵,你都不怕他会怕?"

张铭道:"这你就不懂了,越威武越孤独,越优秀越焦虑。"

王战回过神来,站起来道:"张铭说得对,越是关键时刻越要在意细节。我刚才在想,到底有什么办法能确保那两胜一平。"

张铭和"凶狠哥"齐声问:"什么办法?"

王战道:"想到了,只有一个办法;想不到,意味着还有无数办法。我没想到。"

"废话我俩负责说,你能不能说点儿有建设性的?"张铭道。

卢大鹏推门进来说:"王战只要不遭遇安迪,我俩一人解决一个,剩下的一个,你俩谁负责拖住了,休克也不认输,我们就赢了,这是最有用的办法,听明白了吗?"

王战不再沉思,换作张铭和"凶狠哥"不顾内务条令要求,一人一床沿,端坐蹙额眉,场面较搞笑。

近身格斗赛场,没有枪炮炸药,却有更浓烈的硝烟味,这味道沁入骨髓。这里没有华丽的灯光,没有鲜艳的地毯,没有比基尼举牌女郎,更没有煽情的音乐和舞蹈,越是不造势越是土得掉渣越渗透着悲壮。现实如此残酷,赢了没有鲜花和奖金,输了也没有嘲笑和倒彩。

威尔斯说:"是的,也许是这样,最原始、最残忍的打斗,也许是生和死都不会被外人看到,默默擦掉身上的血,奋力地吸一口气,你的振奋抑或者绝望,只有你自己心如明镜。"

一百多位野人般的队员,穿着脏兮兮、随风箍住躯体、露出骨骼形状的作战服,脸上涂着层层叠叠的迷彩油,贴着头皮的短发布满尘土,像是天然的发蜡给没有型的脑袋造了势。

"他们看上去一点儿也不体面,但这一身装束,这岌岌可危的形象,在我这西装革履面前,怎么就那么耀眼夺目,反倒显得我很不入流。"一位受邀观摩的退役老兵代表说。

"这是大地的颜色,更多时候这样的沉默比躁狂更有杀伤力,不然还没有开打你怎么就竖起了汗毛?"另一位老兵说。

队员们团团围住在阳光下闪烁的沼泽,亮影投射到他们毫无波澜的脸上,他们不再交谈,也不再眨眼,以一种虔诚的状态来直面最凶狠的搏杀,等待未知的对手,这也是搏击场上最常见的状态,他们沉默是为了祈祷胜战之神最好降临在自己身上,因为他们知道与保持足够距离用武器杀人相比,这样的战斗才带着野兽的气息,是每一个特战队员必备的基础技能。

黑色杂乱的泥土裹挟着雄性的味道,张开怀抱准备迎接这群和泥土毫无违和感的战士。锣声一响,他们捉对厮杀,除了不能拿武器,什么动作都可以用。泥浆四溅,拳拳到肉,血沫横飞,虽互有胜负但普遍两败俱伤。有的大门牙从嘴里飞出来,也能听到骨节受损的"咔吧"声,还有窒息后脑袋迅速耷拉下去后队友的惊声呼喊。

刘总教官说:"这种肉搏和谈恋爱一样,一开始是有套路的,也有招式和程序,时间一长疲了倦了,也就不管三七二十一了,哪还有什么形象,搂草打兔子,能搂得下去是本事,搂不下去便结束了。"

不出意外,"蛇形鸟"队员以绝对的优势碾压各路好手,第一组结束,他们取得了第一个胜利,而其他队员面对各方面指标悬殊的"蛇形鸟"对手,无一例外折戟沉沙。输得最惨不忍睹的是"凶狠哥",他遭遇了"蛇形鸟"代表队其中一位"大力士","凶狠哥"硬着头皮迎战,使出了吃奶的力气,对准"大力士"的身体中线核心部位拳打脚踢,甚至施展"轻功",站在"大力士"肩头胡作非为,可惜"大力士"像是在对待一只苍蝇,沉着冷静地观察等待,"凶狠哥"累得上气不接下气。等"凶狠哥"表演得差不多了,他熊抱了"凶狠哥",然后轻松举过头顶,狠狠地摔了出去,"凶狠哥""啪嚓"一声和沼泽边缘接触,直接翻了白眼。四五个军医好一通忙活,才让他苏醒过来,但眼神还是直勾勾的,似是在重新思考人生。

卢大鹏第二个跃入沼泽,迎战"蛇形鸟"黑胖子乔纳森。乔纳森发挥了他理性逻辑的一面,面对卢大鹏凌厉的攻势,避其锋芒,架、格、封、挡、揉,左闪右躲,下潜上跳。

王战暗叹:"这样灵巧,和他笨重的身体严重不符啊。"

张铭说:"谁说老外头脑直接,一个个城府极深。"

缠抱中,乔纳森眼神自信,伏在卢大鹏耳边说:"继续吧,等你消耗得差不多了,反击的时刻也就到了。"

卢大鹏道:"可惜你的如意算盘打错了。"

一轮进攻又是一轮,一轮又比一轮势如破竹。

"蛇形鸟"领队说:"这个尉官有使不完的力气,他好像是铁打的。"

安迪回道:"我第一眼见他,就知道这支队伍的魂魄有一半在他身上。"

卢大鹏的招数别具一格,带着中国功夫烙印,乔纳森面部挨了一记侧踹,逐渐力不从心。卢大鹏找准空当,折腕跪颈,乔纳森拍地认输。

卢大鹏伸出手要拉乔纳森起来,乔纳森大方接受,并微笑道:"我号称全马力战士,而你堪称真正的永动机。"

两人在和平友好的氛围中,相互搀扶着离开沼泽。

而张铭却不是,他步履沉重,立于阵前。

"凶狠哥"说:"此一战事关全局,你的格斗水平仅次于王战,而王战又仅次于卢大鹏,你要是赢了或者平了还则罢了,要是输了,王战连上场的必要性也不大了;即便上,在这个项目上也只剩下精神文明奖了,最多给个优秀组织奖。"

张铭没有回复"凶狠哥"的担忧,他看着一名不比"大力士"苗条多少的"蛇形鸟"队员款款走来,胳膊之粗超乎寻常,导致肱二头肌以下的部分都无法和肋巴扇接触。这个大兵剃了光头,衣服也剥掉了,露出浓密的护心毛,让人极易产生头上的毛移植到了胸前的错觉。

"蛇形鸟"队员没有不许文身的规矩,一个个文龙画虎,争奇斗艳,这哥们儿也不例外,文了一个成语"张牙舞爪"。

"凶狠哥"说:"他好像很懂中国,或者是临来前现学现卖的,这几个字足以印证此人是做了功课的,估计文之前使用了搜索引擎,认为这个成语比较符合他的气质。"

大家看了如此文身,有人当场打破之前酝酿好的情绪和渲染好的氛围,笑出了声,但张铭面色不可捉摸。

"凶狠哥"说:"不管是歪打正着也好还是刻意为之,这家伙的文身第一个字就和张铭密不可分。这成语也带着两面性,要么是嘲讽了张铭,要么是羞辱了自己,这要取决于谁笑到最后。"

张铭穿戴得严实。刘总教官说:"这才符合中国军人的习惯和审美,不论到什么时候都不允许丢盔卸甲。"

壮汉的身躯遮挡住视线,张铭能听到自己和自己对话的声音,以前这种声音能感动自己,现在却不断推翻自己。

他说:"一定要坚持住。"

另一个声音回道:"你这小体格儿,够呛吧。"

卢大鹏拥抱了张铭,把曾对王战说的话换成更通俗的语言说给他听:"不要恋战,最后时刻了,别受不必要的伤,那才是完美的结局。"

"什么是不必要的伤，战士受伤还可以选择的吗？输怎么会完美？"张铭问。

"大局已定，这个项目我们拿不下来也有很好的团队名次，你照样有入学深造的机会，照样有鲜花和掌声。给自己留点儿空间，一口吃个胖子还怎么进步？保护好身体，培养一个精英不容易，我不希望你坐着轮椅上学。"卢大鹏语重心长。

张铭却认为是奚落，他看看王战，转过头来问："你也是跟王战这么说的吗？"

卢大鹏道："意思差不多。"

"差多了！"张铭的反应很激烈，"你觉得我势利、功利、做事之前都有明确的动机，你认为你这么说，会让我一会儿在放水的时候不愧疚，你认为我在生死存亡的时候总会选择明哲保身、从长计议，你还认为我满肚子负能量，满嘴牢骚话，得到了想要的就可以丢下最初的承诺，你一直这么认为，所以我永远是王战的附属，我天生就应该当男二号，对不对？你不用着急否认，我也不用解释，今天要么我站着走出来，要么我俩都躺着出来，或者对手出来，你直接把我扔在这儿，两锹土，就地埋了！"

王战察觉了张铭锋芒外露的状态，因为他眼里喷射着火焰。

王战呵斥道："张铭，注意态度！"

张铭并不理会，大步朝沼泽走去，战靴拍击着泥水，节奏听来像战斗序曲。

跳进沼泽正中，张铭从喉咙里发出阵阵低吼，顶住了对手十几分钟的纠缠。卢大鹏不停地看着秒表说:"格斗场里的十几分钟,是旷日持久、无比漫长的十几分钟。"

壮汉从面不改色到潮红遍脸再到青紫相间,他把张铭像捏橡皮泥一般从左腋下拎到右腋下,肘击前胸膝撞后背,他把张铭的头摁进泥水中,抠住张铭试图撕咬他的嘴,要把张铭裁成碎片。

然而,张铭没有露出屈服的神态,他双眼睑肿成馒头大小,只有一条小缝为他提供视线,嘴里汩汩往外冒血,淤泥覆盖住他的脸,隐藏起死灰般的脸色。当他被死死控制住无法做出任何动作的时候,每隔两秒都要扬一下高傲的头颅,或者弹一弹已经不可能划出太大幅度弧线的双脚。

王战咬破了嘴唇道:"他这是让我们知道他还有意识,还不会放弃,裁判不要终止比赛,队友不要来救助他。"

卢大鹏的眼泪在奔涌:"我真不该多说话。"

王战心疼不已道:"那你还说,你知道爱驳别人面子的人最要面子。"

卢大鹏喊道:"张铭,停下来,该结束了。"

继而,所有队友都在喊:"张铭,时间到了,平了!平了!"

王战说:"没用的,他不会停,这不是一场输赢可以衡量的比赛,这甚至不是一场比赛,对手不放弃或者没有人倒下他就不会停,这就是战争的缩影或者杀戮的本来面目,这一刻集中体现在他们两人身上了。"

烈日高悬，光照着每个战士已石化了的脸，光照着壮汉已苍白了的嘴唇，俯瞰无声停滞的画面，山野之间这方渺小的沼泽被无限放大，放大到每一粒泥水都波光粼粼，唯有张铭是黯淡的，没有色彩和生机。连威尔斯都在胸前为他画起了十字，连裁判长都悄然来到场裁附近瞪大了双眼，连树上的麻雀都暂止觅食，不再游走。

壮汉骂了一句脏话，有些破音，算作是最后一次"冲锋"的号角，他插空又接连猛击了几下呈仰卧防守姿势的张铭的头部，扯紧张铭的右手腕，往张铭的头部上方移动，张铭顺势翻了一个跟头，壮汉接着逆时针旋转，张铭采用同样的方式化解，第三次时，壮汉佯装如此却反方向运动，张铭上当。

壮汉不想再耗下去，一只脚压住张铭的颈部，另一只脚猛蹬张铭的肋部，每蹬一下，张铭的胸腔内都不由自主地发出"咚咚"的声音。张铭竭力睁着红肿的双眼，躯体受制，眼神也在抗争。壮汉不遗余力试图彻底摧毁他，紧握张铭手腕，反关节内扣，"咔嚓"一声，张铭手关节错位，他一声号叫，嘴里的血沫子飞沫状弥漫开来，即便如此，他还是用仅存的一只手吃力地击打着壮汉的腿弯，壮汉也露出痛苦的表情。

僵持，明明手到擒来却久攻不下，壮汉情绪崩溃，体力殆尽，张铭瘫软无力，动作无形状可言，两人皆不能发动有效攻击，直到锣声最终敲响。

沼泽中，除了两只"泥猴"胸膛还在起伏，再无任何风吹草动。场裁、卫勤保障组、双方队友一窝蜂向沼泽中心奔去。

卢大鹏把张铭从泥里扒出来，像挖一颗菜窖里的土豆，把腿垫在他的头下，缓解一下他不畅的呼吸。张铭气若游丝，脸部七荤八素，却仍然硬挤出笑容，惨不忍睹的笑让卢大鹏差点儿哭出声音。

"你别难过……我不是跟你过不去……我是跟自己过不去……哪一个满腹牢骚的人不是为了让自己变得更好……让生活更眷顾自己。"张铭还在安慰卢大鹏。

"傻兄弟，别说了……我曾以为带兵能带出我心中理想的样子就可以了，结果却发现，每一个优秀的战士各自有各自实现目标的方式，每每超出我的期许。我的理念只是框架，而你们却填充了足够的精气神，我不能一味地让你们沿着我预设的轨道前行。在你们身上，我以为的意外，竟然全是惊喜。"卢大鹏背起脑袋已经快立不住的张铭往救护车跑。

他们经过准备上场的王战身边，张铭用尽最后一丝力气对他说："巅峰……出击，勇士……必胜！"

王战送走张铭，又接连亲眼目睹了几场队友的惨败，心情一落千丈。正当他心急如焚的时候，威尔斯高举着"安迪"和"王战"的姓名牌道："连上帝都想看到这样的对决，这真是一场势均力敌的较量。"

张铭的"巅峰出击，勇士必胜"的声音重又在王战耳边响起，他想到了张铭肿胀的双眼，绷紧了全身的肌肉。

刘总教官道："怕啥来啥，这安迪从头至尾只等着这一刻大放异彩,他可曾是常年雄踞UFC综合格斗中量级世界排名前三的选手,说反恐只是他的副业、近身格斗才是他的主业一点儿不为过。"

安迪一刹那又进入他一贯的作战状态,收起无所谓,露出王者的高傲,从这一刻起,他的眼神如同准星始终紧盯王战的死穴。他居高临下地看着王战,"一副终于落到我手里"的表情。

"上次条件受限,我还没有发挥就被你的人搅了局,这次你可没那么好运,求上帝也没用。"安迪从牙缝里挤出话来。

"遇到你之前我不知道嘴还可以拿来当武器,现在领教了,你的杀手锏不是近身肉搏,是大言不惭。"王战说。

"你是要激怒我吗?格斗和射击不一样,你激怒我只会死得更难看,老兄,你的好战友已经被打上了救护车,你可能连上救护车的机会也没有,因为我才是真正的魔鬼,是你的梦魇。"安迪做了一个"抹脖"的动作。

"上了救护车能代表什么,他没有输,重新站起来他又是一个更强的反恐战士。"王战拉开了格斗式。

"只有进气没有出气的活死人还有用吗?躺在床上为胜利喝彩吗?"安迪嘲笑道。

王战看看远处,救护车已经驶出视线,他脸上的阴云加重了一层,在担忧和羞辱中打开了格斗式。安迪步伐、抱架堪称完美,一举一动透着大师风范,缓缓逼近王战。

卢大鹏紧张地做着场外指导:"他身高腿长,不要给他距离,拉近拉近！"

王战心领神会，下潜抱摔，但安迪反应神速，放低重心，双脚后撤，把全身的重量压在王战背上，王战艰难挣脱束缚试图抱腰，安迪施展粘手技法很快逃脱，王战再次腿绊，场地泥泞动作受阻，一个回合下来王战没有捞到半点儿便宜。

安迪控制距离用强有力的拳腿组合猛击王战躯干，王战竭力抵挡，难免受挫，每一下都如闷棍袭来，王战的平衡遭到破坏。安迪拳脚很有节奏，力度尤甚，让王战吃尽苦头。

"蜥蜴"代表队领队道："不是一个档次，放弃吧，还能留下一块遮羞布。"

"凶狠哥"瞪了他一眼道："是应该学学你们打酱油的态度。"

"蜥蜴"代表队领队悻悻离开。

卢大鹏进入歇斯底里的状态，声音嘶哑："低扫，中断低扫，游走，往左游走……"

王战显然没有听到卢大鹏在说什么，因为安迪的拳密不透风，让他应接不暇。王战下巴受到重击，短暂晕厥在地，安迪抓住时机扑了上去，王战下意识不让安迪找到舒服的把位，在两人翻滚的间隙，王战看到卢大鹏幅度很大的肢体语言越来越模糊。安迪把王战稳稳压在身下，破坏王战的双臂防守后，肘击王战脖颈，这是致命的。

刘总教官无奈地来到卢大鹏身边，拍了拍卢大鹏的肩膀道：

"不要再费力,对于一个新人来说,他已经创造了奇迹。"

说话间,王战找到空当摆脱控制,从地上爬了起来,两人拼拳,互有击中,但安迪的力道略胜一筹,王战眼角、嘴角、鼻腔血流不止,鲜血冒着热气,散发着腥味,刺激着大家的感官神经。王战吐了一口血水,继续发起新一轮的进攻,场上激战正酣,优劣势还并不悬殊。

刘总教官对卢大鹏道:"你应该早看出来了,王战的技术虽然还算过硬,但和安迪相比,粗糙了不少。我们要正视缺点,中国功夫世界闻名,但这些年来我们常常孤芳自赏,没有跟上致力于现代综合搏击体系强国的步伐,在徒手杀人技的研究创新上他们一骑绝尘,我们已经有了一定的差距。"

卢大鹏盯着王战目不斜视地说:"不是说这个的时候,我没有时间和您分析这个。"

刘总教官从身后抽出一条白毛巾,递到卢大鹏眼前。

卢大鹏惊诧地看看毛巾,再看看刘总教官说:"你是让我替他投降?"

刘总教官说:"格斗场上扔白毛巾是惯例,基于保护队员的考虑,只是放弃,不是投降。"

"有区别吗?这不是格斗场,这是战斗,我要替他做了这个主,他一辈子都不会原谅我。他还有空间,他平时比张铭能忍得多,张铭都坚持下来了,他更没问题。"卢大鹏十分不甘,声音不知是没底气还是因为刚才的嘶吼而发颤。

刘总教官说:"我理解你的心情,可张铭已受了重伤,我们有可能失去一个顶尖的特战队员,你还想再失去一个吗?安迪和张铭那个蛮力十足的对手不一样,他的打法会要命的。"

卢大鹏说:"好不容易扳回来的人设再次崩塌,让我坏人当到底?"

刘总教官说:"你不扔我来扔,我宁可当这个坏人。"

卢大鹏看看节节败退的王战,再看看刘总教官,伸出右手接过了那条白毛巾,道:"我本来就重色轻友、手段低劣,我宁愿他们骂我混蛋,反正以后我不会再听见。而你还要陪伴他们迎接明年的'锋刃',他们还要走好接下来更坎坷的特战之路,这次失败,是以后每一场巅峰之战的基石。我扔,我干!"

卢大鹏作出抛掷的动作准备。

第二十七章
我以为黎明曙光能辉耀大地，
却发现烛照心灵的是战士情怀

沉默与灰色的肃杀，痛苦粉碎在胸膛的人群。

泥沼中，王战和安迪的眼球皆布满血丝，五官变形导致嘴巴合不拢，有带血的口水从嘴角流下来，他们嘶吼着对攻、纠缠、游走、仇视。

寻找战机之时，安迪道："你还真是个犟种，非要我送你和你战友去医院团聚。"

一瞬间，王战确实停顿了一下，但很快恢复专注。

救护车里，张铭眯着愈发肿胀的眼伸出黑黢黢的手，要军医把耳朵凑过来。

张铭说："你们要拉我去哪儿？"

军医说："当然是医院，你伤得很重。"

张铭声音微弱："仗没有打完，我现在走算临阵脱逃，我是特战队员，我不是逃兵。"

军医缓缓地摇着头。

张铭继续说："我最好的兄弟还在拼命，我却坐上了救护车，会影响他的发挥。我什么都不做，站在那里就可以，我是壮行酒，我是催征角鼓。"

军医说："精神可嘉，战地救援我参加过好多次，没有哪一场仗所有战士都能够全须全尾地回来，只要是打仗就有伤亡，他也一定会理解。"

张铭说："如果你是敌人，我现在这副模样也可以劫持你，但我们是一个战壕里的战友，我求求你，求求你把我送回现场。"

军医说："劫持我？我持保留意见。你以为我拿手术刀的就不会拿枪了吗？我也是战士出身。再说了，你浑身上下没有一块完整地方了，你回去只会添乱。"

张铭已睁不开的眼睛里有泪渗出来，他说："几年了，我和王战没有分开过，吵过、骂过、动手过，我心胸狭猾，小算盘经常打个噼啪响，只爱占便宜，一点儿亏也不能吃，我对不平之事看起来油盐不进，左耳朵听右耳朵冒，其实我最敏感、最脆弱，没有人喜欢和我这样的人交朋友。只有王战愿意接纳我，他感激我为他做的每一点儿不值一提的事，我却埋怨他犯的每一个微不足道的错误，即便这样我们好像枪也打不开，炮也轰不散，我不知道这是什么样的情谊，只知道我也该为他做点儿什么了。我不在，安迪那狗日的一定会调戏他，他笨嘴笨舌说不过人家的，我在的话，用眼睛瞪他也是一种进攻。军旅生涯说长也长，说短可能就这几年，尤其是战士的高光时刻能有几次？他胜，我给他竖大拇指，他输，我和他一起上救护车。"

军医沉吟道："我担心你再不进手术室，会因为多处挫伤、骨折，供血不足，脑部缺氧，导致脏器衰竭。"

"特战队员最了解自己的身体，特战队员倒下去也不是一摊烂泥，是铁是钢是……是……"张铭用剧烈咳嗽证明特战队员现在只是一个孱弱的病号。

"你说得很感人，可是你的情况更感人，我负不起这个责任，"军医说。

"确实应该有这个担心，那你把我放下来，我爬也要爬回去，下了救护车，我就不再归你管。"张铭说。

张铭一句话让军医呆住了，和张铭对视许久，他从担架旁站起来道："我说服不了你，如果我不让你去，你康复了也不会开心，医者仁心不光是治病救人，更重要的是设身处地，我只能争分夺秒。"

张铭抬起满是绷带的手，向军医致敬。

旷野小路上，驾驶员猛踩油门，救护车甩尾漂移，朝着来时的方向飞奔。

车厢里军医在为张铭吸氧，做简易的包扎固定，医用三角巾又包了一层又一层。

巅峰特战队的特种作战车行驶在高速公路上，车里坐着陈东升、刘楠，还有郎宇和齐伟，他们面色各异，郎宇和齐伟兴奋地喋喋不休，陈东升一言不发，刘楠心事重重。

"沾了王战和张铭的光，京郊一日游，我怎么有种到天安门广场参加阅兵仪式的感觉。"齐伟一脸兴奋。

"瞧你那没见过世面的样子，这地方我来得都不爱来了。不过你这个感觉很对，前方线报，王战和张铭昨天已经奠定了个人全能前三的基础，我们这时候庆功也不突兀。"郎宇说。

"马上要见到王战了，你怎么一点儿也不激动？"郎宇疑惑地问刘楠。

刘楠从思绪中醒过神来道："大队长，您怎么不管管他，话也太密了。"

陈东升头也不回拿腔捏调地说："这会儿还真不能管，郎宇说得对，激动人心的时刻就要到了，群众气氛活跃一些可以理解的嘛。"

"一丘之貉！"刘楠说。

"也是怪了，高兴的事儿，你脸怎么拉这么长？"郎宇问。

"还用问吗？人家刘楠好歹属于女士，心还是很细的，她知道这场比武的残酷，她有多关心就有多担心，她有多炙热的情感就有多真心的祝愿。"陈东升接过话茬儿。

齐伟不由得连连点头，郎宇恍然大悟。

刘楠红着脸甩了甩齐耳短发说："几个意思？什么叫好歹属于

女士?"

"就是女士,就是女士!"陈东升说。

郎宇和齐伟忍不住偷笑。

泥沼格斗场,比赛还在继续,画风已不是之前的胶着,王战已被全面压制,处于下风,安迪再次击倒了他,并叫嚣着:"你擅长拳法是吗?那我就用拳法KO你,你起来啊,来啊!"

王战挣扎着爬起来,深一脚浅一脚摇摇晃晃接近安迪。安迪又是一记强力输出,王战再次跌回原处。

安迪说:"起来,不敢起来了吧,知道没人救你了吧,你的狐朋狗友呢,你龌龊的指挥官呢?你引以为豪的巅峰特战队呢?你是垃圾,他们也是!中国军人都是!当年鸦片能敲开你们的大门,现在也可以,技术上你们没有一点儿进步,面子工程却越来越神乎其神,那我就去他妈的面子。"安迪的大拇指在王战的脑门上一点一点。王战的脑袋随着安迪戳他的节奏一仰一合,他一只手肘撑着地,看起来毫不牢固。

上百名比武队员鸦雀无声,有的张大了嘴巴,有的尴尬地挠着头皮,王战的队友不敢看下去。

威尔斯摇着头说:"不,下次制定规则时要把禁止使用侮辱性语言写入条例。"

"蜥蜴"代表队领队说:"请允许胜利者稍微张狂一些,特种兵有个性。"

卢大鹏把一点儿也不凶狠的"凶狠哥"从背后拽出来，低沉地说："躲什么躲，站直了，看好了，记住这一刻，这是最扎心的开训动员。"

安迪摁着王战的头，"哐哐"又是两拳，王战平躺下去，和淤泥融为一体。

"起来，起来啊。"卢大鹏看着表，秒表显示距离最终时间还有两分钟。

安迪如释重负地笑了，他围着王战转圈，环视着四周说："中国武警不堪一击，这是你们的种子选手吗？谁给你们的自信和'蛇形鸟'叫板？"

裁判长问场裁："可以结束了吧？"

场裁说："可是他还没有提出放弃，不能以读秒论成败就是如此煎熬。"

安迪身体也有些不稳，他摇摆着朝王战逼近，嘴里嘟囔着："我让你不投降，我让你不投降……"

当安迪再次蓄势待发时，突然，人群一阵骚动，救护车急刹于圈外，张铭在军医的搀扶下，包裹得如同木乃伊一般僵硬地朝内围走来，他运足气力喊道："王战！"

王战从淤泥里抬起头，发现是这样的张铭，从胸腔里挤出呻吟，艰难地爬起来又倒下，倒下又爬起，现场一片唏嘘。卢大鹏激动地抓紧了"凶狠哥"的胳膊。安迪又冲了过来，王战侧身躲过，安迪杀了个回马枪，王战再次闪避。

卢大鹏喊道:"王战,还剩一分钟,你能撑住,我有个惊喜告诉你!刘楠她……"

卢大鹏还没有说完便怔住了,又有人从人群中挤进来,这次来人比张铭还要夺人眼球,队员们不由自主地为他们让开一条很宽的通道。

刘楠一身戎装英姿飒爽地站在泥沼边,她的目光早就搜寻到了王战不堪的模样,她见过王战最落魄的样子,但这次不可同日而语,那被污泥浸染的脸看不见表情,但她似乎看到王战所有的痛苦,瞬间热泪满盈。

刘楠响亮的声音响彻全场:"巅峰出击,勇士必胜!"

不到一分钟,王战接连惊喜两次,热血沸腾,因为数次晕厥而木然的眼神已经有一丝光闪过。安迪忍不了王战在这个节骨眼上还在收获这讨厌的情感支援,恼羞成怒,先发制人,再度把王战扑倒,想要用一记损招儿最后给王战一点儿颜色,张开铁钳大手抠向了王战的眼睛。也许是张铭和刘楠的出现真正奏效,王战一把攥住了他的一根手指,牵一指而动全身,安迪瞪着惊恐的眼睛,跟着王战的节奏翻滚,当安迪趴卧的时候,王战骑乘占据上位,依然控制着安迪的一根手指,另一只手掐住了安迪的脖子。

安迪脸涨得通红,但又不能分离挣脱,稍微一动,手指就有被折断的可能。当他下定决心丢车保帅牺牲一根手指的时候,却发现一点力气也没有了,大脑缺氧,像一氧化碳中毒一样,什么都知道,却什么也做不了。

十、九、八、七、六……特战队员都在为王战倒计时，他们一边注视着场边的电子时钟，一边看着泥潭里皆是苟延残喘的两个人。还有不到五秒，"蛇形鸟"领队无奈地扔出了白毛巾，毛巾落在王战的脸上，王战直挺挺地倒了下去，重重地摔在沼泽中。没有欢呼雀跃的场面，卫勤保障组再次飞奔入场，身后跟着身穿各式军装的参赛队员。这一刻没有国籍、身份的限制，他们都在救人，他们藐视对手，又把对手毕恭毕敬地抬起来。

刘楠当然也在其列，和陈东升、齐伟、郎宇一样，身上脸上溅满了泥巴。

威尔斯说："战场还是不能让女人走开的。"

王战、张铭、安迪无一例外都被抬上了救护车。

"凶狠哥"说："安迪做到了，他让王战和张铭都上了救护车，不过连自己也没放过。"

"蜥蜴"领队看着不是一个队伍的人在互相帮忙，看着绝尘而去的救护车半晌没有说出话，不久，找了个犄角旮旯一屁股坐下来，说："好像也不全是技术上的缺陷……"

医院病床上，三人间正好让三位冤家"团聚"，他们的床头都堆满了鲜花和水果。安迪疼醒过来，左右看了看，王战和张铭一边一个，正侧着身子虎视眈眈地盯着他，肿胀变形的脸看上去有些吓人，身子不由得一缩，道："你们想干什么，比武已经结束了，我不想再节外生枝。"

俩哥们儿不为所动,保持着原来的姿势。

安迪竭力镇静,举起那只被王战掰过手指的手说:"王战,我承认,你略胜一筹,我要下杀招,你却还保留了我的手指,你境界更高。"

他又转头对张铭说:"你也教会我一个道理,反恐作战是团队的事情,不是某一个人就能担当此任的。"

两人还是不言语,安迪有些急了:"我已真诚地认同你们,比道歉还高级,你们到底想干什么?不要在赛场上树立了威名,在病房里丢掉。"

王战把目光从安迪的脸上移开,看向他床头的输液瓶道:"没想干什么,只是要问一问,输液瓶子里如果没有了药水,一直在输空气,病人会不会感觉到疼?"

安迪发现瓶子里果然空空如也,再看手腕已经鼓起一个大包,大惊失色道:"医生医生,护士护士!你们这帮家伙……"

张铭哈哈大笑,笑的幅度太大,扯到了脸上的伤口,疼得嘶哈有声。

病房里的气氛轻松起来,安迪也忍不住被张铭的笑感染,不再生气,向两人伸出了手道:"武警兄弟,你们很棒!"

手握在一起的时候,刘总教官带着卢大鹏、陈东升、刘楠、齐伟和郎宇推门而入。

安迪是客,大家先围住他嘘寒问暖,而刘楠管不了那么多,冲过来给了王战一个大大的拥抱,王战呆若木鸡,虽被触及伤处,但喜悦传遍全身。

刘楠说:"好样的,你已经是巅峰特战队的骄傲。"

王战回过神来问:"你只是因为这个才拥抱我吗?"

刘楠意识到什么,羞红了脸,撒开王战道:"不然还因为什么,除去这个你是路人甲。"

王战失落地说:"我还以为有点儿别的含义。"

刘楠说:"美得你。"

张铭隔着人群向刘楠张开怀抱说:"我感觉我像个障碍,你在越障射击。我也要抱抱。"

刘楠还没来得及回应他,卢大鹏走了过来,很自然地拉住了刘楠的手说:"师妹,你瘦了。"

王战脸上泛着酸道:"这亲热劲儿,欺负我没有师妹。"

刘楠问:"你嘟囔什么呢?"

王战支吾道:"我是问小队长,我快要坚持不住的时候,他说要给我一个惊喜,到底是什么惊喜。"

卢大鹏从怀里掏出一本结婚证拍在王战床上道:"这个。"

王战颤抖着手伸向结婚证,绝望地说:"你们……你们太快了吧,我还是个伤员,你们这是往伤口上撒盐,知道吗?"

张铭也颤巍巍地来凑热闹,向卢大鹏伸出大拇指说:"厉害,人生赢家,一箭三雕,比武赢了,名利有了,也没耽误娶媳妇,全程隐蔽,悄无声息。你天生是当特战队员的料儿,只是心太黑了,要瞒,瞒到我们走不香吗?这时候故意刺激王战来了,太不地道了,枉我还对你那些大道理信以为真……"张铭的吐沫星子喷了卢大鹏一脸,卢大鹏却不急不恼。

张铭转头对王战说:"我这么说,他都不生气,他这是亏心到什么程度了。你不起来揍他,我都看不下去。"

但见王战盯着打开的结婚证,从伤心欲绝到疑惑不解,他问刘楠:"这是你吗?你啥时候改名叫刘宜了?这长得也不像你啊?"

卢大鹏把结婚证揣回怀里说:"这是刘楠吗?这是我老婆,我老婆叫刘宜,行不改名坐不改姓。"

王战面色阴转晴,喜上眉梢,张铭臊得满屋子找藏身之所,但被陈东升挡住了去路,张铭弱弱地抠着手指,再也不言语。

陈东升站出来说:"卢大鹏是刘楠的师兄,我和卢大鹏也有很深的交情。当初你们请我给他说情,不是我帮不了,是之前那些损招儿都是我替他出的,我确实没有理由帮你们,我唯恐他对你们不狠。要怪都怪我吧,反正我在你们心中的人设早就不怎么样,何惧更坏。"

王战恍然大悟:"怪不得我看小队长有你的气质,天下乌鸦一般黑。"

卢大鹏说:"我结婚好几年了,喜欢刘楠都是过去式了,现在我只爱刘宜,你放一百个心,我从来没有跟你抢过她,从一开始都是你们脑补的剧情,把我当成假想敌。也好,爱情可以激励你们,可以让你们有更高的追求,更大的期待。你们继续寻找你们的爱情,我要回去修补我的爱情了,再见,各位!"

陈东升说:"还有欢送宴会呢?"

卢大鹏回道:"我有更重要的宴会要参加。"说完,转身出门,陈东升也没能叫住他。

"他怎么能走?最不应该走的就是他,他一定是生气了,留住他啊。"王战说着要下床,可有些"半身不遂",从床上摔了下来,等大家把他搀起来的时候,卢大鹏已经走远。王战挣扎着去找卢大鹏,身后浩浩荡荡跟了一群人。

卢大鹏走出基地医院,此时残阳如血,营区内车来车往,人来人散,他在其间毫不起眼。基地主楼打出了鲜红的条幅,祝贺武警代表队"锋刃"特种兵比武夺冠,连接电视的大屏幕里也播放着他们比武的精彩画面,卢大鹏站好军姿,一动不动地看着那些镜头,肆无忌惮地笑了,笑得满脸皱纹,笑得流出了眼泪,继而他号啕大哭,一边朝基地大门走一边任由眼泪飙飞。

大门口围满了人,穿得花枝招展、五颜六色的媒体团、粉丝团、亲友团成员,将比武队员们团团围住,合影、拥抱,还有热吻。只有卢大鹏孤身一人,略显萧瑟。他一言不发,连哨兵都以为他是来接哨的,看清军衔以后才停止打量。

卢大鹏走到墙角,拎起早已放在那里的背囊,一回头却看到三个人正向他走来。

"卢大鹏!"一位大校对卢大鹏说,大校的身后还站着两位中校。

"主任？这大老远的，您怎么来了，我正准备回去找您汇报工作。"卢大鹏说。

"我知道你要汇报什么，不必了，批不了。"大校说。

卢大鹏说："我都递了这么久的转业报告了，轮也该轮到我了吧？我的情况你是知道的，我把每天都当成在部队的最后一天来干，该尽的责任我尽到了，该挣的荣誉我挣到了，我无憾，你们也无憾。难道非让我像一些人一样，撂挑子，再惹点儿小麻烦才让走吗？我爱人她常年……"

"你是为部队而生的，离开部队是我们的损失。"大校说。

"军装是军人的皮肤，脱下来会疼，可再疼也得脱，我还有亲人，也需要家庭生活，我不应该只是一个可有可无的影子，让他们有心依赖，却发现我一直缺席，从未到场。忠诚也是有多重含义的，戍边反恐我肝脑涂地，是不是也应该回去让我的爱人知道人间值得？"卢大鹏控制着情绪，他满脑子都是刘宜白衣飘飘的样子，还有她苍白的脸。

刘宜走下飞机舷梯，坐上绿皮火车。车子驶过沙漠腹地，起风了，沙子从火车连接处的缝隙中呼呼钻入，弥漫开来。

刘宜蜷缩在硬卧的下铺，拽了拽头巾，把自己裹得更严实些，在小桌板上拿起一个干巴巴的馕。那馕比脸盆直径还要大，上面积了沙子。她在小桌板上磕了磕，沙子落在地上，使劲咬了一口。"咯嘣"一声，她好像咬到了沙子，拧开制式水壶的盖子，用水送下那难以下咽的一大口馕。她看着窗外奔腾的黄沙，再看看空空如也的车厢隔间，神色寂寥落寞。

不远处，有列车员扫着满地的尘沙，不一会儿就扫满了簸箕。

列车员和刘宜差不多的年纪，看了刘宜一会儿道："你是去探亲的吧？"

刘宜说："你怎么知道？"

"你要到的地方没有景点，远离现代文明，出差出不到那里，旅游旅不到那里，不是探亲就是返乡，一看你就不是那里的人，不是去探亲还能去干啥，别问我怎么知道的。"列车员扫着地，头也不抬地说。

"厉害，不愧是走南闯北的人。"刘宜叹服。

"明白啥呀，我老公也在部队，咱们都是军嫂。我以前可是车站办公室的，为了能离他近一些，我申请跟车。"列车员说。

"那你可真幸福，想见就能见到。"刘宜羡慕地说。

"一开始我也是这么想的，后来才知道他们的哨位三个月一轮换，在漫长的边境线上星星点点地分布，哨位与哨位之间相隔遥远，我更换路线也跟不上他的速度，虽然我仍然在跟车，却一次也没在车站见过他，说出来你会信？"列车员一声叹息。

"我信。"刘宜毫不质疑地说。

列车员停止扫地，抬头看了刘宜一会儿，眼泪在打转，说："你肯定会信。"她张开手臂和刘宜拥抱，两人脸上都有眼泪划过。

有乘客来问还有多久到艾力西湖，列车员扭头换了一副轻松的表情道："还要一天一夜。"

卢大鹏是后来听刘宜讲的。那天，刘宜顶风冒雪爬了九百九十九级台阶来和他团聚，卢大鹏带她参观南山训练基地，旷野中、风声里，训练基地的设施单薄而沉静，一切好像都在安睡，他们把冻得发紫的嘴唇贴在一起，完成了海拔较高的一次吻别。

后来刘宜在返家的途中晕倒，被送到医院，检查出是肺部感染引发的心肺衰竭。

医生在读片机下用放大镜看着刘宜的彩超片不停地摇头说："她这么关键的时候，为什么还允许她去一个环境那么恶劣的地方，孩子保不住不说，身体情况也在继续恶化，能不能救回来要看她的造化了。"

卢大鹏带着哭腔央求着，跟在面无表情的医生身后，无助而萧瑟。

刘宜头上的日历飞速翻页，不一会儿就从2018年翻到了2020年。身边的护工换了一个又一个，公婆和父母也在轮换，可她还没有下床。卢大鹏坐在刘宜病床边的陪护椅上，双手捂住脸，窗外的日月在轮回，昼夜在交替，星光和阳光先后划进他的指缝。刘宜还在熟睡，卢大鹏踉跄地走到窗前，摊开一张纸，写下了"转业报告"四个大字。

卢大鹏和大校交谈中，王战等人也来到卢大鹏身边，他们静静地站在卢大鹏身后,听到了他的话。

张铭疑惑地问:"他说什么?他要转业?他这样的代表人物都要转业,谁还好意思留下来?"

陈东升早知内情,欲言又止道:"我这次来,一是接你们,一是再看一眼我曾出生入死的兄弟,这可能是他现役之时的最后一面。他何尝不想留在部队,他为战而生,但他要回去照顾生活不能自理的妻子了,取舍之间尽显悲怆。"

张铭问:"没有别的办法帮帮他了吗?眼睁睁地看着花费大量精力、财力、物力培养出的全能型人才流失?"

陈东升说:"每一个军人连走留都左右不了,怎么去左右别人的命运?走,不一定不好;留,对于他也是新的蹉跎。"

王战望着卢大鹏的后背说:"我终于知道他篝火晚会上为什么那么发自肺腑地唱那首跑调的歌了。"

张铭扇了自己一嘴巴子说:"原来是唱给他爱人的,人家歌跑调,爱没有跑过调;五音不在线,行为全靠谱。"

王战说:"即便他心里压着天大的担子,竟然也没在我们面前留下半点儿蛛丝马迹,没给我们增添过任何除比武以外的压力,他是真正的特战队员。"

卢大鹏从大校摇摆的眼神中察觉到身后的异样,回头发现大家表情凝重地盯着自己。他竭力镇定,重新绽放笑容。

"你们都听到了吧,对,我要当逃兵了。在你们这荣耀的时刻,我却要走了。"卢大鹏说。

"陈大队长，你的兵还给你，带走我的祝福。"卢大鹏向陈东升郑重地敬礼。

所有人员集体向卢大鹏敬礼，包括不明所以的从"蛇形鸟"队员簇拥中脱离过来"偷听"的安迪。

陈东升问："没有两全其美的办法了吗？"

卢大鹏回道："这世上从没有什么两全其美，只有两头受累，我还是顾一头吧。"

张铭插话说："你看领导那架势，你想走就能走？"

王战拉了拉张铭的袖子，张铭不收敛，还是盯着大校看。

卢大鹏说："不要这么说，谁都不要怨，我一个农家孩子成长到今天，我知足。走不了没关系，我去意已决，迟早会走的，今天就是我人生的分水岭。"

张铭的眼神把大校"吸引"了过来，大校不怒自威，扫了一眼众人道："都是部队的骄傲，是军人该有的样子，优秀。"

陈东升向大校敬礼并自报家门，不卑不亢。

张铭小声嘀咕："优秀有什么用，牛拉犁也要吃草，卢大鹏不是个例，不能又吃草又挤奶。"

王战把张铭拽到了身后说："首长，我知道我位卑言轻，也说不出什么惊天动地的道理，但我还是要说，因为我相信一定还有更好的办法，法规制度的完善任重道远，但人心近在眼前，解决官兵困局可以从现在做起，都还不晚……"

陈东升制止了王战："你懂什么？领导有领导的视野，他今天亲自来看卢大鹏，已经表明了他的立场。"

王战说："成熟是无动于衷、隔岸观火、坐以待毙吗？"

陈东升说："成熟肯定不是不顾大局、不服从安排、轻易表达观点，你不了解边疆军人的处境，不要横插一杠子。"

王战无言以对，这时候刘楠站出来说："大队长说得对，句句在理，可是我支持王战。"

张铭说："我不知道成熟的定义是什么，谁解决了问题谁再来告诉我成熟是什么。"

"我原谅你们的无知，但我不能原谅你们两天不见，能耐不见长，反呛我的本领越来越强。"陈东升道。

大家你一言我一语正争论时，大校打破了局面："感谢各位同志的关心，看得出来你们和卢大鹏的感情很深。我再不表态，可能很难从这里大大方方地离开了。"

他环顾四周，接着说："群众的眼睛是雪亮的，我们作为管理者也不是睁眼瞎，基层指战员的所思所想我们都惦记着呢。我们也是从你们这个阶段过来的，谁有难处，有什么难处，我们怎么不清楚呢？有些实际困难还得不到圆满解决，对于负责任有担当的管理者来说，不是不想解决，是还在纠结程序，寻找渠道，谁不想看到皆大欢喜的局面呢？天天嘴上喊着保留人才，行动上不见真章，任谁也留不住精英，部队建设怎么可能进步？我们一直在落实好政策，可能时间稍微长了些，但我们从来没忘过。"

大校带着中校，敲开一扇扇门，从文件袋里拿出请示材料，在领导办公室外等待徘徊，他的面前是一张张不同的面孔，他却说着相同的话。

一枚枚大红印章盖在落款上的时候，大校做出了与年龄不符的庆祝动作来抒发喜悦。

他拍了拍卢大鹏的肩膀说："关于你的问题，之所以一直没有得到解决，是因为过去太拘泥于形式，你常年借调，没有你的亲笔签字谁也不愿意担这个责任。直到部队改革落编后，新一任班子调整组建，年轻干部担任要职，思维观念紧跟时代潮流、大刀阔斧、不断革新，你不在不是你的错，你不在有你不在的办事方法，事关官兵福利待遇的事没有小事，先办再说。有了政策撑腰，大家办事理直气壮。你封闭式集训的这些天，我们马不停蹄，随军事宜办了、公寓房分了、家属的大病补助拨下来了、对口的医院也找好了，今天你爱人要从老家坐飞机来首都，四家三甲医院的十三名专家学者联合会诊，一定要治好她的病，让你没有后顾之忧就是让全部队所有尽心奉献的官兵都没有后顾之忧，为军服务好、保障好，是最好的国防动员教育。以前没有做到的，我们改进，以前没有做好的，我们检讨，你们在进步，我们不能拖后腿。"

卢大鹏不敢置信地道："主任，真是这样的话您怎么不早说？"

大校说："空头支票不能签，都办妥了才好意思端着这张老脸来见你啊。"

卢大鹏不淡定地道:"我老婆在哪儿?飞机?她能坐飞机吗?"

厦门航空值班室,调度人员接到上级电话:"XH3886号飞机,乘客刘宜即将登机,重病患者需要躺卧,请给予特殊保障,和乘客做好沟通协商,争取几个空位,保证刘宜顺利乘机。"

候机厅内,乘客们的手机接收到短信,同时大厅广播里也传出感情充沛的女声:"尊敬的乘客,您好!航空公司总部向您征求意见。现有一名心肺功能不全病人需要乘机,出于病情原因可能会占用你的位置,如有方便可否改签。病人是军嫂,家属是中国人民武装警察部队某特战队特战队员,戍边反恐,保家卫国,现在正参加举世瞩目的'锋刃'国际特种兵比武,前方捷报频传,后方也需有力支援。一直都是他们同时间赛跑,与困难较量,甘于奉献、勇于逆行,今天到我们发扬风格的时候了,您如果时间相对宽松,可否到前方服务台告知,我们为您办理改签手续,厦门航空在此向您表示崇高的敬意和衷心的感谢。如有不便,请您正常候机,我们同样感谢您,还请您在飞行中给予病中的军嫂足够的善意和温暖。古路无行客,寒山见诸君,人民群众的温度对于忠诚卫士来说,是最好的鼓舞,一个尊重英雄的民族是伟大的民族……"

广播还未放完,大厅里的乘客已在纷纷起身,争先恐后向服务台而去。

身着制服的漂亮地勤人员应接不暇,含着眼泪说:"名额够了,名额够了,你们应该获评最美乘客,我代表航空公司向你们致敬。"

刘宜被医护人员抬上飞机,放在空出来的座位上,用绷带、安全带绑牢,打上了点滴。

机舱内温暖如春。

大校说:"我们协调了厦航,破例让她上了飞机,全程绿色通道。"

他看了看手表说:"这个时间飞机应该要落地了,我来就是接你去见她。"

突然,卢大鹏的电话响了,是刘宜发来的视频。

视频里刘宜躺在被医护人员推着的病床上,面庞虽然苍白,但眼神透着神采。

刘宜说:"来之前想告诉你,可是听说你正在比武场,我不想耽搁你的事业。"

卢大鹏的眼泪夺眶而出,砸在屏幕上,嘴唇颤抖地说:"不……不……不,干好事业是为了让你过得更好。"

挂了电话,卢大鹏紧紧抱住大校,谢个不停:"世上无难事,庸人自扰之,能力有限,所以焦虑,感谢组织,感恩首长。"

大校说:"谁都不用谢,这是忠诚卫士该有的待遇。毛主席说,人民的胜利果实并不是某一个人恩赐的,而是他们通过斗争得来的,人民创造着一切,也创造着美好的生活。换到你身上,也是一样的道理。别抹眼泪了,大风大浪没见摧毁你这个硬汉。走了,接老婆去。"

卢大鹏和众人一一拥抱,轮到王战时他悄悄说:"以前我嫉妒过你,我办不到的事你办到了,我得不到的人你大有希望,可是我不羡慕你,我拥有一位为了我可以奋不顾身的女人,这辈子够了。照顾好我师妹,哦不,你们互相照顾,不要欺负她。"

王战弱弱地瞄了一眼刘楠道:"哪敢啊,要说欺负,我不一定能欺负得过她。"

众人大笑,刘楠装作没听见,但内心的不淡定很难掩饰得住。

卢大鹏随大校坐进一辆勇士车,车飞驰而去,他从车窗里伸出手向大家告别,直到看不见大家的身影。

第二十八章
我以为战士觉醒来自又一次洗礼，却发现枪林弹雨一直未歇

人声依然喧嚣，场面持续热闹，却与王战无关，王战望着基地唯一通向外界的大道。大道笔直地伸向繁华都市、现代文明，两侧整齐的杨树在没有风没有雨的天气里标兵般伫立。

王战对刘楠说："他原来不仅是在战场上，生活中面对逆境也有足够的姿态，我还差得远。"

刘楠说："当年他可比你们活泼，比你们阳光，再看现在这满脸痕迹，可以理解岁月饶过谁。"

王战敏感地问："当年他那么活泼、那么阳光，怎么没有追到你？"

刘楠回道："你管得着吗？"

欢送晚宴后，特战队员和各国特种兵互赠礼品，乔纳森和张铭撞了个满怀，和张铭握手说："张铭，虽然你的性格我不喜欢，

但你的优点也显而易见,能辩证地看待问题,能提出创造性的意见,虽然有时候挺滑头,但又是在原则的框架内。我不得不提醒你,虽说这是新一代军人独有的特质,但遇见心理素质不过关的领导,你会死得很难看的。"

"听起来像骂我,再一琢磨又不好发作,你还真是高啊,黑家伙。"张铭说。

乔纳森从脖子上摘下一枚十字架送给张铭,道:"总之我是好意,行程仓促,带的礼物不够分,这个送给你。它会保佑你,祝你心向阳光,单纯美好,幸运常伴!希望下次世界反恐精英集会还能看到你的身影,你的视野和舞台一定会更宽广。"

张铭嘟囔道:"这货应该是来腌臜我的。"

于是,他没有接这个"礼物",他说:"我是无神论者,这个对你更有用。"

乔纳森手僵在空中,收也不是,送也不是。

场面正尴尬,王战及时出现,接过"礼物"塞给张铭,对乔纳森说:"他怕太贵重,想要又不好意思,我来促成这桩好事。"

张铭一脸不情愿地送了乔纳森"95-1自动步枪"模型和巅峰特战队的徽章,乔纳森高高兴兴地和二位拥抱后离开。

张铭不满地说:"涉外交往有纪律,你没经过我同意替我做决定?他把这个给我,我回去放哪儿?你这是不讲政治。"

王战道:"政治?军人不谈政治!正因为涉外交往敏感,所以你更要照顾对方的情绪。此刻他的身份不再是对手,而是朋友,即使他不是朋友,他只是一个路人,我们也要尊重别人的信仰,那对你不值一提的信仰,就是他的全世界。信仰不同,但希望人间更好、希望世界和平的心意是一样的,给予尊重,才能收获尊重。"

张铭扼腕道:"你偷偷把我甩出二里地,连个招呼都没打。"

王战说:"你才华横溢、学富五车,所以你有左右权衡的空间和能力。我只有一个心眼儿,一条道走起来才更快。"

张铭又思索了一会儿说:"什么意思,说我心眼儿多?你才心眼儿多,你全家心眼儿都多。"

一直在旁边静静等待的安迪向王战走来,他把一套"蛇形鸟"的数码迷彩服交给王战说:"你让我领教了中国军人的厉害,我找到了你们飞速发展的原因,但我不服你。反恐本来就是一个常抓常新的重难点课题,客观来讲,我们的技术革新取决于对手恐怖手段的更迭,我们是一直被黑暗追赶,而不是一直在等待黎明,没有谁是常胜将军,我认为我们还有较量的一天。今天比武场遭遇,明天可能并肩战斗,后天我们又可能陷于两军对垒,服务于各自的阵营。反恐作战的格局也是世界战争的分镜,你我的视野代表着绝大多数反恐队员的眼界,所以一切都还在发生,一切还远远不会结束。这套衣服送给你,我知道你根本不会穿,但我知道你看到它一定会想起我,想起我这个棘手的家伙,王战,战斗到底!"

王战在弹袋里摸索了半天,掏出一个神奇的东西,差点儿把张铭嘴乐歪了,原来竟是一罐正宗国货,臭豆腐。

张铭道:"蔫儿人出豹子,最狠的就是你,这礼物太硬了,我要是安迪会把它甩到你脸上的,你好歹送罐腐乳也比这个强。"

王战并不理会张铭,眼睁睁地看着安迪好奇地拧开了瓶盖,并深深地嗅了一大鼻子。

安迪露出了厌世的表情,道:"是臭气弹吗?要杀了我吗?我们的恩怨至于让你下此毒手?"

王战按下安迪要把臭豆腐扔掉的手说:"抽空尝一尝,你会打开一个新世界。"

安迪难以置信地说:"你是说让我吃这玩意吗?"

王战笃定地点点头。

安迪说:"天呐,你疯了吗?你确定这屎一样的东西可以吃?"

王战再次点头说:"没错,不要过早地否定什么,人也是,食物也是,什么都是。眼睛看的,耳朵听的,都不如亲自实践的。"

安迪揣摩了一会儿,收下了王战的特殊礼物,说:"我大概懂你在说什么了,感谢你给我上了一课,感谢这片古老的土地。中国菜,好吃,中国人,棒,这瓶东西,我……别闹了。"

说虽这样说,安迪还是勉强把它揣进了怀里。

送别晚宴上,组委会主席威尔斯站起来作总结陈词:"特战勇士们,无数个不眠日夜的呕心沥血,探求特战真谛之路的雨雪风霜，为世界和平舍生忘死的波澜壮阔，让我震撼了、感动了、思考了……你们是这个时代的佼佼者，你们是照亮这个时代精神世界的一束光芒。一个时代有一个时代的精神，一代人有一代人的担当，必须认识到，那些忘记勇士的人绝不是这个时代的正道，那些忘记战斗的声音绝不是这个时代的强音。你们为人类而战，为国家而战，向你们致敬！"威尔斯一饮而尽，容光焕发地走下舞台，小伙子们被威尔斯的话感动了，纷纷干了杯中酒。

王战的喉结一上一下，他刚毅的脸闪烁在屏幕上。

裁判长也自告奋勇、精神抖擞地登上主席台作临别感言："这届'锋刃'办得好，没有预先号令，没有制式方案，没有导调剧情，但这一届却是我见过最好的一届，是队员们最让人惊艳的一届。为什么？我想这源于当代反恐特战越来越强大的魅力，源于青出于蓝而胜于蓝的队员不懈的努力，当然也源于中国完美的保障体系，更源于你们自己。你们是最真实的，我置身你们中间，能听到战场上子弹疾飞的呼啸、感到战壕里同袍相拥的温暖、体味到沙场中铁马秋风的壮怀激烈，感谢你们献上的荷尔蒙大餐，我会永远铭记你们，感恩相遇！"裁判长和每一个人碰杯，叮叮声清脆悦耳。

和王战碰杯的时候，裁判长说："王战，我希望看到你又不希望看到你，因为当再看到你的时候，不是在比武的一线就是在反恐战斗的前沿。"

王战说："裁判长，你的纠结也是所有军人的纠结，但不要担心。见与不见，价值体现与否都不重要，重要的是精神世界已经被照亮，激情梦想的火焰已经被点燃，我们聚是一团火，散是满天星。"

威尔斯端着酒杯，脸上渲染着酒晕，向刘总教官敬酒，并强烈要求刘总教官讲话。刘总教官推辞不了，来到发言席说："战斗的土壤最生长传奇的故事，战斗的青春最需要绽放的荣光。'锋刃'国际特种兵比武为广大年轻人带来了英雄的梦想、为他们注入了冲锋的激情，他们将从这里感到从军报国的神圣，掂出肩负使命的分量，明白牺牲奉献的价值。我们这个时代需要激情与梦想，我们军人需要激情与梦想。热土诞生英雄，古国承载传奇，中国武警的大门敞开着，欢迎你们常来交流。此去经年，山长水阔！"

现场掌声如雷。

首都国际机场，武警国宾护卫队开辟通道，护卫各国代表队队员飞向蓝天。

回程的巅峰特战队大巴上，大家唱起了嘹亮的军歌，王战和刘楠坐在了一起，洋洋自得地把"锋刃"勋章亮给刘楠看。

王战说："你答应过的，我拿到这个，你是有表示的，约会啦，吃饭啦，看电影啦，一系列的……"

刘楠说："什么一系列一系列的，还有什么？"

王战正在酝酿，陈东升的电话突然响了。

放下电话，陈东升面色凝重地说："任务来了！"

王战长叹一声说:"又有任务了?怎么一到正题就来任务。"

刘楠说:"这才是正题,你跑题了。"

陈东升下达一级战备指令,并通报情况:"驻地下属福泰市一个特大跨境走私集团被查,集团二号头目黄坚被抓获,但一号头目黄兴纠集百余名暴徒围攻警察,劫走黄坚,被增援警察围追堵截至向心街道办公大楼附近……"

"向心街道?孟冰家住在向心街道啊。"张铭惊呼,随即发现不合时宜,停止声张。

陈东升看了张铭一眼,继续说:"暴徒劫持人质后疯狂逃窜,虽部分暴徒被当场击毙,但幕后组织明显树大根深,派来直升机将剩余暴徒接走。直升机大队派出战机追踪,击中敌机,敌机坠毁山涧。但据可靠情报,由于敌机坠毁时有暴徒跳伞,散落山区,目前驻地武警支队官兵正在搜山,暴徒正作困兽之斗,上级要求我们即刻赶往事发地域准备捕歼暴徒。"

刚刚通报完毕,陈东升的电话又响了。总队前进指挥所、作战勤务值班室轮番"轰炸"陈东升的手机,但新情况只有一个:黄兴大本营将派出人马对残余暴徒实施营救。

陈东升命令特战运兵车直接开往暴徒出没地域,遥控指挥巅峰特战队在岗成员立即出动,在事发地点外围集结。

特战运兵车内,王战和刘楠在研究地形图,手机屏幕亮起来,显示了孟冰的姓名和手机号码,但他没有注意到。

张铭打孟冰的电话,孟冰正在通话中,他如热锅蚂蚁,突然手机响了,连忙接起来,听筒内传出孟冰的声音。

孟冰说:"他们袭击了向心街道办公楼,我妈在里面,现在我联系不上她了,她一定是被劫持了,她有心脏病,我已经没了爸爸,不能再没有妈妈。"

张铭安慰道:"不要瞎猜,哪有这么巧,你安心待着,我们正……"

张铭话没说完便意识到什么,自我打断说:"别怕,光天化日、朗朗乾坤,一个坏人也跑不了。"

孟冰说:"早就看透你只会耍嘴皮子,做表面文章,关键时候靠不住,我为什么给你打电话,我有病。"

孟冰把电话挂了,张铭很是懊恼。

李国防坐镇前进指挥所,他看到特战运兵车距离事发地点比巅峰特战队本部到达现场的距离还要近。

陈东升说:"加速,加速!到达后抵近核心,直插敌人心脏,不能有任何犹豫!"

齐伟提出不同意见:"大队长,车里虽然都是一线高手,但人数有限,对藏在暗处的暴徒正面强攻,怕是风险太大。"

陈东升说:"打仗能没风险吗?我要不要先给你上个保险?中国人寿还是中国平安?"

齐伟自讨没趣坐回角落里。

王战说:"齐参谋也是为了打有准备之仗,意见该听要听……"

陈东升打断他说:"事情还没发生前筹划叫准备,现在火烧眉毛了,准备个屁!该准备的早应该准备好了,意见也是在指挥员没有主心骨的时候才会听,老子现在心里明白得很,不要再提什么意见,现在就上,边抵近核心区边等大部队会合,我等得及,人质等不及!"

特战运兵车像一座移动的武器装备库,驾驶员稍稍轻按一个按钮,大巴双侧实现拓展,扩展区域大门缓缓上升,琳琅满目的武器装备尽显,队员们即刻动作,刚刚还便装的他们,三五秒钟全副武装到牙齿,让现场搜山的民兵、民警、干部群众大开眼界。

陈东升第一个下车,正在指挥围堵的武警支队孙支队长迎面跑来与陈东升对接。

孙支队长告诉陈东升:"残余暴徒人数不清,人质有两人,一男一女,男的叫王国栋,女的叫谢凤。他们已经被逼入九点方向一个内部结构错综复杂的山洞,暴徒持有重武器,负隅顽抗,我们不敢贸然靠近。"

张铭听到谢凤的名字,瞠目结舌。

陈东升命令道:"我们上,启动履带式机器人,蛇眼探测仪。"

特战运兵车车厢最底层两侧盖板升起,王战闻令而动,取出遥控装置，三架履带式机器人承载探测仪从车里驶出，缓缓朝洞口驶去，隐蔽静音，只有履带碾在土地上的沙沙声。

为中和声音，不打草惊蛇，陈东升用高音喇叭向洞内喊话："我们是中国人民武装警察部队巅峰特战队，你们已经被包围了，立即缴械投降，立即缴械投降！"

洞内密密麻麻飞出一轮手雷，陈东升被逼退。

履带机器人上装有超广角摄像系统，画面传入指战员智能手环加密通联系统。王战敲击遥控键盘，熟练控制着履带机器人，洞内情况一目了然，足足有二十多个暴徒戴着面罩，一身卡其布制服装扮，身上缠裹着满满的弹药，趴伏在一处看起来像是之前用来生火的大坑里，显然有备而来。两名人质戴着眼罩，被五花大绑，动弹不得，看不清面容和形体。王战试图升起遥控机器人上的射击装置，先干掉几个最近的歹徒，减轻压力，但被陈东升否决："升起射击装置会有突兀的噪声，机器人的这个缺陷还没有解决。"

王战刚放弃，履带机器人触发了暴徒布设在洞口的隐形线路报警装置，几枚牵引式炸弹被引爆，机器人火星四溅，成为一堆废铁，特战队员的加密通联监控系统瘫痪，画面出现一片"雪花"。

陈东升说："这还是一群已经跟上时代潮流、科技范儿十足的暴徒，加强戒备。"

洞内，黄坚被激怒，命令手下对准洞外又是一阵扫射，子弹嗖嗖地从特战队员临时搭设的掩体上飞过,有的子弹打在凯夫拉防弹盾牌上,发出沉闷的嘭嘭声。张铭用投送枪往洞内发射了几枚监听监控设备,并启动四旋翼无人机沿洞口上方搜寻不可预见的突破口。

山洞很大,有微弱的光线交叉着透进去。

张铭说:"不止一个入口,洞内四通八达。"

陈东升说:"郎宇,你带队员从西侧寻找突破口,齐伟,你带一队从东侧侦察。如果能找到别的入口,肯定能杀暴徒个措手不及。"

两队人马呈搜索队形分东西两侧鬼魅般前行。

这时,洞口猛然窜出一个黑色飘浮物,和张铭控制的四旋翼飞机一模一样。

陈东升问:"怎么速度这么快?"

张铭说:"不是我们的!"

王战说:"敌人也有无人机。"

陈东升喊道:"避险!"

特战队员纷纷寻找掩体,无人机在头顶盘旋一会儿后缓缓降落在一处表面平整的巨石上。

陈东升说:"都不要动,通信兵干扰信号。"

两名通信兵携带背负式信号干扰仪从远处冲刺而来,熟练地抽出干扰仪的天线,寻找着这架无人机的波段频率。干扰仪屏幕上的指示标线在抖动,机器内发出杂乱的"滴滴"声,十几秒后,声音开始变得有序。

通讯兵乙操纵着贴有"保密十条禁令"迷彩贴的笔记本报着难解的数字:"对标2180,对标1347,对标3549……"

通信兵甲一边调整旋钮一边说:"抄收,差距0.01,抄收,印证,抄收,对齐,信号干扰成功。"

无人机应声落地,摔在洞口前的空地上,大家舒了一口气。时间一分一秒地过去,洞内陷入一片死寂,而郎宇和齐伟的两个方向还没有动静传来。

孙支队长问:"他们会不会用这个办法为自己争取时间,从别的出口逃跑?"

陈东升还未回应,张铭报告:"大队长,无人机监听到他们正在商讨转移计划。"

陈东升说:"排爆手机器人上!"

有人回复:"地形受限,排爆机器人立不住。"

陈东升说:"排爆手上!"

一个身穿排爆服的身影向敌无人机方向缓慢移动,每一步都像踩在刀尖上。

当排爆手经过王战身边的时候,王战似乎嗅到了他的气息,他透过排爆手头盔上的瞭望口发现了赵科熟悉的双眼。

王战说:"班长……小心!"

赵科做了一个"OK"的手势说:"小意思!"

头盔密封性好,赵科是扯着嗓子喊的。

陈东升用对讲机说："赵科，如果有炸弹，不要拆，往回跑。"

赵科通过耳麦回道："大队长，我是排爆手。"

陈东升说："然后呢？"

赵科说："如果看见炸弹不拆，我受不了，要么炸弹炸，要么我会炸。"

陈东升说："敌人已经准备鱼死网破，这个炸弹一定会炸。"

赵科说："大队长，我等得了，人质等不了，人质等得了，身后的一千多名兄弟也看着呢。你看各路媒体的长枪短炮也在山头上架起来了，我要为你们争取时间。"

陈东升接过张铭递过来的大号耳机，耳机连接洞内的无人机，耳机内传出暴徒催促人质快走的叫骂声，他硬着头皮说："你见机行事，我不做硬性要求。"

赵科转身向洞口走去，走了两步停下，对王战说："明天我儿子生日，如果我不能陪他过，宿舍抽屉里有我给他准备的排爆机器人模型，你一定要替我拿给他。"

王战不敢看赵科的眼睛："没空，自己的事情自己做。"

赵科对张铭说："这小气鬼，不配当叔叔，他不去你去。"

张铭说："老班长你别说了，麻溜地给我回来。"

赵科笑了笑，扭头朝前走，笨重的排爆服发出"擦擦"的声音，所有人眼睛一眨不眨地盯着他和那架红灯还在闪烁的无人机。

赵科在距离五六米的地方试图用挂钩钩住无人机，把它送入排爆罐，运送排爆罐的车停在他身后不远的地方，但他尝试了几次挂钩都脱落了，时间紧急，赵科放弃转移无人机的措施，扔掉挂钩，径直走向无人机。他的呼吸越来越急促，透明的化合材质面罩上一层白色雾气随着他的呼吸时有时无。

终于接近无人机，他手持探测器在无人机上方画圈，没有发现异常后，艰难地单膝跪地，用手拨开无人机旁边的杂草。无人机完整的形状露了出来，赵科看得真切，这架无人机上没有安装可疑装置，但机架上用双面胶贴着一个纸条。

赵科将纸条撕下来，道："报告大队长，没有炸弹威胁，发现一张纸条。"

赵科一边低姿向左后方撤退，一边打开纸条念道："女人质情况不好，你们要是乱来，就是杀死她的直接凶手……"

陈东升命令道："快回来，隐蔽！王战、张铭、林昊、刘海飞每人一个角度做好掩护！"

这时，一声清脆的枪响，一名暴徒由洞内潜伏到洞口附近，从暗处向赵科开了一枪，赵科随即倒了下去。王战和张铭朝刚才迸发火星的地方猛射，一把霰弹枪先从阴暗处掉落，接着一个满身鲜血的暴徒正面扑倒在地，一动不动。

王战喊道："老班长！"

这时，赵科蠕动着从地上爬起来，站直了身体，缓慢地摘下了防爆头盔。

张铭高兴地说:"排爆服还是有用的,暴徒的鸟枪打不透。"

赵科的头发被压塌了,因为温度的原因,脸色潮红,面部肿胀,他举起摆着胜利姿势的右手朝正前方晃了一圈后,突然嘴里喷溅出一口鲜血,足足有四五米远,一团血雾染红了面前一大片草地。

陈东升吼道:"卫勤卫勤,救护救护!"

三名戴着红十字袖箍的卫勤队员朝赵科跑去,他们抬着赵科奔跑,王战和张铭却还在原处,王战想要冲过去被张铭拉住说:"这是我们的战位,现在不能离开。"

王战手抠进泥土里,脑门上青筋暴胀,说:"排爆服难道真的只有给排爆手留个全尸的作用吗?"

所有人都在沉默。

洞内的影像、声音时断时续,正当大家焦头烂额的时候,只听警戒线外有人哭嚎。张铭举目望去,发现是一个朝思暮想的人。此时的孟冰,撒泼打滚,声泪俱下,谁拉咬谁。

张铭去做她的思想工作:"里面不只有你妈,还有别人的亲人,如果都像你这样,工作没办法开展。"

孟冰骂道:"你是个怂包,我不待见你是多么的正确。"

张铭说:"孟冰,你是文职,也是党员,可不能再胡闹了,所有人都在拼命,刚刚还重伤一位老兵,就是为了救你妈。"

孟冰听完,情绪低落,脚下一软,瘫坐在地,目光呆滞地道:"我不是文职,我不是党员,我只是一个女儿,她是我唯一的亲人。"

陈东升喊道："刘楠，给我把她拖走。"

说话间，他向洞内扔了一部对讲机，要和暴徒对话。

刘楠把孟冰夹在腋下拖向救护车，像夹一只小猫咪。

孟冰将怨恨洒向刘楠，乱抓乱挠，劈头盖脸一通臭骂："你别和我装酷，你没资格标榜自己是特战精英……"

刘楠好像根本没有在听孟冰的话，她表情自然，等孟冰骂完了，对准孟冰的颈部动脉猛击一掌，孟冰顿时失去挣扎能力，刘楠轻松地把她扔进了车厢。

卫勤人员把孟冰救醒，她继续敲打着窗户咒骂。孟冰没有搜寻到刘楠，看到张铭向车内张望，投射去足够的蔑视。

王战对张铭说："很正常，她虽然经常到一线救护，但没有真的切身体会过战斗的残酷，今天她成为当事人，才知道平时很多口号是无力的，很多行为是花哨的，她只剩下焦虑。"

张铭说："你不要宽我的心，她说得对，爱应该是认真的，不管是对群众还是对朋友，我要比别人付出更多，才能让她懂得我不是光说不练。"

王战说："你想干什么？"

张铭说："你放心，谁也不会上赶着去死。"

洞内，黄坚摁下陈东升送来的对讲机淡定地说："听说你们武警从来不和对手谈判,今天是怎么了?早就听说我很难搞吧。"

陈东升说:"不是在和你谈判,是在为你争取多活一会儿的机会,反正你早晚得死,巅峰特战没有啃不下的骨头。"

黄坚说:"你说话可一点儿也不含蓄,我好歹读过书。"

陈东升说:"黄坚,福泰市黄氏宗族难得一见的文才武将,黄家的顶梁柱之一,巴西柔术黑带,新加坡国立大学心理学博士,黄龙国际贸易集团CEO,你人生的上半场妥妥的赢家,本可以有一个更好的轨迹,但你现在什么处境,以你的智慧,心里一定有数。"

黄坚说:"别念课文了,也别打什么心理仗,你也知道我学心理的。"

陈东升说:"知道别人怎么想的,却看不到自己的内心,挺可悲的。你学错了专业,应该学学风水。"

黄坚舔舔干瘪的嘴唇,瞄一眼病怏怏的谢凤说:"没法跟你这个莽夫沟通,说正事,要换走人质也可以,留着也是累赘,但我要食物和水。"

陈东升说:"好。"

陈东升拿起电话找了背阴处打了一个电话。

黄坚又在电话里催:"不要耍什么花样,给你五分钟时间。"

陈东升说:"不会,我会给你找一个满意的人选。"

救护车里,孟冰好像知道有人要进去,停止了哭闹,眨巴着水汪汪的大眼睛注视着。

张铭没有让她失望,他好像知道黄坚在说什么,决绝地来到陈东升身边说:"大队长,我申请进去,交换人质。"

陈东升问:"你?你可从不这么主动,一般这时候都在权衡利弊。"

张铭说:"战时,立功的好机会。"

陈东升说:"你一定不是这么想的。"

张铭沉吟道:"让我走心一次,这个时候最厉害的武器是放下利益瓜葛,最见效的战术是勇敢地走出去,我不想再让身边的人只看到我内心卑劣的一面。"

陈东升说:"我信你,可是你不能去。"

张铭问:"为什么?"

陈东升说:"敌人不会傻到让一个特战精英去交换人质,就算可以,你的级别也不够。"

张铭问:"那谁可以?这上面站着的都是特战精英,都是穿军装的。"

陈东升笃定地说:"舍我其谁!"

陈东升大手一挥,有战士送来了单兵自热食品和矿泉水,陈东升抱着东西站在了洞口。

黄坚笑得上气不接下气道:"老兄,你是真不解风情还是脑子缺机油了?男的谁他妈要,要换,用如花似玉的大闺女来换。"

陈东升说:"你可能还不知道我是谁,我是巅峰特战队大队长，看到我的军衔了吗，拿下我，你们会士气大振。"

黄坚说："我是生意人，在和你们做生意，你是有点儿价值，可也是烫手山芋。我是冒险家，但冒险家更懂得把风险降到最低，我们更懂得自我防护。"

他们对话的时候，齐伟、郎宇两组人马还在紧锣密鼓地搜索其他入口，从高处俯瞰，他们已经离开大部队有很远的一段距离。

陈东升说："可惜了你这一肚子的知识，没用对地方，这些经验用在你身上听起来属实有点儿像笑话。"

黄坚说："那就试试吧，我能多抵挡你们一会儿，就算没白积累。"

陈东升说："抓紧的吧。"

黄坚说："非女的不换，要不然就看着人质死。"

陈东升说："你再等一会儿，我找一个与这个事件毫无关联的女人进去。"

黄坚没回复，又有一架无人机从洞内飞出来，这架无人机上装置了工程投影，高清画面被投射在山壁上，是谢凤脸色发紫、口吐白沫、手脚抽搐的画面，她在地上无助地翻滚。

孟冰虽然在警戒线外的救护车里，但依然看得清楚，她拍打着车窗大声叫道："刘楠，你放我出去，我去把我妈换出来。你不要装好人！"

刘楠和孟冰对视了一眼，转身向车后走去，身后传来孟冰的"问候"："滚，早该滚了！"

孟冰慢慢坐在车厢里，绝望地闭上眼睛，她已经没有力气哭喊。

王战对陈东升说："我化装进去。"

张铭说："轮不到你。"

陈东升说："都少废话。"

这时，投影上显示黄坚抽出了匕首，蹲在谢凤身边，在她脸上轻轻划着，对讲机里传来他的声音："陈大队长，可能我不用点儿激将法你是不会满足我的，我要在她身上取点东西下来以示诚意。"

陈东升说："不要乱来。"

黄坚已手起刀落，谢凤的头发散乱开来，一头长发只剩下一半。

孙支队长倒吸一口凉气说："还好是头发。"

黄坚似乎知道有人议论什么，说："下一刀就不是了。"

张铭说："大队长，他们都是受境外组织专业培训过的暴徒，割头挖眼，无恶不作。不能再等了，不管谁进去，都要进去。"

陈东升环顾四周，在等他认为最合适的人选。

一个女声突然在陈东升耳边回荡："报告，特战队员刘楠准备完毕，请求上阵。"

刘楠不知什么时候已经换了一身女人味儿十足的便装，原来她绕到救护车后面打开随身携带的背囊，取出了女特战队员必备的化装装备，在孟冰萦绕耳边的追问中麻利地做着动作。

还没等陈东升回应，刘楠已经蹲下身子抱起了他面前的食物和水。

陈东升说："你有把握吗？他们武器精良。"

刘楠回道："没有。"

陈东升说："我不能让你冒这个险。"

刘楠指了指警戒线外刚刚赶到正翘首张望的陈菲说："那你忍心让自己的老婆冒这个险？"

陈菲一身性感的装扮，静静地等待着，在坚硬的山野丛林之间，单薄的她更显柔弱。原来陈东升刚才的电话是打给自己的爱人的。

陈东升说："这个时候需要的也许不是突击手，而是能安抚暴徒情绪的心理工作者。黄坚也是学心理的，她是心理服务办公室主任，她进去有好处，我刚才已经征求了前进指挥所的意见。暴徒非同一般，你身上还是有特战队员特征的，被他们发现了，你没有余地，你嫂子……她没有攻击表征。"

刘楠说："大队长，你是专业的，不要发表这些业余的言论，解救人质是最终目的吗？"说着，她毅然往前走。

王战喊道："刘楠！刘楠！"

刘楠目不斜视。

巅峰特战队女子队的所有成员神情傲然。

张铭说："这是刘楠的本色，这是女子队的脊梁。"

陈东升还要坚持，李国防的声音从对讲机里传来："让她试试,敌人如果发现了,再换陈菲。"

陈东升回了一个十分纠结的"是"。

孟冰听到外面没有了任何动静,爬到车窗边,看到完全变了模样的刘楠,使劲揉了揉眼睛,她看到刘楠亦步亦趋地前进,她看到硕大洞穴漆黑的内部,像血盆大口慢慢吞噬了刘楠。

孟冰哭得一塌糊涂,她双膝跪地,把头深深地埋了下去。

刘楠的高跟鞋踩在洞内的沙石上,她尽力让自己走得更女人一些,一旁观战的陈嘉喃喃地说:"谁说她是假小子,还有比她更女人的吗?"

黄坚看到有人走了进来,外明内暗,逆光中,刘楠的轮廓无比妖娆婀娜。

第二十九章
我以为终究可能会失去挚爱,
却被挚爱灼热了骨头和鲜血

洞内死寂,偶有轻微水滴,却震颤人心。

黄坚大喝一声:"站住,自报家门!"

刘楠说:"我是随行护士,我叫刘楠,给你们送吃的来了。"

黄坚奸笑道:"我喜欢护士,护士也是最可爱的人,你不在医院防控病毒,跑这来送死来了?"

刘楠继续往前走,说:"我不只防控病毒,我和一切病毒作斗争。"

黄坚说:"好硬的词,好大的胆,既然如此,来吧。"

刘楠走得义无反顾。

黄坚说:"你别以为我不知道你是特战队员,你们最会口是心非,可惜逃不过老司机的眼睛,玩套路还是要向我这样的中年男人多取经。"

洞外所有人听到黄坚这番言论,枪口齐刷刷地抬起来,面部表情紧绷到极点。

刘楠镇定地道:"你明知道,还敢让我进?"

黄坚说:"女人就是女人,你再是特战队员,我还怕你不成。"

刘楠笑笑说:"我给你举个例子,拿中国体育来说,永远都是男人不行女人行,男人行女人更行,再厉害的男人也是妈生的。乖孩子,不要给人贴标签,这是个坏习惯。"

黄坚说:"有意思,没想到女特战队员身体棒,思想也棒,我喜欢和有内涵的女人打交道,就算死,能好好收拾一个女特战队员也够本了。人生苦短,啥都得尝试。"

刘楠临行前把一枚微小的爆炸装置含进嘴里。

陈东升说:"万一……万一有意外,引爆它。"

身后有特战队员在低声齐整地为刘楠加油:"巅峰出击,勇士必胜!"

王战和张铭保持一定的距离跟着刘楠进洞,他们手上拿着担架和氧气瓶。

刘楠使劲想要看清黄坚等人的位置,他们的轮廓也在显现,只听黄坚道:"停下!"

刘楠停下脚步,黄坚说:"脱衣服!"

刘楠说:"过分了吧。"

黄坚说:"你身上要是有炸弹怎么办?现在不是怜香惜玉的时

候，委屈一下吧。"

刘楠犹豫了一下，地上躺着的人质在呻吟，她随即不假思索地宽衣解带，露出健美的线条，紧致的肌肤，一直脱到只剩下一套内衣，黄坚还意犹未尽。

指挥车里，李国防通过监视器也看得清楚，他虽然还算镇定，但语气明显急切起来，问参谋道："郎宇、齐伟两组有什么进展，抓紧报！"

参谋看了一下齐伟和郎宇的电子信标，先后接通了两人的卫星电话。

齐伟回复："未发现目标，还在搜索。"

郎宇回复："道路受阻，正在尝试翻越。"

洞内，黄坚以及手下的强光手电光柱交叉重叠，在刘楠的身上来回晃动，照亮了刘楠每一寸裸露的肌肤。

王战咬牙切齿。

张铭不忍直视地道："一会儿这孙子留给你，活剥了他。"

王战说："必须的。"

两人嘴上在对话，手指没有离开扳机，眼睛没有从瞄准镜挪开分毫。

洞穴内阴冷的风吹得刘楠嘴唇发白，但她依然走得稳如泰山，王战和张铭也始终保持着足够的距离。

黄坚再次发话："后面的兄弟可以留步了，我对这位美丽女士的表现很满意。"

王战说:"你可以把女人质送到中间地带。"

黄坚说:"我黄坚说到做到,肯定让你带走人质。"

两名暴徒十分警惕地把谢凤搬运到刘楠站立的地方,谢凤脸上没有一丝血色,浑身在筛糠,但仍然艰难地笑着对刘楠说:"孩子,回去吧,你这大好的年华,和我家孟冰一样,换我不值得。出去以后告诉孟冰,我这一辈子都是精于算计,极尽苛刻,临了,也该大气一回了,我也不想做那个一身市侩的女人,孟冰看到我这样,以后的路她走起来更有力量……"

刘楠说:"阿姨,这个忙我不能帮你。我不是来交换你的,所以没有值得不值得,也不存在愿不愿意,我是奉命来消灭他们的,哪怕手无寸铁,发挥不了多大的作用,也要进去,让这帮狗日的知道,中国军人面对邪恶誓死不退,巅峰特战队从不缺席。"

黄坚在催促:"我让你们进来拉家常的吗?快点儿,把食品和水一件件扔过来。"

刘楠站直了身体照做。

王战说:"这家伙果然不一般,把所有的隐患都想到了。"

东西扔完了,刘楠被两名暴徒一左一右死死控制住的时候,王战和张铭也抬起了地上的谢凤。

王战试图和刘楠完成一次近距离的有可能成为永恒的对视,刘楠却躲开了王战眼神的寻找。

为防背后受敌,王战和张铭并排出洞,腾出一只手握枪,但内部视线受阻，他们发现不了暴徒狙击手的准确位置，而被架进洞内的刘楠却看得一清二楚，她清晰地看到暴徒狙击手已经瞄准了王战。

刘楠狠踩左侧暴徒脚面，抽出左手给了右侧暴徒致命一击，飞起一脚踢飞脚下的石块，正中暴徒狙击手脑门，但同时子弹也已出膛，还好偏离原定弹道，擦着王战的脊背飞了出去，击中特战队员搭设的临时掩体。

陈东升怒喊："准备强攻。"

暴徒狙击手被刘楠搅和了好事，恼羞成怒，不顾脸上的血，再开第二枪时王战和张铭已经卧倒。

刘楠不知道，准备扑上去继续干扰狙击手，被黄坚一枪托砸中后腰，失去重心摔倒在地。

王战拖着谢凤在地上匍匐，张铭贴着洞壁还击掩护，暴徒群起开枪，张铭一时无法脱身，洞外的特战队员跃跃欲试，但李国防下命令说："里面有四个我们的人，不要射击。"

暴徒扫射了一轮，暂歇片刻，黄坚发现，王战已带谢凤逃出生天，张铭也不知去向，下令停止开火。

清点人员黄坚发现，他们在逃亡中还击中了自己的三名手下。现在这三个暴徒正横尸在黄坚面前，而刘楠正冷冷地看着他，脸上还带着轻蔑的笑。

这时张铭贴着凹凸不平的石壁飞奔而出，消失在洞口的硝烟里，留下一地还在翻滚的弹壳。暴徒又是一轮射击，子弹悉数落空。

王战连忙接应张铭,把张铭背到掩体后,张铭的大臂上有鲜血汩汩地流出来。他掀开张铭的手,一截手臂不受控制,在空中晃晃悠悠,仅有皮肉相连。

王战只瞄了一眼伤口便喊道:"12.7毫米巴雷特狙击弹。"

一名军医说:"5.8毫米弹足以斩断胳膊,何况口径一倍有余的大狙。"

王战背转过身,布满灰尘的脸上像是凝结了冰霜,他知道,这种力道的打击,手臂十有八九保不住了。

孟冰不知何时已从救护车内出来,给谢凤塞了一颗药丸后就跑了过来,她扒拉开围在张铭身边的人,捂住张铭的断臂,失声痛哭。

她手忙脚乱地翻着贴有红十字标识的急救箱,找出止血药、绷带、夹板,哆哆嗦嗦地为张铭包扎,一边说:"我不应该激你,我早知道你是英雄。我太自私,只会为自己想,你不能有事,我一定保住你的胳膊,一定抓住这救护的黄金十分钟,给你找最好的医生,你一定要挺住……"

孟冰用尽气力却并不能止住张铭的血,血流依然如注,溅满了他的军装和孟冰的白大褂。

张铭被抬出掩体,抬进救护车,他伸出仅剩的一只手,连这只手也布满鲜血,他试图擦干孟冰脸上的泪痕,却发现这样会弄脏了孟冰的脸,他的手在距离孟冰咫尺的地方停了停,孟冰使劲把这只手摁在脸上。

张铭说:"你不用内疚,如果是别人我也会去。"

孟冰说:"如果是别人,我也会表达我的情感。"

张铭说:"嘻,这时候很可能不是爱,只是你觉得你应该弥补我而已。新时代了,卖身救母这事咱不干。"

孟冰说:"这要还不是爱,什么是爱?话说得再好听,花儿送得再鲜艳,都不如有一个男人在死神到来的时候挺身而出,你就是那个男人。"

张铭说:"在场的战友都会这么做的。"

孟冰说:"可我,可我分明只看到了你,老天也只安排了你出现,这一生可能会收获很多很多的爱,但我们总得认准一个不是吗?你苦苦追寻着什么,怎么等到了却不敢认呢?"

张铭说:"我怕是假的。"

孟冰说:"你疼你还不知道吗?"

张铭投入地点头说:"是,真他妈疼啊!疼得我都快感觉不到这突然而来的幸福到底是什么滋味。"

孟冰没有迟疑,把嘴唇印在张铭带血的额头。

张铭脑袋一歪,昏迷了,手松了下来,孟冰执着地捧在手心里,同时摁住了他裹满纱布的另一只手臂。

刘楠搅和了黄坚的计划,黄坚不再温文尔雅,愤怒得像头公牛,把刘楠狠狠地踹倒在地。刘楠挣扎着向黄坚反扑,但暴徒即刻把她围在正中拳打脚踢，刘楠纵有天大的本领，也架不住这密不透风的攻击，一群禽兽般的男人在此刻也找到了变态的快感。

黄坚说："这踹的是女上尉，你敢想吗？有生之年暴捶女特战队员，多少高级流氓的梦想啊，且捶且珍惜！"

刘楠很快蜷缩成一团，裸露在外的肌肤青一块紫一块，布满鞋印。

一瞬间，一直以高冷昂扬形象示人的刘楠跌落谷底，狼狈不堪。

黄坚捏着刘楠的下巴说："不识时务，只会自取灭亡。我还想留着你，好好重用一番，你不珍惜，别怪我心狠。"

刘楠被黄坚反绑双手，又是一阵暴打，有同伙拉住黄坚说："别打死了，好不容易换来的。"

黄坚吃着刘楠送进来的自热饭说："有道理，要弄死是一定的，但不是现在，他们会玩心理战，我也会啊。"

洞穴角落里，一个和其他暴徒行为、装束格格不入的小年轻在摆弄着面前的一堆电子设备，他戴着镜片很厚的黑框眼镜，嘴上有一圈绒毛般的胡子。

黄坚很客气地问："大侄儿，好了没有？"

大侄儿看都不看黄坚一眼，死死盯着电脑上的进度条回道："叔，能不能争取到主动就看这一哆嗦了。"

进度条上的百分比在推进，大家大气不敢喘，数秒后，"叮"一声脆响。

大侄儿平淡地说:"我破解了他们的信号干扰,有了无线网络。"

黄坚亲了一口大侄儿的后脑勺,眼睛冒着光说:"神级程序员,黄家的基因没有失传,太厉害了!哎,你怎么一点儿也不兴奋?"

大侄儿说:"网络解决了,你的问题还没有解决,我在想一会儿以一种什么表情迎接被乱枪射死。"

黄坚说:"侄儿啊,也就你吧,敢这么质疑我,你质疑我没关系,你还质疑你爸吗?我们一定能出去的。"

大侄儿说:"你俩我都没质疑过,今天看见武警后,我突然觉得质疑不质疑都不重要,我还是想想以什么方式死,会更优雅一些。"

黄坚说:"放心,叔都还没活够,更别提你了。我现在使出杀手锏,这招百试不爽,世界一盘棋,各国都一样,政府好面子,军队怕臭名,他们一定会考虑咱们的感受,再加上你爸爸的飞机一到,外面来的不管是谁,都得往边上靠靠。"

黄坚后退两步,退到刘楠身边,薅住她的头发,一直拖到大侄儿面前,掸了掸外军制服上的灰尘,郑重地说:"架好摄像机!今天要是从这出去,这就算杀猪宰羊过大年;要是出不去,这就算奈何桥上人肉饭。"

大侄儿说:"你杀了她,可只剩下一个吓得半死不活的人质了,快没筹码了。"

黄坚说:"赌场才需要筹码,我们又不赌,我们是在和他们做买卖。咱还他们一个斩首视频的母带,他们还我自由身,我赚的是血汗钱,他们收获的是舆论清白,与引发社会恐慌相比,牺牲一个女特战队员不仅不是损失,还增加了宣传素材,可以忽悠更多的人心甘情愿卖命啊!"

大侄儿说:"叔,要不是不听你的情况会更糟,我真想骂你一句大混蛋。"

黄坚说:"是不是有那么一刹那,恨我,想骂亲叔,想跟我老死不相往来?很好,敢爱敢恨,敢冒天下之大不韪,你不成功谁成功?将来咱家的衣钵必定传授给你。"

大侄儿说:"要知道你们这么快暴露,已经是强弩之末,我就不该从国外回来。"

黄坚说:"可是你回来了,什么时候是什么样的身份,你要搞清楚。不聊了,到遥远的海域上空,我们要喝着拉菲聊,叔可有一肚子的话要说给你听,接下来该办正事了。"

大侄儿熟练地打开三脚架,拧紧云台,把摄像机架设起来,说:"叔,快点儿,电量有限。"

黄坚说:"很好,我大侄儿第一次着急杀人,必须重视。"

他从大腿袋里抽出匕首,在刘楠眼皮子前耍着刀花,阴冷的寒光在刘楠肿胀的脸上晃动跳跃。

洞外,通信尖兵也早已监测到洞内信号源,紧锣密鼓地破解信号通道,豆大的汗珠从他们额头上滴下砸在设备上,因为王战拎着枪在他们身边来回踱步。

通信兵甲说:"看这架势,我们搞不定,会被他拿枪突突了。"

通信兵乙说:"不要说话,我在尝试切断最后一个辐射波。"

刘楠眼神里流露着恐惧。

黄坚说:"你也害怕?"

刘楠说:"我害怕我会牵制我的战友,害怕他们击毙你们的时间会推迟,害怕媒体朋友又要加班熬夜报道我的英雄事迹,我唯独不害怕你们这群跳梁小丑在我面前耍的这些自以为酷的花架子。越无知的人越不知道自己蠢,你们下地狱后也不知道自己到底有多可笑。"

黄坚说:"嗬,说得云山雾罩,你那点儿小心思我还猜不透?现代科技这么发达,你一定知道他们可以监听到洞内的声音,死前不说点儿悲壮的话,将来这个事儿拍成电影,编剧要现编。你以为编出来的不真实吗?至少比你现在说的话更让人信服。"

刘楠说:"我说什么都不重要,重要的是你不会得逞,你们连被审判的机会都没有。"

黄坚晃了晃手中的卫星电话说:"都是你的人?不一定吧,我们也有援兵。"

琅岐海岛地下据点,迷宫一般,西装革履的黄兴坐在一张孤零零的鳄鱼皮沙发上,通过卫星云图观察着出事山区的卫星云图,和武警总队作战指挥中心的云图、搭设在野战指挥车内的前进指挥所成员所看到云图竟如出一辙。

黄兴笑着说："不知道谁是鬼谁是魔，我蛰伏了一辈子，没想到今天能和他们平起平坐，恶斗一场，死而无憾。"

黄兴在大本营下达营救指令，大批暴徒携枪带弹乘车向目标区域进发。

琅岐岛据点，一号头目黄兴夹好一根雪茄，点燃，火光烟雾升腾。

黄兴说："如果他们戒备实在森严，难以突破，必要时轰炸洞穴，不能留下一个活口，这是我最后保全自己的办法。"

手下说："里面有你的亲弟弟和亲儿子。"

"留下我毕生缔造的商业帝国，总比什么也不剩要强。"黄兴从上衣口袋里掏出墨镜戴上，因为他此刻也控制不了已湿润的眼眶。

洞内，黄坚准备动手了，他说："我要用你，给营救我们的直升机换一块可以放心停靠的净土。"

黄坚绕到刘楠的身后，匕首按上了她的脖颈，很快她的一小块皮肤被刺穿，摄像机闪烁着工作灯，屏幕上显示着正在录制的字样。

突然大侄儿一改镇定状态，跑向电脑说："完了，又被屏蔽了，我还要重新编写程序。"

黄坚拉长了脸吼道："要多久？"

大侄儿说:"最快也要十分钟。"

黄坚看了看远处透着光线的小洞口和在那里把守的三名单薄的手下,说:"快点儿,我不想腹背受敌!"

大侄儿不再装腔作势,一会儿猛烈地敲击键盘,一会儿布设各种接收设备。

信号重新被捕捉,大侄儿催促道:"快快快,要不了几分钟,他们会重新检测到,加多少防火墙也没用。"

黄坚从电脑前移开,朝刘楠走去,他的脚步声十分沉重,敲击着洞外戴着耳麦的王战的耳膜。

王战咬破了嘴唇,说:"大队长,可以进去了吗?我是突击手,我有把握击毙刘楠身边的暴徒。"

陈东升说:"洞口就这么大,并排能进三名特战队员,一秒内可以击毙六名暴徒,还剩十几个怎么解决?得不偿失,再等等。"

王战说:"我等不了了。"

陈东升咬着牙说:"等不了也得等!"

他的眼睛死盯着手里的卫星电话。卫星电话没响,对讲机竟然奇迹般启动了:"齐伟报告,齐伟报告,发现二号洞口。"

对讲机屏幕显示,齐伟的距离和陈东升的距离只有两百米左右。

陈东升问:"你确定?之前从那儿经过为什么没有发现?"

齐伟说:"越到后面越明晰这个地形地貌,如果有洞口,都不应该太远,所以折返回来。刚刚之所以从此处经过没有发现,是因为根据气象部门反馈的消息,一个月前大雨,导致山体滑坡,洞口被覆盖。"

陈东升命令道:"秘密潜入,静音解决放风者。"

齐伟说:"难度太大。"

陈东升说:"好进还要你干什么?争分夺秒!"

齐伟回道:"是!"

几分钟后,齐伟说:"缝隙太小,肯定会被察觉,人质有危险。"

王战浑身发紧,因为监听器里已经听到刘楠越来越急促的喘息,黄坚的匕首再次贴近刘楠的脖子。

王战说:"大队长,我带林昊和刘海飞进去,我刚刚进去过,比所有人都了解里面的构造。"

陈东升说:"你进去就不会暴露了吗?"

王战目光停留在不远处的一辆防暴装甲上,说:"不,我不仅要暴露,还要把动静弄大。"

黄坚已经在发力,握匕首的手开始微微抖动。

刘楠被反绑着双手,看起来是坐以待毙,目光游离,好像也已放弃,其实她耳边回荡着陈东升的话:"没到最后一刻,战机不会消失,你心里在意着,你就还活着。"

刘楠嘴唇发青了,眼睛充血了,有泪液从眼角滑落出来,看得出她在较劲。

黄坚说:"这是你最后的挣扎吗?"

刘楠从牙缝里挤出几个字:"勇士必胜!"

突然,她反剪着的双手竟然以常人难以想象的柔韧度穿过黄坚的两臂中间,以反关节运动的力量撞击黄坚的右手,匕首从她脖子上移开,黄坚傻眼后随即一匕首向刘楠后颈刺来,刘楠一个滚翻躲开,黄坚甩掉匕首,拔出长枪准备射击。

倏地,另一个透着微弱光线的洞口外,一辆白绿相间的武警装甲车轰足马力,加速开进洞内,洞口的泥土沙石,在这个庞然大物前铲的冲击下分离向两边,洞内霎时尘土飞扬,伸手不见五指。洞口大开,还有大量的闪光弹被投射进来,暴徒们眼睛被灼伤。

黄坚反应迅速,在闪光的瞬间遮住双眼,他透过迷雾,发现了装甲。他倒吸一口凉气,再朝刘楠的方向看时,刘楠已不在他刚才的弹道范围,想要追踪,王战的火力已经袭来,他跳闪开,和手下朝装甲车射击,但无济于事。王战、林昊和刘海飞通过装甲上的射击孔朝暴徒射击,但视野有限,很多暴徒朝装甲底部或射击孔下方躲避,还有几个暴徒已经冲出洞口,被守候在外的齐伟小组当场打成马蜂窝。

黄坚扑向另一名人质,拿他当人肉盾牌。刘楠从一名死去的暴徒身下钻了出来,她双手已经得到解放,同时从暴徒的身上拽下一颗炸弹叼在嘴里,突然出现在黄坚身后,与他扭打在一起。黄坚瞅准机会朝刘楠开枪,枪却没响,只能大喊手下增援,可暴徒们正忙于应付王战小组,无暇顾及他,只有大侄儿手中没有武器,无法加入激战行列,有空来解救他倒霉的叔叔,但他刚跑没两步,被王战一枪击中后脑,子弹在黄坚的注视下,从鼻腔里飞出来,嵌入黄坚脑后的石壁上,血溅了他一脸。黄坚怔了好几秒,跪倒在大侄儿旁边,按住他脸上的弹洞,哀号一声,用以祭奠黄家这棵独苗,随之将所有怒火和怨恨发泄在刘楠身上。刘楠没有退缩,奋起抗争,但黄坚是柔道高手,刘楠应付起来也十分吃力,被黄坚碾压,左脚踝关节被折断,叫声凄惨。

王战在密闭的装甲车内都听到了,可子弹密集,出口封锁,他不能出现在刘楠身边,在她最需要的时刻。王战感觉身上有一团火,在烧灼着自己。

通信兵已没有继续干扰屏蔽信号的必要,停止了操作。

黄兴坐在直升机里,看着儿子死去的样子,一言不发,手指却已掐烂座椅,飞行员忍痛加速,电子屏上已经显示那是极速。

洞外,枪声大作,遍地狼烟,有数倍于特战队员的暴徒从四面八方涌来,不断缩小距离,向现场武警疯狂开火,武警精准反击。

天空中,黄兴的直升机已经赶到,低空盘旋,机载机枪喷着火舌,地面上一阵阵火光和烟雾,在武警身边升腾,有战士受伤了。

黄坚听到援兵已到,边挣脱刘楠的纠缠,边命令手下封锁王战等人的火力。

陈东升准备带人冲入洞穴，李国防命令他应对空袭要紧，陈东升立即响应，巅峰特战队直升机拔锚启航。雄鹰翱翔，战机呼啸，敌机气焰仍然嚣张。

　　特战直升机的机载榴弹射向敌机，但敌机飞行员明显受过军事化培训，防守严密，屡屡与榴弹头擦身而过，黄兴坐在机舱内，被疯狂旋转的飞机折磨得狂呕不止，却开心地说："搞定它，想要多少钱你开价。"

　　飞行员说："董事长，有你这话就够了，心放肚子里，我在，飞机就在。"

　　黄兴该说不说地加了一句话："你不在飞机也得在。"

　　刘楠像一块橡皮糖粘住了黄坚，黄坚挣脱不得，虽然他持续重击刘楠，刘楠几乎神志不清，但只剩下一个信念，仍从牙缝里喊出一句巅峰特战队的口号："巅峰出击，勇士必胜！"以此为自己加油助威，激发毕生能量死死拖住敌人。

　　黄坚说："你真是头母犟驴，你知道驴是怎么死的吗？犟死的。你再能扛，我看还能扛多久。"

　　刘楠道："你知道魔鬼周吧，我是被魔鬼周扒过皮的，如果条件允许，我可以给你一周的时间，让你耍这些伎俩。"

　　一句话让黄坚失去耐性，他呼唤手下助力，来一个被王战消灭一个，就连暴徒扔过来的弹夹，也被击飞。

　　暴徒唯一的狙击手因角度问题，视线受阻，不敢开枪，怕误伤黄坚。

刘海飞紧紧盯住暴徒狙击手可能突然出没的射击点，但迟迟没有发现他的蛛丝马迹。

王战说："实战不像电影，哪有那么多神枪手，大部分都是在拿命硬磕。"

刘海飞说："没错，即便是神枪手，没有射击条件，手里拿的也是废铁。"

黄坚一时拿刘楠没有办法，只好朝手下喊："打死那个男人质，死一个算一个！"

手下急忙寻找男人质，一眼望去却难以发现对方踪影，原来刚刚趁他们被装甲车吓破胆之际，男人质滚入杂草堆。

王战拥有极高的反伪装水准，一眼就发现了草堆中的男人质，但暴徒没有类似的经验，有一名暴徒发现了端倪，胸膛也随即被林昊的狙击枪打出一个碗大的口子，连"哼"一声也来不及，扑倒在杂草堆上，给男人质加上了一层保护膜。

暴徒援兵和特战队员打得天昏地暗，难解难分，黄兴眼见捡不到任何便宜，忍痛道："不能再打了，放弃吧，炸毁洞穴。"

飞行员说："斩首视频不要了？大侄儿也不要了？总经理手上还有我们的核心机密，也不要了？"

黄兴紧闭双眼说："太想要，会什么也留不下，失去是为了尽可能地得到。"

飞行员疑惑地问:"我们还能得到什么?"

黄兴说:"两分钟后,开启舱门,把所有炸药丢下去。"

飞行员欲言又止,嘴巴张了张,但没有发出声音。

黄兴的电台已经被通信组破解,他们的对话尽收陈东升耳中。

"只有两分钟,务必要把敌机挤出去。"陈东升命令道。

特战飞行员推动操纵杆,和敌机并驾齐驱,距离之近,黄兴都能看到陈东升嘴角的疤痕,陈东升也能看到黄兴头盔下的白发。

陈东升摘下眼镜,目光如炬,黄兴毫不示弱,也褪下眼镜,两人隔着特战飞行员,想要用眼神直取对方性命。

敌机要划出一个弧线接近洞穴中心点,但陈东升寸毫不让,黄兴反方向逃离,特战飞行员猛然下降,并将机身翻转,由右至左,再次实施拦截。

飞行员对黄兴说:"我们的飞机不行。"

黄兴说:"飞机不行还是你不行?"

飞行员说:"除非撞上去。"

黄兴问:"有多大把握?"

飞行员说:"那要看对手有多怕死。"

黄兴说:"我看关键在你有多想活,撞他,靠近,再靠近,铆足了劲儿撞!"

飞行员说:"董事长,您把我从飞行表演队挖过来的时候,就应该知道我炫技还可以,让我卖命,咱们没有这个合约。"

黄兴道:"找你姥姥签合约去吧!"不由分说,掏出枪把飞行员毙了,空中换驾驶员。

很快,黄兴坐在了驾驶位上。

飞机上敢这么玩,陈东升也是头一次见,暗叹:"这属实是个能干大事儿的主儿,可惜方向不对,越胆大越接近死亡。"

此时,洞内再次恢复死寂,刘楠力气耗尽,惨状比男人质更甚,满头满脸浸染着还冒热气的血,但分不清是谁的血,因为她用嘴咬住了黄坚的喉管。

仅剩的七八名暴徒,也各自潜伏在自认为安全的角落,有的弹药耗尽陷入绝望,有的蓄势待发拉弓满弦,唯恐葬身于此,有的眼神空洞、六神无主,不知何去何从,他们四处寻找一个能够告诉他们该怎么行动的领袖,却一无所获,目之所及一片狼藉。

王战已经打开了装甲车后门,露出一道缝隙,拐弯枪和蛇形探测仪从里面伸了出来。

装甲车已经熄火,静静地停着。

王战取出热成像仪,安装在无人机上,无人机从装甲车内飞出,在暴徒眼皮子底下盘旋,旋翼带来的冷风已吹起了暴徒的长发,暴徒也不敢有任何动作。

暴徒甲摁下暴徒乙的枪管说:"你不知道这玩意上还有什么特战装备,就别抖机灵。"

其实这只是一个普通的侦察无人机,暴徒的影像毫无保留地映入王战眼帘。

第三十章
我以为分别是为了更好地相聚，却发现从这里到远方从无阻隔

屏息闭气，静如处子。

王战悄悄点击智能手环加密通联系统，二号洞口的齐伟与刚刚汇合而来的占据一号洞口的郎宇心领神会，立刻做好防御部署和突入准备。

王战接到李国防呼叫："两分钟，最多还有两分钟，洞穴塌不了，黄坚的心理防线也要崩溃，他一定会狗急跳墙。"

王战压低声音回道："明白，两分钟结束战斗。"

王战在可视范围内确认基本安全后，用特战手语部署装甲车内人员战术：林昊掩护，着重盯紧左侧墙壁暗角处的两个暴徒，刘海飞掩护我，我从后舱门出去吸引敌人火力。

刘海飞说："你疯了？现在谁先暴露谁先死。"

回声还在，林昊果真爆头一名暗角处抱着炸弹、准备扑进装甲车底部的暴徒，洞内洒下一层血雾。

刘海飞说:"看到没有,就是这个局面。"

王战看到此时黄坚一只手掐住刘楠的脖子,另一只持有匕首的手被刘楠死死抓住,两人在做最后的角逐。

刘楠的脸色已经从青色转为黑色,眼角的泪液也已干涸凝固。

王战说:"没时间了,我死,她也不能死!"

刘海飞说:"她扛不住了,她已经扛不住了,万一再搭上一个,有必要吗?"

王战说:"她还活着,哪怕她只剩一口气,我也要让她看到我的决心。"

刘海飞说:"可是……"

王战说:"每位上战场的战士都一样,明知道会死,也要冲上去。"

刘海飞说:"你不能感情用事,这是打仗,不是爱情。"

王战说:"打仗是为了不再打仗,打仗是为了让爱的人活得更好,而且这不单单是一次反劫持,也不是只有一个黄坚,我们也要让那些像他一样的人知道我们的态度。"

刘海飞伸出手挡住王战的去路说:"可是……"

王战说:"没有可是,我是现场最高指挥员,听命令!"

刘海飞说:"还让不让人说话了,我是说,我去!"

王战早已闪光弹开路,冲出了装甲车。

连续滚翻、卧姿连射、跪姿点射、匍匐甩射、原地调枪回射,王战在几秒钟时间内做出了连贯的射击动作，两名暴徒应声饮弹，有的像被钉在墙上一般，有距离近的暴徒，朝前奔跑准备徒手控制王战，遭遇王战火力迎击，像门板一样向后扑倒。王战的冲锋让暴徒意识到这是最后一次机会，集中火力暴击王战，王战被弹雨包围，有一颗子弹击中了他的胸口，他喉头一紧有鲜血冒出，倒在地上，头顶上的子弹不减反增。

王战的挺身而出，给一、二号洞口的齐伟和郎宇争取到了时间，李国防早已将指挥车开到了一号洞口，和郎宇并肩站在一起，全神贯注地关注了洞内是否有星星之火，王战冲出装甲车的一刻，李国防知道局势可以燎原。

李国防喊："出击！"

王战在硝烟中努力仰头看向刘楠，他要睁着眼，但在刘楠眼里他只是翻了翻白眼就晕了过去。

黄坚的喉管破了，失血过多导致休克，从刘楠的身上滚了下来。

刘楠伸出手，想触碰近在咫尺的王战，却发现自己浑身关节没有一处完好，一动也动不了。

阳光从之前乌云压顶的洞口处投射进来，洒在她惨白的脸上。

刘楠笑靥如花，又泪如雨下，她想说什么，喉咙被糊住了，看得见够不着，她只能抿着嘴摆出一个爱的手势，然后胸脯剧烈地抖动。

眼前是静止的王战，脑子里却全是和王战第一次见面时的情景,武装越野途中,王战站在路边,她高傲地从王战身边经过,鄙视地看着王战,而王战仍然保持着并不自信的笑脸。刘楠在想,还是当年那一样的场景,还是那些人,不同的是,她一定会给王战一个最美的回馈。

黄兴换到驾驶座之后,看到不远处又飞来两架武直直升机,于是破釜沉舟,径直撞向陈东升的直升机。

特战飞行员巧妙躲避,但给了黄兴的飞机缺口,黄兴驾机接近洞穴位置,特战飞行员再次拦截,黄兴再撞。

特战飞行员说:"再躲,就控制不住了,他目的就达成了!"

陈东升不假思索地说:"撞!"

特战飞行员二话没说迎了上去,空中绽放出两朵绚烂的蘑菇云。

黄兴飞机里的大量炸药,也被引爆。

十几秒后,洞内战斗停歇,除晕死的黄坚外,暴徒无一存活。

队员们去扛刘楠,刘楠的胳膊还没放下,她要他们去救王战,这时王战却沉闷地呻吟了一声,挣扎着再次抬起脑袋,摸索着从碳纤防弹衣上抠下两颗7.62毫米自动步枪弹头。

王战想要爬起来,却无能为力,姓名牌从脖子上滑落,也已经弯曲。

他颤颤巍巍地爬向刘楠,刘楠的手势未变,依旧朝着他的方向吃力地挥舞。

林昊说:"我帮帮他俩吧。"

刘海飞带着哭腔说:"帮你妹帮,这能帮吗?我知道什么是爱情了,这不容易牵成的手,才是最虔诚的。"

李国防喊道:"别秀恩爱了,快跑!"

队员们要架起男人质,看起来男人质并不需要,此刻跑得比兔子还快,他们抱着刘楠抬着王战朝洞外飞奔,林昊和刘海飞开动装甲车从二号洞口冲出。

李国防接到了陈东升的报告,陈东升是被直升机的弹射座椅弹出来的一刹那报告的:"快撤,撤!"

陈东升和特战飞行员的降落伞开了,却很快看不到踪影,因为被黄兴飞机爆炸的冲击波顶飞了出去。

两架飞机残骸从空中掉落,燃起熊熊大火,火借风势,很快蔓延到山上,周边一片火海,洞口也全部被火势封锁。

李国防怔怔地说:"再晚片刻,谁也别想出来。"

正说着,大家眼睁睁地看到,两顶降落伞从高空又飘了回来,观察员报告:"根据风向、降落伞规格预判,两顶伞降落的方向正是火源中心位置。"

李国防说:"这事儿还没完,烤熟了也要把陈东升和飞行员给我拽出来!"

正在搬运暴徒尸体、押解外围残余被擒暴徒的官兵，再次争先恐后地冲入烈火之中。

陈东升和飞行员被大家簇拥着从火里钻出来，头发眉毛烧了个精光，衣衫褴褛。

陈东升推开卫勤队员，跌跌撞撞地朝队员跑去，战靴掉了一只也浑然不知，卫勤队员被他推进了沟里，他也无暇道歉。他边跑边嚷嚷："我在耳麦里听到有人哭了，他们好吗？他们都还好吧？谁出事了？谁都不能出事！"

刚还儒雅得体的陈大队长不一会儿便失魂落魄，大家虽然知道他想要什么答案，但无人应答，只是自觉地站成两排，给他让出一条道路。

陈东升敏锐地注意到了大家并不亢奋的表情，他不知道那是疲倦，在他的字典里，战士，不亢奋就是低落。

陈东升说："这帮狗日的是厉害，但有这么厉害吗？有吗？没有吧……"

他揪着林昊的衣领说："你说话呀，王战怎么样？刘楠在哪儿？"

林昊满脸迷彩油也看不出表情，支支吾吾没说出所以然。

陈东升拍着刘海飞的脸问："我要你们报告情况，不是跟你们商量！"

刘海飞也没说话，李国防说话了："你是战斗员，我是总指挥，跟我报告了就行了。"

陈东升不愿意搭理李国防，对李国防视而不见，继续往前跑，扒拉开最后一层人墙，陈东升看了一秒立刻把人墙又合上了。

他蹲下来，号啕大哭，揪着地上的草说："不带这么玩的，我好歹是个大队长！"

陈菲上前安慰，陈东升一头扎进陈菲怀里用头盔遮住脸，陈菲没有头盔遮脸，觉得不好意思，硬着头皮抚摸陈东升的头。

人墙后，王战和刘楠躺在迷彩担架上终于满足了拉手的愿望，再也不愿意松开，他俩饱含爱意，深情对望。

飞机残骸里未炸干净的余弹再次撼天动地，卫勤组的护理人员花容失色，蒲公英跳起了急躁的舞蹈，烈火还在燃烧干柴，噼啪作响，灰烬飘飞，但这一切身外事都与王战和刘楠无关，他们只管劫后余生幸福相守，连陈东升的突然"造访"也没有放在眼里。

王战声音虚弱，但气势刚强，他说："不管他，平时都是我躲着他，也只有这个时候他得躲我们吧。"

武直直升机还在空中喷洒着灭火剂，消防车闪着警灯浩浩荡荡驶来，大片的武警官兵从山脊上手拉手朝下跋涉，那青春的颜色，和这雄浑的世界完美交融。

一边是旷美与野火有关的山河，一边是战斗与爱恋相连的风月。

躺在救护车上，王战问刘楠："为什么我们每次见面的时候都不太正常？"

刘楠问："哪儿不正常？"

王战说："我给你捋捋，每次见面，我要么丑态百出，要么伤痕累累，不是被你生擒活捉，就是被你阴谋算计，现在更好了，咱俩都受伤不轻，谁也别笑话谁。说实话，我心里还有点儿小平衡。"

刘楠说："你别说，还真是这么个情况唉。"

王战说："我现在很是担心。"

刘楠问："你担心什么？"

王战说："每次在一起都得出点儿事，这以后要是一个锅里吃饭，得惨成什么样啊？"

刘楠说："我们一直一个锅里吃饭啊，想咱食堂那大锅菜了吧？炊事班长老刘、炊事员小高当我面念叨你好几回了。"

王战说："别打岔，手都牵了，怎么还装傻充愣？跟那老帮子老刘、小犊子小高有半毛钱关系吗？"

刘楠说："牵手能说明啥，摔擒训练配对的时候我还老和男队员抱在一起呢，也抱过你，我不偏心。"

王战说："你……"

刘楠略带一丝狡黠地看着百爪挠心、煎熬迷茫的王战。

王战佯装生气，翻了一下身，却疼得嗷嗷直叫。

刘楠于心不忍，关切地问："你怎么了？"

王战说："你看你看，我一有风吹草动，你比谁都惦记，这关心是骨子里的,还遮遮掩掩干啥?"

刘楠否认道:"不是不是,只是因为你这人太吵了,把驾驶室的哥们儿都惊着了,不信你看。"

王战抬头,果然发现副驾驶上的卫勤人员老金捂着耳朵,比王战还躁动。

王战生气地问:"你是医生,病人在呻吟,你却捂耳朵?"

老金一嘴东北口音:"别闹了,你疼不疼、哪里疼、啥时候疼,我还不知道吗?我实在是听不下去了,特战队员勇上一线、敢打头阵,没想到谈个恋爱也太磨叽了。她现在又不能动,你现在又是英雄,英雄救完美人,该干啥你心里没数啊?哎呀我的妈,替你操不起这个心,听不见最得劲。"

王战说:"就你会,就你能,老司机。"

驾驶员见缝插针地说:"我可不会,我只管开车。"

王战气愤不已,对刘楠说:"这都是你带来的吧?"

刘楠笑了,笑着笑着感觉不对,发现王战听从了老金的建议,开始有所动作。

刘楠说:"你别过来,你再过来,等我康复了你就知道错了。"

王战一言不发,嘟着嘴胜似千言。

在他马上就要贴上刘楠嘴唇的时候,刘楠有些认命了,在敌人面前从不眨眼的她这会儿心甘情愿地闭上了眼,谁知王战把身上的迷彩大衣给刘楠盖上,说:"受伤了,体温流失快,多盖些,别感冒了。"

刘楠腾地睁开杏眼，表情复杂地说："识大体、顾大局？坐怀不乱？"

王战说："乘人之危可不光彩，日后万一没有俘获你的芳心，今天这一段要是传出去，我再也找不到像你这么优秀的女孩了。"

刘楠问："为什么？"

王战说："平时看似不起眼的一举一动都是一个人的自我储备，好的储备会构建人更高的层次，有层次的人才能遇到更优秀的人，我不想那么肤浅。"

刘楠说："这件事办得挺爷们儿，给你点赞。可是不遗憾吗？万一我没有那个想法，我们错过了，你什么念想都没留下。"

王战说："万一是那样，还要什么念想啊？抬起头，向下一个高地全力进发。"

刘楠说："你一定可以的。"

王战问："你是指哪方面？"

刘楠说："人生啊。"

王战说："这个不用你鉴定，我一直信奉一个人生哲学，即使活成一副狗样，也要一直相信前途无量。需要你鉴定的是情感，我生怕自己生硬得像个特战机器，已经不懂什么是爱和自由了。"

刘楠欲言又止，她呆呆地盯着王战许久许久，最终说："我允许了。"

王战没听清。

刘楠说:"我这一身伤啊,将来会影响生活,女人干这个职业,也注定会亏欠家庭,不知道以后还会面对多少坎坷波折,我不能不想这些,可是太纠结于此,又辜负仅剩不多的青春。记住,如果有一天,不能开花结果,那也是最好的安排。"

王战说:"你话里有话。"

刘楠说:"你还不知道吧,武警部队特警学院已经向你抛来了橄榄枝,名声在外,锋芒毕露,藏是藏不住的。"

王战说:"不去!你在哪儿,我就在哪儿。"

刘楠说:"你有更高的平台,你应该站在更前沿、更高端、更精尖的位置上,去寻找更大的梦想。等你见识了更广的天空,你会发现其实我真的不算优秀。而且我一直认为优秀也是个伪命题,那些站在边疆垭口站岗放哨的战士他们不优秀吗?那些深植土壤从没有被宣扬的人他们不优秀吗?优秀是相对的,你登上山头,优秀的是雄鹰,你爬下山谷,优秀的是河流,你飞跃沙漠,优秀的是飓风。你应该还有无限的机会去寻找什么才是离你更近的优秀。"

王战说:"你说的是优秀,我说的是爱,两码事,要拎清。不管走还是不走,走到哪里,那深藏心底的爱,它变不了。喜欢、仰慕可以有很多种方式,但爱只有一种方式。我见过对于荣誉、对于利益不争不抢的,我没有见过对于爱不悲不喜的,除非不爱。"

刘楠说:"谁说不爱呢,越爱越不笃定,爱一旦说出口,其实是怕。"

王战问:"你怕什么?"

刘楠说:"怕失去,怕有一天我们再见面,又是这样的场合,这精神折磨大于肉体折磨的场合。这不是魔鬼周,这真会死人的。没有谁不怕死,怕死的人是因为惦记着更多的爱。"

王战沉默,刘楠说:"我说服你放弃我了吗?"

王战说:"没有。"

刘楠说:"亲啊,你犹豫什么,当女人开始理性的时候,其实就是等得不耐烦了。老金说得对,你跟一个女人掰扯什么,有劲吗?这时候看你怎么还像当年他们口中的废物点心?"

王战扭扭捏捏地说:"我差点儿忘了你是个女人。"

刘楠说:"找打。"

车轮席卷沙尘,后路是一片氤氲,前路是霞光万丈,远方的天空载着的积雨云若隐若现,呼之欲出。

队属医院手术室门口,王战、刘楠和张铭、孟冰相见的时候纷纷哑然失笑。

除了孟冰穿着笔挺的文职人员制服,其他三个都包裹得严严实实,夹板、石膏、绷带、支撑架……一件不少全披挂在他们身上。

黄坚被特战队员推进了另一间手术室,他高唱着普希金进行曲。

孟冰冲上去要活剐了他,被刚做完手术躺在病床上的张铭拉住了袖子。

孟冰说:"他倒像是立了大功的勇士,让我踹死他吧。"

张铭说:"他何去何从不归我们管了,你恨他,更要回避他。"

孟冰说:"我为什么要回避?我光明正大,他是走私大鳄、杀人恶魔,就应该人人喊打。"

张铭说:"喊可以,打不行,上级留着他肯定还有大用处。再说了,他皮糙肉厚的,刘楠都奈何不了他,你小胳膊小腿的,到时伤敌一百自损一千,我找谁说理去?"

孟冰问:"你给我的印象一直是愤青啊,什么时候这么绵软的?"

张铭说:"从你温柔地看我的第一眼起。"

孟冰立刻折服,撒娇道:"我温柔地看过很多人,还特温柔地看过王战,对每个病人也都很温柔。"

王战连忙躲开,躲在刘楠轮椅后面。

张铭说:"那能一样吗?不是一个概念,你当初看王战,只是被他的爷们儿气息吸引,没有说服力。现在看我,是我又帅又有内涵,真真儿的爱意无限。再说了,那时候我搞定丈母娘了吗?今时不同往日,我有阿姨撑腰,你不对我温柔,我立马叫外援。"

孟冰说:"你什么时候升的官,自封的吧?"

张铭摇头晃脑地说:"就是这么自信。"

他们身后传来脚步声,又有伤员进来,一位医疗组长模样的人指挥道:"借光,不要堵在救援通道上。"

张铭一边闪躲一边自言自语:"这什么态度,怎么对待功臣的?"

孟冰说:"少来,在医院,医护人员才是英雄,看到刚才那伤员了吗?那也是从一线下来的,别躲在你的功绩簿上睡大觉。"

张铭对王战和刘楠炫耀道:"看看我们小两口这觉悟。"

孟冰说:"我看你差得多,什么时候超越了王战,我们再谈别的。"

张铭佯装沮丧地说:"那没戏了,王战是随便可以超越的吗?你一定这么要求的话,我还是哪凉快哪待会儿吧。"

张铭刚做完手术不久还很虚弱,他要求保障人员把他推到病房去,孟冰绷不住了,连忙跟在张铭后面说:"标准也不是不可以商量嘛,不超越的话,差不离也行。"

张铭说:"老拿他跟我比什么比,我们是一个品种吗?"

孟冰继续一路小跑跟着张铭,讨好地说:"不比了还不行吗?"

王战羡慕地望着张铭的背影喃喃道:"人各有命啊。"

刘楠说:"我也像她一样追你一回?"

王战说:"可别,我怕轮椅碾了腿。"

保障人员识趣地走开,王战推着刘楠回病房,走廊里射灯绚烂,窗外繁花似锦,他们走出了走红毯的气势。

陈东升红着眼睛从赵科病房出来,门口站着王战,陈东升来不及和他打一声招呼就走了。

主治医生对王战说:"你可以进去了,注意控制时间,他还没醒。"

王战推门而入,心电监护仪正在工作,赵科戴着氧气罩,静静地躺着。

王战敬了军礼,把一个排爆机器人模型放在床头柜上,坐在床边说:"老班长,明天是孩子的生日,我记得,礼物我一定送到。我会告诉他,你是最牛的反恐专家,你为特战队员扫清了第一道障碍,部队会敲锣打鼓把军功章送到你家。我会告诉他,他的爸爸最勇敢,是直面生死却次次逢凶化吉的中流砥柱;我会告诉他,他是幸运的孩子,他终究能盼到爸爸的归来,他会在你手把手的指引下,沿着你的足迹,触摸到更高的精神高地。我就没有这么好运,看见你这样,我多想告诉我的父亲,如果今天他还在,我该多么幸福,如果他还在,我的每一次成功和失败他都能看得到。老班长,你知道人什么时候最孤独吗?就是不管你好你坏,你行还是不行,他都看不见听不到,你在心里疯狂地想着他看得到、听得到的样子,那时候最孤独。你不孤独,我多羡慕你啊。安心休息,算起来应该有十几年没睡过这么香甜的觉了吧,你本来想着再过一两年到第二战场再好好睡觉,你看你天生就是当兵的料儿,你要前进,全世界都为你开路,你想转身,老天都不答应,你不能把我们带出来了你就跑了啊。等着吧,陈东升不把你头发熬白了,是不会让你退居二线的。你这样的老兵,才是特战队的骨头。保重老兵,等你出院了,我跟你喝大酒,战场上你毙得我满地找牙,我思来想去只能在酒桌上放倒你。放心,不违反规定,想招儿把陈东升也拉进来,万一有人挑理,有你俩顶着,我怕个鸟?我是不是很鸡贼?让我自作聪明一回,我在你面前就没抖过机灵,因为能被你一眼识破,今天好不容易抖一回,你配合我一下。算了,你也没工夫搭理我,你在梦里还在算计着下一届魔鬼周怎么收拾那些新来的特战队员吧?祝你花招层出不穷,桃李不言下自成蹊,保重老兵!"

王战拿起排爆机器人模型准备出门,他忍不住回望,分明看到赵科眼角有泪,嘴角有笑。

星辰铺满天际,陈东升脸上还挂着彩,被烧煳的迷彩服,带着破洞和破布条,他在特战队的操场上,保持一个姿势抽着闷烟,谁也不敢上前打扰。

后来他给驾驶员打了一个电话,钻进了猛士车,猛士车消失在夜色里,出现在总队机关门口。

车还未停稳,陈东升便钻出车,大步流星地走进门。

哨兵说:"中校同志,请出示证件。"

陈东升说:"没带!"

哨兵上下打量着陈东升说:"没带……没带也不是不可以进。"

陈东升说:"说得好,我这张脸应该比证件好用。"

哨兵说:"是的,陈大队长,如雷贯耳。"

陈东升说:"那还不放行?军容风纪不合格是吗?帽子没戴,衣服破的,脸也没洗,头发上都是灰,鞋带还没系,我都知道……"

哨兵说:"您刚从一线下来不久,战斗的样子才是军人的样子,是最天然的证件,特殊情况特殊对待,可我不是说这个。"

陈东升说:"那你想说什么?"

哨兵说:"我看您一脸杀气,您不会……"

陈东升:"我能怎么着,窝里横不是我的性格。"

哨兵支支吾吾地说:"您找哪位领导,我电话核实一下吧。"

陈东升说:"什么时候有这规定的,谁定的?"

哨兵说:"刚……刚定的。我真担不起这责任,希望您能理解。"

陈东升说:"你给李国防打电话,问问他让不让我进。"

哨兵打了电话,给陈东升放行,望着他虎背熊腰的背影说:"您那脾气谁不知道,把机关房顶掀了,我好过不了。"

总队副参谋长办公室还亮着灯,李国防身着礼服和漆皮皮鞋,头戴大檐帽,二毛四的大校衔熠熠生辉。

陈东升"破门而入"说:"这一仗打得真漂亮吗?你心怎么这么大呢?你提拔了,宝座占稳了,你有没有替那些受伤的兄弟想想,他们还躺在医院里,差点儿只有进的气没有出的气。这伙儿走私大鳄是强悍,但我们的指挥有问题、配合有瑕疵、战术还要提高,你不应该坐下来写检查吗?你这衣服换得挺快,准备去领奖啊?!"

李国防说:"来了,早知道你会来。"

陈东升说:"什么节骨眼了,还故弄玄虚。"

李国防说:"东升,注意态度。你这出口就指责人的习惯该改改了!"

陈东升说:"还打上官腔了,确实应验了那句话,站位一高视野立马不同哈,你不打官腔我还没这么气。"

李国防说:"我没心没肺是吗?我不惦记受伤的战士?我也是刚接到通知,让明天一早就去宣布命令,宣布命令规定是要穿礼服的。"

陈东升说:"你准备在这待一夜?"

李国防把笔记本往陈东升面前一推说:"不仅要写检查,连跨区交流申请都写了。"

陈东升将信将疑地盯着电脑屏幕半晌回不过神来。

他盯着李国防说:"高岭训练基地?大家刚从那回来,你去干什么?两年?两年回来党委班子都换了一茬了,还认识你是谁?"

李国防说:"我走了巅峰特战队再有什么事儿就你一个人扛着了,是不是舍不得我走啊?"

陈东升说:"还用说吗?现在正是巅峰特战队蒸蒸日上的时候,作为组建它的元老,你最了解它。你这一走,换一个新的领导过来分管,内行还好,要是外行呢,谁知道他会把工作重心放在哪儿,是务实还是作秀,到时候把巅峰特战队搞成他的面子工程和跳板，你哭都来不及。"

李国防说："你这么不信任这届班子识人用人的水平？"

陈东升说："我是不相信这里还有谁比你更懂巅峰特战。"

李国防说："所以，反恐指挥研究还有很长的路走，还要更多的人参与。你和我当初懂吗？一着手就得心应手？还不是摸着石头过河。"

陈东升说："积累到今天不容易，我们不能再一夜回到解放前，哪怕停滞不前都不行。"

李国防说："这话砸脚面上了吧，我们现在就是在原地踏步，眼界只到房檐底下。你以为赢了比赛就是世界第一了？你以为看到了更高的天空，就能飞跃而至？我们的实战经验别说和国际强队比，就是和雪豹、猎鹰比也差得远，我们只靠外地请进来，没有几批本土指挥官走出去，我们的视野只会局限于此，我要当那个走出去的人，未来，你也要走出去，更多的兄弟们也要走出去。这就是我今天穿这身礼服的原因，人家都是丑话说在前头，咱是漂亮话今天可劲儿说完，接下来只剩下甩开膀子干！"

陈东升说："我去行不行？你留下。"

李国防说："你去？让我留下来当执行者，你遥控指挥我是吗？"

陈东升哑摸了一会儿说："这么说的话，还是你去吧。你想到的是未来，我却只看到眼下这点儿功绩，这境界，属实差着行市呢。"

李国防说:"得,我去哪儿现在都要经过你批准了,越活越抽抽了。"

陈东升说:"哪敢啊,你可别挖苦我了。给你办个欢送会,跟大家话个别。"

李国防说:"办隆重些,别忘了,要走的不是我一个,是三个。"

陈东升说:"走吧,都走吧,故事的结尾无外乎两种嘛,要么皆大欢喜,要么分崩离析、一无所有,就这样吧。"

李国防说:"一无所有之后再拥有会是不一样的体验吧,失望之后的希望才更振奋人心,不是吗?我知道你心里不好受,搁谁也不痛快,但这是必经之路、大势所趋。"

这时外面有人喊报告,王战出现在门口,一脸彷徨无措。

陈东升眼睛里闪着光亮说:"你来干什么?不用你给我做思想工作,我都想得通,时代如此,始终斗转星移,人亦然,总是来来去去,等你们回来的时候,也许我又要走了,但不怕,唯有情谊,源远流长。有些人用生命线、事业线、感情线预测未来,我们在阵线、战线、火线上淬炼人生,只要明确了为谁打仗、打什么样的仗这一命题的答案,不管在哪里,其实都是在一起。世界很大,通往胜利的路只有一条,走着走着一定会相遇。那时,我再喊一声你们的名字,希望你们还能答一声'到'!"

王战喊了三声撕心裂肺的"到",整栋楼走廊里的声控灯全亮了。

陈东升看着因为用力过猛、内伤发作、疼痛难忍的王战，哽咽着说："走，这是总队机关、要害部位，不要在这大呼小叫的！"

李国防问："去哪儿？"

陈东升说："查铺查哨。"

李国防说："我睡得着？一块去。"

陈东升说："你去，属于上级领导莅临特战队检查指导工作，我得让王战偷偷给郎宇副大队长提前打个电话，让他组织队员起来打扫环境卫生。"

李国防说："我说你点儿什么好呢？"

夜晚的巅峰特战队并没有落实一日生活制度，灯火通明，三人走进大门，看到睡不着的岂止是他们三个。

齐伟和郎宇带着全体巅峰特战队队员整齐列队，笔直地站在主楼前的空地上。

李国防问："怎么回事，真起来搞卫生了？"

郎宇声若洪钟地喊"立正"后，跑步到队伍前端报告："李副参谋长同志，巅峰特战队应到一百人，实到九十一人，一名休假，三名病号，三名陪护，两名岗哨，请您指示，副大队长郎宇。"

李国防说："稍息！"

陈东升和王战自觉入列。

李国防说:"报告不标准啊,大家在干什么?没说,但是我知道你们在干什么,在总结今天的经验教训,在等待该归队的兄弟姐妹们,在送别该走的人。我以为没下通知,大家都不知道下一步的具体情况,其实都是老兵了,什么时间节点会发生什么事情,你们心里跟明镜似的,你们聪明得很,这是新时代的军人风貌,有人说聪明的兵难带,这是不负责任的,聪明的兵不好糊弄才是真的,规章不健全、制度不完善的阶段,有些指挥员自己也是一知半解,所以要靠打马虎眼敷衍战士的追问;今时不同往日,能力不强的指挥员在部队已经立不住脚了,谁再说聪明的兵不好带,是会露怯的。我趁没露怯之前,抓紧去恶补最新的带兵文化。我拍拍屁股要走了,现在才跟你们打招呼,不是我高高在上,是我觉得愧疚,不敢早早地面对你们,今天既然来了,我真诚地向你们道歉,希望你们不要埋怨我,不要怪罪我,再见的时候我们都将是更好的自己,巅峰特战队会是另一个巅峰。"

李国防在敬礼,陈东升带头鼓掌,他们眼里都有泪花。

李国防说:"本来是明天早上再宣布通知的,今晚这个时候,我看比什么时候都有仪式感,比什么时候都更隆重,就一并宣布了吧,有不在的同志,我再专程单独宣布。"

李国防宣读了两份武警部队特警学院的入学通知书后请代表王战发表感言。

王战说:"每个人都有青春,很庆幸我们的青春接受了战斗的洗礼。入学深造是很多人的梦想,可当实现的时候却发现没有想象中的激动，只有感动，感动大家的无私，把我捧得高过头顶。没有你们，跌倒了没人扶，中弹了没人背，深陷沼泽没人拽，心中有万千的情感也无处安放，我还是当年那个连转正都费劲的孩子。有人说，你太谦虚了，优秀就是优秀。这不是谦虚，尤其是在这样一个高度集中统一的队伍里，一个人的成功太苍白了，我不比你们任何一个人高一个台阶，我只是代表你们去接受艰险之后的馈赠，最终再回过头来和你们一道走向更高的殿堂。"

掌声雷动，队属医院里的张铭似乎也听到了这潮水般的声音，挣扎着从床上爬起来，看到窗外腾空而起的烟火，孟冰从他身后走来，抱住了他宽阔的臂膀。

赵科也睁开了眼睛，缓缓地侧过脸，看到了手捧排爆机器人的儿子戴着大檐帽，在妈妈的陪伴下，正隔着门缝咯咯笑。

刘楠向载着王战等人的高铁挥手作别，翻看着手机上陈嘉偷拍下来的她和王战拥抱的照片，幸福地仰起脸，沐浴着清风。

车窗外是呼啸而过的山峦，不远处是春潮淹没的大海，通往训练基地的路再长，也长不过刘楠送别的站台，高铁已冲进隧道，刘楠挥舞的手再高，也高不过飞驰而去的云彩。王战坐在日渐消瘦的时光里，回忆着所有的故事，那故事可能关乎世俗，更关乎爱。

陈东升的声音在铁马洪流中分外清晰："不论在什么环境，你就是你，是兵的样子，感受这个伟大的时代，感受这个伟大的集体，精神上是那么富有、那么纯粹、那么理想，甚至理想主义，这就是你的精神状态和生存方式,你的精神财富,永远保持这种状态,永远都有魅力和光彩。什么是光彩?是华灯的光彩吗?是绫罗绸缎的光彩吗?显然不是!是你心心念念维护着这世间万物的井然,是精神层面的光彩。"

(终)